비단길

김원일 소설집

비단길

펴낸날 2016년 2월 12일

지은이 김원일
펴낸이 주일우
펴낸곳 ㈜문학과지성사
등록번호 제1993-000098호
주소 04034 서울 마포구 잔다리로7길 18(서교동 377-20)
전화 02) 338-7224
팩스 02) 323-4180(편집) / 02) 338-7221(영업)
전자우편 moonji@moonji.com
홈페이지 www.moonji.com

ⓒ 김원일, 2016. Printed in Seoul, Korea

ISBN 978-89-320-2840-8 03810

이 도서의 국립중앙도서관 출판예정도서목록(CIP)은 서지정보유통지원시스템 홈페이지(http://seoji.nl.go.
kr)와 국가자료공동목록시스템(http://www.nl.go.kr/kolisnet)에서 이용하실 수 있습니다.
(CIP제어번호: CIP2016002764)

김원일 소설집

비단길

문학과지성사
2016

차례

작가의 말

1966년 단편소설 「1961·알제리」로 문단에 발을 들여놓았으니 올해로 50년째를 맞았다. 중·단편소설집 『어둠의 혼』(1973)을 처음 출간한 후 『오마니별』(2008)에 이어, 여덟번째로 『비단길』을 낸다. 여기에 실린 일곱 편의 소설은 대부분 내가 겪은 세월에서 얻은 소재다. 소설은 체험에 상상력을 보태어 쓴다지만, 근래에 와서는 상상력 대신 내가 겪었던 지난날을 떠올리기가 수월해졌다. 나이가 들었음인데, 어느덧 병고에 시달리는 칠십대 중반에 접어들었다. 앞으로 몇 편의 글을 더 보태게 될지 알 수 없으나, 여기에 이르기까지가 다행스럽다.

2016년 2월

김원일

형과 함께 간 길

그해 가을 운동회는 생각하기조차 싫은 쓸쓸한 기억만 남겼다. 엄마는 운동회에 오려고 해도 올 수가 없었지만 아버지마저 운동회가 열린 학교 운동장에 얼굴을 보이지 않았다. 엄마는 양식을 구하러 함창 땅 강마을 금곡리 큰댁으로 간 지 사흘이 지났으나 그때까지 상주로 돌아오지 않았다. 우리 집은 큰댁에서 양식을 가져다 먹었고, 그 양식 중 일부를 장에 내다 팔아 우리 형제의 학자금을 댔다.

운동회가 열리는 날 아침, 흰 운동복에 운동모 쓰고 집을 나설 때 내가 아버지께, 오늘이 학교 운동회라고 분명히 말했다. 아버지도, 알고 있으니 나중에 학교에서 보자고 대답했다. 그러나 학부모들이 앉는 차양이 쳐진 좌석 쪽을 자주 흘깃거렸으나 아버지 모습은 보이지 않았다. 점심시간에 맞추어 선이가 집에서 내 도시락을 가져왔기에 나무 그늘 아래에서 혼자 밥을 먹을 때는 울고 싶은 마음이었다. 다른 학부모들은 20리 길도 마다 않고 자식 운동회를 보러 읍내로 나왔는데, 나만이 외톨이였다. 운동장 가운데 하늘을 수놓아 펄럭이는 만국기를 보고, 저 깃발을 누가 다 맹글었냐고 선이가 물었으나 나는 대답할 기분이 아니었다. 운동회 때 내다 건 만국기는 일주일 전 4학년 반 애들이 방과 후 학교에 남아 한 사람이 두 장씩 그려 만들었던 것이다. 도시락을 반쯤 비울 때까지도 아버지가 나타나지 않았기에 나는, 운동회 날인 줄 알면서 반찬이 왜 이러냐며 선이에게 반찬 투정만 했다. 소풍 갈 때나 운동회 때에 엄마가 싸주던 오색 나물이 든 김밥이 아니었고, 삶은 달걀조차 없었다. 평소 학교에 갈 때 늘 싸가는 그대로, 날아갈 듯 푸석한 안남미 밥에 콩자반과 김치가 전부인 평범한 도시락이었다. 아무리 뒤져봐도 정지에 반찬 맹글 만한 게 없어서, 하며 선이가 미안쩍어했으나 젓가락으로 시쿰한 김치와 검은콩을 집어 먹고 싶은 마음이 아니었다. 선이는 내가 깨작거리며 도시락을 비울 동안 옆에 앉아서 입맛을 다시며, 저는 집에 가서 묵으면 된다고 했다.

선이가 빈 도시락을 챙겨 떠난 뒤, 나는 부모 중 한 분과 한쪽 다리를 묶어 짝이 되어 운동장을 한 바퀴 도는 달리기 시합에도 낄 수가 없었다. 공책과 수건 따위의 상품이 걸린 달리기 경기였다. 줄다리기, 공 굴리기, 풍선 터뜨리기 등 여러 경기에 나도 참가했고, 4학년 전체가 참가한 4백 미터 달리기 시합에서는 내가 일등으로 테이프를 끊어 공책과 연필 한 다스를 상으로 타기도 했다. 그러나 내가 첫째로 들어온 순간을 아버지나 엄마가 보지 못했으니 신이 날 리 없었다. 풍선 터뜨리기를 끝으로 해 떨어지기 전에 운동회는 끝났다. 나는 축 처진 어깨로 집에 돌아왔다. 읍내 중학교에 다니는 작은누나는 귀가하지 않았고, 아버지는 외출 중이었다. 선이만이 우두커니 안채 마루를 지키고 있었다. 선이는 나보다 두 살 위의 부엌아이로 부모 없는 고아였는데, 어떤 인연에서인지 해방 후부터 우리 집으로 들어와 엄마의 부엌살림을 돕고 있었다.

아버지를 기다렸으나 밤늦게까지 돌아오지 않아 나는 먼저 잠자리에 들었다. 이튿날 아침잠에서 깨어보니 아버지가 내 옆에서 코를 불며 한잠에 들어 있었다. 아버지와 겸상해서 아침밥을 먹을 때야 아버지는, 어제 낮참에 너네 학교로 나가보려 했는데 아침부터 갑자기 바쁜 일이 생겨 대구에 나갔다 오느라고 학교 운동회에 못 갔다고 했다. 대구 운동장에서 '휴전회담 결사반대, 승공 궐기대회'가 열렸는데, 경북도 내 각 군에 참가 인원이 할당되어 거기에 출석한 뒤 밤늦게 화물차 뒷자리에 끼어 타고 먼지를 뽀얗게 뒤집어쓰고 상주로 돌아왔다는 것이다. 악대까지 동원된 시가행진이 대구 중앙통 가두에서 벌어졌는데 '무찌르자 공산당, 북진 통일로 결판내자!'란 구호를 외쳐대느라 목이 다 쉬었다고 했다. "대구 나간 김에 네 큰누나도 만나려 했는데 어데 짬이 나야제." 아버지가 말했다. 아버지는 종업원 셋을 데리고 운영하던 가내 과자공장을 1년이 채 못 되어 전쟁이 나자 문을 닫고, 자치경비단 사무소를 들랑거리는 일 외에는 이렇다 할 일거리가 없었는데도 늘 바빴다. 함창 금곡리 큰댁에서 분가하여 상주로 나온 뒤 아버지가 시작한 가내 과자공장 사업이란 게 있는 집 아이들 주전부리로 팔리는 고깔과자, 눈깔사탕, 파래를 섞어 만든 전병, 팥소가 든 빵 따위였다.

공장이랄 것도 없는 함석집 바깥채가 과자 만드는 사업터요, 바깥채 점포가 만든 과자를 파는 상점이었다. 상주가 군청 소재지로 읍내긴 했으나 아이들에게 양과자를 사줄 만큼 가세가 넉넉한 집이 많지 않아 아버지가 처음 시작한 과자 사업은 지지부진일 수밖에 없었다. 읍내 장날이 돼야 그나마 매상이 조금 올랐다. 그러다 전쟁이 나자 집집마다 양식조차 쪼들리니 자식들 주전부리까지 챙겨줄 경황이 없었고, 과자의 주원료인 밀가루를 구하기도 힘들어 과자공장은 문을 닫고 말았다. 거기에다 두 달여 인공 치하에서 숨도 제대로 못 쉬고 지내야 했다. 금곡리 시절 호되게 경을 치른 아버지는 어느 쪽에도 나서지 않고 두문불출로 몸을 사렸다. 그러다 국군이 들어와 상주가 수복되자 겁이 많은 아버지는 난세에 살아남는 방법을 터득했음인지 우익 단체에 거드는 시늉을 했다. 아버지는 기회가 있을 때마다 과자공장 문을 닫은 이유를 두고, "밀가리는 물론이고 사카링과 설탕조차 품귀 현상을 빚다니. 이번 전쟁이 끝나면 큰 도회지로 나가 본격적인 과자공장을 차려볼 작정이야" 하고 말했다. 아버지가 전쟁을 핑계 대며 그렇게 호기를 부렸으나 엄마는 물론 가까운 친척들도, 저 양반이 그저 해보는 소리라며 아버지 말을 믿지 않았다. 아버지는 심성이 여려 사업가로 나설 위인이 못 된다는 것이다. 작은 일에도 감격해 눈물을 잘 흘렸고, 헐벗은 사람을 보면 자기 입은 옷도 벗어주는 사람이 어찌 남의 지갑에 든 돈을 우려내는 장사 일을 하겠느냐고 했다. 내가 커서 들은 얘기지만, 아버지가 집 안의 양식을 퍼내어 형편이 어려운 집을 찾아다니며 도와준 일화는 금곡리에 회자되기도 했다.

운동회 다음 날은 오전 수업만 했다. 선생님은, 내일부터 일주일 동안 가을 방학을 실시한다며 가을걷이에 바쁜 집안 농사일을 도우라고 따로 숙제를 내주지 않는다고 했다. 선생님 말에 반 애들이 좋아라 하며 발을 동동거렸으나 나는 가만있었다. 우리 집은 농사를 짓지 않았기에 일주일 동안의 공일을 무엇을 하며 보낼까 하는 궁리에만 골몰했다. 동네 애들과 어울려 메뚜기를 잡으러 다니거나, 밤을 줍겠다고 근교 산에 올라가보거나, 골목길에서 하는 구슬치기 놀이 외 내가 일주일 동안 특별히 놀 일이 생각나지 않았다. 여중 3학년인 작은누나는 언니 따라 내년에 대구시로 유학 나간다며 입시 공부에 바빠 정신이 없었고, 대구의 먼 친척 집에 숙식하며 여고에 다니는 큰누나는 봄 방학 맞아 상주에 왔을 때 며칠 보았을 뿐이었다. 우리 집 맏이인 형은 전쟁이 나기 전까지 서울 유학생으로 대학교에 다녔는데, 지금은 전방 강원도 철원 9사단 산하 소대장으로 복무하고 있었다.

오전 수업을 끝내고 가을 방학이 시작된 날은 구름 한 점 없이 하늘 맑은 가을날이었다. 길바닥의 돌멩이만 차며 털레털레 집으로 돌아와 안채 마당으로 들어서자, 나는 댓돌의 아버지 고무신 옆에 놓인 낯선 신발을 보았다. 흙과 먼지를 뒤발한 큼지막한 군화였다. 나는 그 군화의 장본인이 형인지 미처 알아채지 못했다. 전쟁이 난 후 이태 동안 나는 형의 얼굴을 제대로 본 적이 없었다. 걱정 섞인 어른들의 입방아에만 올랐을 뿐 형은 실제 모습을 자주 보인 적이 없었기 때문이다. 서울에서 대학을 다니던 형은 전쟁이 나자 사흘 만에 수도가 점령당한 통에 피란할 기회를 놓쳐 인공 치하에 갇혀 있다 의용군으로 징집되어 인민군에 입대했으나, 낙동강 전선에서 패한 인민군이 후퇴할 때 소백산 줄기를 타기 위해 상주를 거쳐 가게 되었다. 형은 후퇴하던 부대가 함창 면소를 채 못 갔을 때 어렵사리 탈영에 성공하여 금곡리 집으로 귀환했고, 곧 상주와 함창을 탈환한 국군 부대에 자수했다. 귀순한 형은 학력이 좋았기에 그길로 장교 후보생이 되어 짧은 교육 기간을 거쳐 국군 소위에 임관되자 전방 부대 소대장으로 전선으로 떠났다. 형은 그동안 한 차례 휴가를 나왔는데 집에 와서 했던 말이, 인민군 전사에서 국군 장교로 돌아서기까지 여러 차례 죽을 고비를 넘겼고 사선을 넘나드는 전투 과정에서 부상까지 당하는 고초를 겪었다고 했다. 아버지가 여러 사람 앞에서 형을 두고 이야기할 때, "갸가 몸은 약해도 정신력 하나는 정말 대단한 기라. 전방 소대장은 총알이 빗발치는 전투에 늘 앞장서다 보니, 소모품으로 취급되어 열에 아홉이 1년을 못 넘겨 전사한다는데 아직 멀쩡히 살아 있다니 천운은 타고났어" 하고 읊조리며, 스스로의 말에 감격하여 눈물을 흘리곤 했다.

　마당으로 들어선 나를 본 선이가 부엌에서 얼굴을 내밀고, 서울 도련님이 방금 왔다고 작은 소리로 말했다. 선이가 말한 서울 도련님이란 형을 가리킨 말이었다. 형이 왔다고? 선이 말에 나는 놀랐으나 형을 만난다는 반가움보다 대하기가 서먹한 기분이라 그 반가움을 제대로 표현할 수 없었다. 형은 나와 나이가 많이 차이 나기도 했지만 자주 보거나 말할 기회가 별로 없었기에 내게는 늘 두려운 집안 어른으로 여겨졌기 때문이다. 다른 애들은 형을 두고 '성'이라 부르며 반말지거리를 예사로 했으나, 우리 집에서는 형을 반드시 형님이라 부르게 했고 낮춤말을 못 쓰게 했다. 형과 내 나이 차이가 꼭 열 살이었다.

"아부지, 저 왔습니더." 나는 댓돌 앞에서 겨우 그 말만 했다.

방문이 열리고 검은 테가 둘린 안경을 낀 형이 얼굴을 내밀었다. 검게 탄 여윈 모습이었다. 군모를 벗은 짧은 새치 머리칼에 홀쭉한 형의 모습이 마치 안경 낀 고슴도치 같았다. 얼굴은 언제 세수를 했는지 먼지가 앉아 뽀샜다. 후줄근한 군복 차림이지만 견장에는 말똥 두 개, 중위 계급장을 달고 있었다. 육군 장교라면 그 모습이 늠름해야 하는데 헐렁한 군복을 입고 꾸부정하게 앉은 형의 왜소한 모습이 내게는 초라해 보였다. 얼른 보긴 했지만 형은 탄띠를 두르지 않았고 권총을 차고 있지도 않았다. 나는 호작질 삼아 공책 뒷장에다 만화 그리기를 좋아했는데, 국군을 그릴 때는 형을 연상하여 철모를 쓰고 위장망 한 군복에 탄띠를 두르고 권총 찬 당당한 모습의 군인을 그렸던 것이다. 계급장도 병졸 표시인 갈매기가 아닌 장교로 마름모꼴 다이아몬드를 그려 넣었다.

"정식이구나. 어서 들어온나." 형이 여윈 뺨에 미소 띠며 말했다.

나는 아무 말도 못한 채 머리를 꼴아박고 안방으로 들어갔다.

"형이 문경에 들를 일도 있고 해서 며칠 휴가를 얻어 나왔단다. 형님께 인사하거라." 아버지가 들뜬 소리로 말했다. 아버지의 눈 가장자리에는 눈물이 말라붙어 있었다. "부대에서 중위로 진급시켜주며 고향에도 댕겨오라고 휴가를 준 모양이다." 아버지는 이어, 휴가를 주면 적어도 보름 정도는 돼야지, 불과 나흘이 머꼬, 하며 불평을 했다. 전방에서 고향까지 갔다 오다 보면 길바닥에서 나흘을 다 보내겠다는 것이다.

"형님, 왔습니껴." 들고 온 책보를 옆에 놓고 나는 조그맣게 그 말만 했다. 형 옆에는 배가 부른 군용 백이 놓여 있었다. 문득 전쟁이 난 그해 봄이니, 이태 전이지만 형이 집에 왔을 때 사온 동화책과 호두과자가 생각났다. 이번에도 형이 메고 온 저 가방 속에는 내게 줄 그런 선물도 들었을 거라고 짐작했다.

"소대장은 앞장서서 돌격을 외쳐대느라 적이 표적 삼아 사살한다던데, 중위라면 인자 소대장은 면했겠구나. 애비는 니 생사 걱정으로 잠을 제대로 못 잔 나날이었다. 니 에미는 부디 몸 성히 군대 생활 마치게 해달라고 밤낮을 가리지 않고 정화수 떠다 놓고 지극 정성으로 비손하고. 그 간절한 기도는 내조차 눈물 없이 봐낼 수가 없단다." 아버지의 눈물 그렁한 표정이 감격에 들떠 있었다.

형은 잠자코 있다 입을 떼어, 이제 소대장 딱지는 떼었고 지금은 중대장의 참모로 복무 중이라고 했다.

"그래, 김천에서 기차를 탔다면 아침밥은 챙겨 먹었나?"

"역전 국밥집에서 얼요기를 했습니더." 형은 잠시 말을 끊곤 듣는 이가 궁금할 때쯤에야 말을 이었다. 형은 어제 새벽에 부대를 나서서 폭격으로 폐허가 된 철원을 빠져나와선 거기서 진중 트럭 편에 서울 용산역으로 가서, 어두워져서야 떠나는 군용열차 편에 새벽녘에야 김천역에 도착했다는 것이다. 김천역에서 대기하다 경북선으로 기차를 갈아타서 상주역에 도착하니 낮참이라 했다.

"내 얼른 시장에 댕겨오꾸마. 닭이라도 한 마리 잡아 고아야제. 어제 새벽에 부대를 나섰다면 곤하겠다. 몸부터 닦고 그동안 다리

뻗고 편케 좀 쉬거라." 아버지가 서두르며 자리에서 일어섰다. "하필 이럴 때 큰집에 갔을 게 뭐람. 박 서방이 끌고 올 달구지 편에 오늘쯤은 온다고 했는데…… 햇곡 타작이 채 안 끝났나. 아니면 내친김에 친정까지 댕기러 갔나." 아버지는 큰애가 마침 휴가 나왔을 때 엄마가 집에 없는 게 못마땅한지 불평을 구시렁거렸다. 아버지가 말한 박 서방이란 달구지에 햇곡 가마와 엄마를 함께 싣고 올 나이 든 큰집 머슴이었다.

"어머이도 안 계시는데 뭐 닭까지. 어차피 저는 문경까지 올라가야 하니 제가 금곡리 큰댁으로 나서지요."

"이 길로 나선다고?" 무슨 소리냔 듯 방을 나서던 아버지가 돌아보았다.

"고향에 들러 집안 어른들께 인사 올리고, 모처럼 선산도 둘러보겠습니다. 군 생활 중에도 늘 고향 땅과 엄마가 젤로 보고 싶데요." 상주에서 떠날 시간은 말하지 않은 채 형이 말했다. 금곡리는 함창에서 동남 방향으로 시오 리쯤 떨어진 낙동강 강변 마을이었고, 금곡리에서 함창 나가는 길목인 신덕리에 외가가 있었다. 외할머니는 외손자인 나를 무척 귀여워해 이런 가을철에 외가에 가면 홍시에 햇밤을 비롯해 가을철에 나는 온갖 열매를 갈무리해다 내게 먹였다.

"벌써 낮참이 넘었는데, 지금 나설라는 건 아니지? 함창 금곡까지가 몇 리인가. 40리 길 아닌가. 해 짧은 가을인데 지금 나서면 밤이 깊어서야 금곡에 들 거야. 시절이 하 수상하니 밤길에 무슨 변을 당할지 알 수도 없고. 오늘은 여기서 자고 내일 낮차로 함창에 올라가거라."

"낮차 타기보담 모처럼 고향 산천도 구경할 겸 아침 일찍 도보로 나서겠습니더." 함창 면소까지는 기차를 탄다 해도 거기서 도보로 다시 시오 리를 걸어 내려와야 금곡리에 닿으니 형이 아침 일찍 나서서 걷겠다는 것이다.

"어쨌든 오늘 밤은 여기서 잘 것 아닌가." 아버지가 마루에서 내려섰다. 선이를 부르더니 시장에 같이 가자고 말했다. 선이가 통신선으로 얽어 짠 시장바구니를 들고 따라나섰다.

"넌 학교 공부 열심히 하지?" 아버지가 나가고 나자 잠시 뜸을 들였다 형이 내게 물었다.

"예." 나는 그 말밖에 달리 할 말이 없었다. 언제쯤 형이 군용 백을 풀어 내게 줄 선물을 내놓을까 하고 기대했으나 종내 그 기대는 이루어지지 않았다. 그렇다고 형에게 내게 줄 선물로 뭘 사왔습니껴, 하고 묻기에는 차마 입이 떨어지지 않았다. 형이 말을 하지 않았고 나도 할 말이 없으니 둘만의 분위기가 서먹했다. 형과 앉아 있기가 어색하여 나는 슬그머니 방을 나섰다.

"좀 씻어야겠구나." 형이 나를 따라 마루로 나섰다.

형은 웃옷을 벗더니 러닝셔츠 바람으로 대야에다 물을 퍼와 축담에 놓았다. 내가 부엌에서 비눗갑을 찾아와 형에게 주었다. 형은 안경을 벗어놓고 얼굴과 목을 씻기 시작했다. 형의 몸은 어디에도 살점이라 부를 만한 데 없이 깡말라, 뼈대가 가죽을 감싸고 있는 느낌이었다. 속옷에 가려서인지 부상을 당했다는 흉터 자국은 보이지 않았다. 형의 여윈 어깨뼈를 보자 저런 형편없는 몸으로 인민군과 싸우는 육군 장교라고는 도무지 믿어지지가 않았다. "형은 니 아부지를 빼낸 듯 닮아 누구한테든 목청 돋워 따지는 법이 없었제. 심성 고운 샌님 아닌가. 전쟁이 나자 서울로 하숙비를 부쳐줄 길도 막히게 됐으이 배를 얼마나 곯았겠노. 그러다 인민군에 끌려간 게지. 그 힘들다는 군대 생활을 말라깽이 몸으로 우째 견뎌냈는공 모르겠어여. 어서 전쟁이 끝나야 할 긴데……" 형이 생각날 때마다 전선이 있다는 북녘 하늘을 보며 탄식을 읊던 엄마였다. 북쪽 그 어디에선가 하루도 쉬지 않고 전쟁은 계속 중이었고, 날마다 수없는 전상자가 발생한다는 소식이 잇달았다.

푸푸 소리를 내며 세수를 할 때 형의 목에 걸린 군번줄이 반짝이며 대롱거렸다. 나는 군인들이 자기 이름과 군번이 요철로 새겨진 알루미늄판으로 된 군번줄을 왜 목에 걸고 있는지를 작은누나에게 들어 알고 있었다. 전투 중에 군인이 전사했을 때, 얼굴조차 식별할 수 없게 타버리거나 얼굴이 뭉개져서 사람 형태를 분간할 수 없을 때, 포격으로 몸통에서 머리가 떨어져나갔을 때도 전사자가 걸치고 있던 군번을 보고 그가 누구인지를 식별할 수 있다고 했다.

그날 밤, 아버지와 형은 삶은 밤을 먹으며 밤이 깊도록 이야기를 나누었다. 내가 잠자리에 들었다 눈을 떠보면 그때까지도 아버지와 형은 잠에 들지 않은 채 전방 이야기며 집안 이야기를 도란도란 나누고 있었다.

이튿날 아침, 아버지와 형과 겸상하여 아침밥을 먹을 때, 아버지는 하룻밤만 자고 이렇게 떠나면 섭섭해서 어쩌겠느냐며, 형이 아침밥을 먹고 곧장 집을 나설 일을 두고 안타까워했다. 호롱불 아래

밤이 깊도록 잠을 자지 않고 형과 대화했음에도 아직도 못다 한 말이 남았다는 듯, 아버지는 형에게 군 생활을 두고 이것저것 물으며 몸조심하라고 일렀다. 아버지와 형의 대화가 대충 끝났을 즈음, 이제 내가 나섰다. 학교가 맞춤하게 가을 방학을 시작했으니 형님 따라 엄마를 만나러 나도 금곡리로 가겠다고 아버지를 졸랐다.

"니가 금곡리까지 40리를 걸어가겠다고? 택도 없다. 20리만 가면 발바닥에 물집이 잡혀 더는 못 가겠다고 주저앉을걸." 옆자리 개다리소반에서 선이와 같이 밥을 먹던 작은누나가 말했다. 금곡리는 함창 면소에서 동남쪽 방향으로 낙동강 변에 있는 1백 호 남짓한 마을이다 보니 경북선 열차가 그쪽을 거쳐 가지 않았다. 그래서 그쪽은 주로 자전거나 달구지를 이용해 가거나 걸어서 다녔다.

"중학생이라면 몰라도 국민학교 4학년으론 무리다. 처음은 곧잘 따라붙어도 난중에는 형 걸음 따라가기가 힘들걸." 아버지가 말렸다.

"아입니더. 인자 큰집까지 저도 걸어갈 자신이 있어요." 내가 어깨를 펴고 말했다. 그저께 학교 운동회 때 달리기 경주에서 내가 일등 하는 걸 보았다면 아버지 생각이 달라졌을 터였다.

"그래? 식이 그새 많이 컸구나." 형이 내 말에 선선히 동의했다. "그럼 길동무 삼아 형과 같이 고향 길을 걷자꾸나. 가을볕도 좋은데."

"발바닥이 부르터서 피가 나도 불평 없이 걸을 자신 있나?" 누나가 물었다.

자신 있다는 내 말에 아버지도, 식이도 이제 컸으니 경험 삼아 고향 길 한번 걸어보라며 동의했다. 아무리 육군 장교라 해도 나는 형만큼 열심히 걸을 자신이 있었다.

"그럼 선이가 고구마와 감자를 넉넉히 챙겨줘라. 길 가다가 헐출할 때 요깃거리 되게." 아버지의 승낙이 떨어졌다.

"모레나 글피쯤 어머이 모시고 오겠습니다."

나는 가을 방학을 유용하게 쓰게 된 셈이었다. 사실 며칠 동안 못 보았는데도 나는 엄마가 그리웠고, 할머니와 할아버지를 모처럼 뵙게 된다면 용돈을 탈 수도 있으리라 기대했다. 내친김에 금곡리에서 5리 남짓 떨어진 외가댁에 들르면 외할머니가, 우리 손자 왔구나 하며 버선발로 나를 맞을 것이었다.

*

형과 내가 집을 나서자 아버지가 배웅차 따라왔다. 나는 운동모를 쓰고 등가방에 선이가 넘겨준 찐 고구마와 감자, 숭늉이 담긴 물통을 받아 챙겼다. 운동회 때 신었던 운동화를 신고 끈을 단단히 졸라맸다. 형은 철모가 아닌 쭈그러진 작업모를 쓰고 배부른 군용 백을 멘 채 마른 몸에 비해 큰 군화를 신었다. 등에 멘 백 속에 무슨 소중한 물건이 들어 있는지 모르지만, 상주 집에다 풀어놓지 않고 엄마를 뵈러 큰댁까지 지고 간다는 게 내게는 쉬 납득이 되지 않았다. 형이 부끄럼을 많이 타다 보니 사회에 나와서는 철모 쓰고 권총 찬 모습을 민간인에게 보이기 싫어 철모와 총알 꿰미가 든 탄창과 함께 권총을 백 속에 넣은 채 지고 다니다가 부대에 들어가서야 꺼내 쓰고 허리에 찰지 모른다는 엉뚱한 생각까지 들었다. 그렇다고 형이 먼저 말을 하지 않는데 내가 불쑥 백 속에 무슨 보물단지가 들었느냐고 속내를 보이기에는 서먹함으로 입이 떨어지지 않았다.

아버지는 마을이 끝나고 들녘이 시작되는 신작로까지 형을 배웅하며 눈물을 질금거렸다. 이렇게 떠나면 언제 또 휴가 얻어 나올 텐가 하며 서러워하다가, 어서 전쟁이 끝나고 제대해서 학교를 마쳐야 할 텐데 그날이 언제일꼬 하며 탄식하다가, 총알이 우박처럼 쏟아진다는 전방이지만 부디 몸 성히 군 복무를 마치라고 격려하기도 했다. 아버지는 형을 떠나보내며 안절부절못했다.

"너무 염려 마이소." 아버지에 비해 형은 덤덤했다. "전선이라 캐서 어디 내 혼자 싸웁니까. 옆에는 목숨 걸고 함께 싸우는 전우가 많습니더. 그들도 모두 고향에는 부모 형제가 있는 몸이라요." 형이 오히려 아버지를 위로했다.

"말이야 그렇지만 어데…… 니 있는 강원도 첩첩 산골 철원이란 데가 김화 평강과 함께 철으 삼각지대라 카데. 국군과 유엔군을 상대로 인민군과 중공군까지 껴 붙어 전투가 치열하다고 신문에도 실리더라. 큰집 농사일 돕다 군에 간 박 서방 아들도 지난여름 거기 어디메 전투에서 전사해 유골이 되서 고향에 돌아왔단다." 아버지가 주머니에서 준비했던 지폐 몇 장을 꺼내어, 요긴할 때 쓰라며 형 손에 쥐여주었다.

"군대가 모든 걸 해결해주는데 돈이 뭐 필요합니까. 여동생들 학자금도 쪼들릴 텐데, 가용에나 보태 써이소." 형이 한사코 거절했으나, 섭섭해서 너를 그냥 보낼 수 없다며 아버지도 지지 않았다. 아버지의 간절한 간청에 결국 형이 지고 말았다.

잠시 말없이 걷던 형이 걸음을 멈추었다.

"아버지, 그럼 이제 여기서 헤어져요. 아버지도 몸조심하시고…… 어젯밤에 아버지 말씀 듣자 하니 금곡리 집에 그대로 눌러 살았담 경칠 일을 당했을 것 아닙니까. 전쟁 직전 농민운동했던 영호 아버지가 전쟁 나자 보도연맹에 걸려 비명횡사당했다니, 상주로 이사 잘 나오신 게지요. 전쟁 끝날 때까지 매사에 몸조심하이소." 형이 안경을 벗곤 눈자위를 훔쳤다.

형의 말투로 보아 어젯밤 내가 잠에 든 뒤 우리 집이 금곡리에서 상주로 이사 나온 이야기가 있었던 듯했다. 내가 나중에 들어서 알게 되기로, 아버지가 집안의 지체로서 상주로 분가하게 된 데는 두가지 이유가 있었다. 아버지가 가난한 농민을 돕다 보니 해방 직후부터 농민운동에 나선 사람들과 자주 어울렸던 모양이었다. 그러다 1949년 가을에 누가 신고를 했는지 밤중에 집으로 들이닥친 순경 손에 아버지가 달려가 함창 지서에서 보름 동안 영창살이를 하며 치도곤을 당했다. 그것도 할아버지가 백방으로 손을 쓴 끝에 박서방이 지게로 아버지를 지고 금곡리로 돌아올 정도로 온몸이 으깨졌던 것이다. 그 뒤부터 아버지는 매사에 몸을 사리며, 불안해서 고향에서는 못 살겠다며 겁을 먹었다. 이따끔 지서 순경이 금곡리 집으로 찾아왔던 것이다. 마침 자식들 교육 문제가 대두되자 그게 아버지에게 고향을 떠날 구실이 되었다. 시골에 들어앉아서는 어떻게 밥이야 먹고살겠지만 네 자식 교육에 애로가 많음이 사실이었다. 전쟁이 나기 전인 1950년 해동머리에 우리 여섯 식구가 선이를 끼워 군청 소재지인 상주읍으로 집칸을 마련해 이사를 떠났다. 우리 집안은 낙동강 변 금곡 들녘에 전답이 많았는데, 할아버지가 그중 일부를 처분하여 아버지께 유산 삼아 나누어주었던 것이다. 전기도 없던 금곡리에 비해 밤이면 전등 불빛이 번쩍거리는 상주읍이야말로 우리에게는 도회지와 다름없었다. 일찍이 상주로 유학해 농잠학교(農蠶學校)를 졸업한 아버지에게 상주는 아주 낯선 고을이 아니었다. 아버지는 평소에 생각해둔 듯 곧 양과자 만드는 데 경험이 있는 분을 청빙해서 가내 과자공장과 점포를 열겠다고 서둘렀다. 엄마와 집안 어른들이 그 사업의 타당성에 비관적이라 반대가 심했으나 무엇에 한번 빠져들면 정신을 아주 놓아버리고 골몰하는 아버지의 고집을 누구도 꺾을 수 없었다. 금곡리에 살 때 시오 리를 타박타박 걸어 함창 면소에 있는 국민학교를 다닌 나는 상주로 나오자 집과 학교와의 거리가 1백 미터에 불과했다.

"큰애야, 잘 가. 부디 몸 성케 군대 생활 잘해. 건강한 몸으로 다시 보자꾸나. 넌 우리 집으 장자임을 잊으면 안 돼. 애비 말 부디 명심하거라." 아버지는 끝내 울음을 질금거리더니 소매로 흐르는 눈물을 닦았다.

형이 죽으러 가는 걸음도 아닌데 아버지가 형을 떠나보내며 왜 이토록 슬퍼하는지 나는 그 이유를 알 수 없었다. 그때 어린 내 소견으로는 분명 그랬다. 군인이 전쟁터에서 다 죽게 된다면 싸울 자가 없는데도 2년 반 넘게 전쟁은 하루도 쉬는 날 없이 저 북쪽 어디에서 계속되고 있었다. 그 시절 나는 죽음의 심각성, 그 자체의 의미를 제대로 이해하지 못했다. 전쟁터에 자식을 보내본 부모가 되어보아야 그 마음을 헤아릴 수 있을 텐데, 나는 천둥벌거숭이 열두 살 소년에 불과했다.

동구 앞에서 아버지는 눈물을 훔치며 걸음을 묶었고, 형은 돌아서서 손을 흔들며 걸었다. 나는 말없이 형의 그림자이듯 뒤를 따랐다. "정호야, 잘 가!" 하는 아버지의 외침이 가물가물 멀어지고, 그 자태도 옥수수만큼 작아졌다. 산모롱이를 돌자 그나마 아버지의 모습은 보이지 않았다. 한참을 걷다 내가 무심코 뒤돌아보니 산마루에 콩만 한 점 하나가 보였다. 무슨 불길한 예감에 쫓겨서인지 아버지가 거기까지 뒤쫓아와 떠나는 형을 멀게 배웅하고 있었다. 훗날 아버지는 그때를 두고 집안 식구에게 자주 그런 말을 했다. "왠지 큰자식을 다시는 못 볼 것 같은 예감이 드는 기라. 그래 생각을 안 할라 캐도, 꼭 그 자식을 마지막 보는 것 같은 불길한 예감이 먹장구름처럼 가슴을 훑어 내리는 기라."

*

10리쯤 걸어 초산리를 지날 동안까지 형과 나는 빨리 걷기 시합이라도 하듯 말없이 잰걸음만 놀렸다. 구름 한 점 없는 가을 하늘이 드높이 푸르렀고 햇살은 눈이 부셨다. 들녘은 다 익은 벼가 이삭의 무게에 겨워 축축 늘어져 있었다. 길가에 핀 색색의 코스모스 꽃송이가 바람에 고갯짓하는 모양이 아름다웠다. 나는 코스모스 꽃대를 꺾어 하늘에다 띄웠다. 코스모스꽃이 헬리콥터의 프로펠러처럼 맴을 돌며 떨어져 내리는 게 재미있었다.

"정식아, 꽃을 함부로 꺾지 마. 꽃도 생명이 있어." 형이 한마디 해서 나는 그 장난질을 그만두었다.

누렇게 익은 논 가운데 여기저기 벙거지 쓰고 헌 옷을 걸친 허수아비가 섰고 아이들이 참새 떼를 쫓느라고 줄에 달린 깡통종을 흔들며 "후야 후야" 하고 외쳐댔다. 추수 절기만 되면 그동안 어디에 숨어 살다가 나타났는지 온 들녘은 수백 마리의 참새 떼가 무리지어 제 세상인 듯 활개 쳤다. 참새 떼는 아무리 쫓아도 이 논에서 저 논으로 자리만 옮길 뿐 소용이 없었다. "피땀 흘려서 지은 농사 저 참새 새끼들이 다 까묵는다" 하면서도 농민들은, 올해 가뭄과 태풍은 있었으나 평년작은 될 만하다고들 말했다. 들에는 벼 베기에 나선 보리짚모자 쓴 농부들이 많았다.

트럭이라도 지나가면 얻어 타려 했으나 좀체 차가 지나다니지 않았다. 우리와 같이 먼 길 나선 동행인도 없었다. 연장 들고 논일하러 나온 농부와 새참 함지를 인 아낙네들은 심심찮게 만났다. 어른들과 길을 맞닥뜨리면 형은 길을 조금 내주며 군모 챙을 들어 올려 반쯤 벗는 시늉을 하며 알은체 미소를 띠어 보였다. 상대가 모르는 사람인데도 형의 지나친 예의가 내게는 왠지 조금 모자란 사람이거나 비굴하게 비쳤다.

"형님, 모르는 사람한테도 왜 인사 차립니껴?"

"다들 고향 어른들 아닌가."

형은 고향 가는 길이 즐거운지 사방을 살피며 길 이수만 줄일 뿐 말이 없었고, 나라도 무슨 말을 꺼내야 하는데 딱 부러지게 묻고 싶은 말도 없었다. 등에 진 그 백에 뭐가 들어 있어요? 하고 묻고는 싶었으나 그런 말을 불쑥 꺼내기가 생뚱스러웠다.

남쪽 하늘에서 우렁찬 굉음이 들리더니 지나온 상주 쪽 하늘에서 전투기들이 새까맣게 날아왔다. 전투기는 열몇 대가 편대를 이루어 북쪽 하늘로 날아갔다. 북쪽의 전선으로 폭격차 나선 전투기들이었다. 후방은 농민들이 열심히 농사지어 곡식 거두어들이기에 바쁜데 전방은 오늘도 치열한 전투가 계속되고 있었다. 전투기 편대가 북쪽 산 너머로 사라져 속도의 파열음으로 멍멍하던 귀가 뚫리자 나는 드디어 질문거리를 생각해냈다.

"형님, 공산주으는 와 나쁩니껴? 전쟁을 일으켜서 나쁩니껴?"

잠시 생각에 잠겨 걷던 형이 어렵사리 말을 꺼냈다. 형이 말을 할 때는 대체로 잠시 뜸을 들임을 깨달았다.

"저쪽은 남조선이 전쟁을 일으켜서 되받아쳤다고 우기지. 공산주으가 나쁘다? 내가 겪어보았는데, 우리 쪽보다는 좋지 않은 점도 있어. 넌 아직 그 뜻을 못 깨우치겠지만……, 인간으 기본적 권리인 자유를 제약하니깐."

"자유를 제약한다고요?" 나는 형의 말을 알아들을 수 없었다.

"그래, 우린 자유를 지키려고 싸우지."

형을 두고 엄마가 한 말이 생각났다. "니 성은 비싼 월사금 내면서 대학교서 철학이라는 공부를 한단다. 철학이 무슨 공부고? 니 아부지가 대충 설명을 해주더라만 난 도무지 알아들을 수가 없어. 집안으 장잔데 쟈가 다른 공부 다 놔뚜고 한사코 책만 읽는 그 공부를 해보겠다 안 카나."

"형님이 대학교서 철학을 공부하이까 애럽은 말을 쓰네요."

형은 대답 않고 묵묵히 걸음만 떼었다. 어쩌면 저 군용 백 속에는 철학책이 가득 들어 있는지 모르겠다는 생각이 들었다. 큰누나 말로 철학은 어려운 책을 많이 읽어야 하는 학문이라고 말했다.

"그라면 공산당은 자유를 안 주니까 인민군에서 탈출했습니껴?" 내가 연거푸 질문했다.

형이 뜸을 들였다 말했다. "그렇다고 볼 수 있지. 낙동강 전선에서 퇴각하여 부대가 이 길 따라 올라오다가 마침 고향 부근을 지날 때가 밤이어서 부대를 벗어났어. 뒤쪽에서 나를 겨눈 총탄이 수없이 날아왔으나 작은 부상만 입은 채 탈출에 성공했어. 운이 좋았기에 산 셈이야."

"공산당이 싫어서 탈출했습니껴, 아니면 고향 집 근처이니 아버지 엄마가 보고 싶어서 탈출했습니껴?"

"너 말 듣고 보니 두 가지 이유가 다 맞는 것 같구나. 고향 땅을 그냥 지나칠 수가 없었어." 안경알 속의 형 눈이 반짝 빛났다.

전쟁이 난 그해 초가을, 상주에서 북으로 뚫린 국도 따라 인민군 부대가 퇴각한 뒤로도 한동안은 아주 화급한 일이 아니고는 이 국도로 밤길 나서는 사람이 없었다. 우리 집도 큰집에서 제시를 모시러 금곡리 고향에 갈 때도 어른들은 밤길 걷기만은 피했다. 더러 낙오된 채 산중을 헤매는 인민군 패잔병들을 만나곤 했던 것이다. 민가로 내려오지 못한 허퍼한 그들은 민간인을 만나면 먹을 것을 요구하다가 말을 잘 듣지 않으면 지닌 총으로 총질을 하기도 했다.

나는 형에게 더 물을 말이 떠오르지 않았다. 갑자기 말문이 막힌

꼴이었다. 형과 나는 말없이 타박타박 걸었다. 촘촘히 늘어선 버드나무 가로수도 가을이 깊자 무성한 잎들이 노랗게 물들어 우수수 낙엽을 떨구었다. 고추잠자리 몇 마리가 눈높이에서 맴을 돌며 줄곧 우리를 따라왔다. 2백여 호 초가가 대숲으로 둘러싸인 백원리를 넘어서자 길이 새총 가지 꼴인 두 갈래로 벌어졌다. 형과 나는 여태 걸어온 국도를 버리고 소달구지가 다닐 만한 샛길로 들어섰다. 상주에서 따지면 이제 금곡리까지 절반을 넘어선 셈이었다. 나는 발바닥이 아프고 허기가 졌으나, 형은 쉬어가자고 말하지 않았다. 운동화 끈이라도 조금 느직이 싸매고 싶었다. 해는 이미 중천에 올라 따가운 가을볕을 퍼붓고 있었다. 땀이 차 목덜미가 근지러웠다.

"다리 안 아푸나?" 형이 물었다.

"안 아픕니더." 사실은 좀 쉬다 갔으면 싶었으나 나는 그렇게 말할 수밖에 없었다.

"저 나무 그늘 밑에서 잠시 쉬었다 가자. 물도 마시고."

형과 나는 소나무 그늘의 납작한 바위에 앉아 다리쉼을 했다. 나는 등가방을 열어 수통 물을 형에게 건넸다. 형이 먼저 물을 마시고 나도 물을 한 모금 마셔 갈증을 풀었다. 고구마 한 개를 형에게 주고 나도 한 개를 먹었다. 말이 없으니 심심했는데, 마침 형에게 물을 말이 생각났다.

"형님, 적과 전투할 때 총 많이 쏴봤겠네요?" 막상 묻고 보니 싱거운 질문이었다. 군인이 전투에서 총을 쏘지 않는다면 적이 쏜 총알에 먼저 맞을 터였다. 그러나 내가 그런 질문을 한데는 심성 곱고 몸이 약한 형이 과연 적을 향해 연발로 총을 쏠 수 있을까가 의

심스러웠기 때문이다.

"총? 많이 쏴봤지."

"그러면 적병도 많이 죽였겠네예?"

형은 대답이 없었고, 한참을 기다려도 입을 떼지 않았다.

"적군과 육박전도 해봤습니껴?" 내 질문이 집요했다. 형이 육박전을 했다면 틀림없이 힘센 적병을 이기지 못했을 것이다.

"지난봄, 야간전투 중에 육박전이 붙었지. 깜깜한 밤이라 나중엔 누가 누구 편인지 모르겠더군. 따지고 보면 군인은 힘만으로 싸우지는 않아. 전투 중에는 담력이 필요해."

나는 깜짝 놀랐다. 형도 적과의 육박전에 참가했다니, 나는 형이 육박전에 나서는 장면을 상상할 수 없었다. 담력? 형에게 그런 게 있을 것 같지가 않았다. 그러나 따져보니 힘센 군인이 총을 더 잘 쏜다는 법은 없을 성싶었다. 방아쇠를 당길 힘만 있으면 될 터였고, 방아쇠 정도는 나도 당길 수 있었다. 형과 나 사이에 말이 없었다.

"쉬었으니 인자 가자. 어서 가야 엄마와 할아버지 할머니를 뵈올 수 있지." 형이 엉덩이를 털며 일어섰다.

나는 긴 꼬챙이 하나를 주어 길잡이 삼아 앞으로 밀고 나갔다. 막대 끝이 돌부리에 차여 꼬챙이가 분질러질까 봐 요리조리 조종하며 피해 걷는 재미가 쏠쏠했다. 그 일에 골몰함도 길 걷기의 지루함을 달래주었다. 땅을 미는 꼬챙이 끝이 앞서 걷는 형의 그림자 밖으로 이탈하지 않으려 애를 쓰다 보니 내 걸음도 자연스럽게 형과 보조를 맞추게 되었다. 무료함을 달래느라 나는 그즈음 아이들과 곧잘 부르는 유행가를 입에 올려 흥얼거렸다.

"전우의 시체를 넘고 넘어 앞으로 앞으로/낙동강아 잘 있거라 우리는 전진한다…… 화랑 담배 연기 속에 사라진……" 나는 거기서 노래를 멈추었다. 형이 들을까 봐 그다음 단어를 입에 올리기가 미안쩍었기 때문이다. 형이 가만가만 부른 내 노랫소리를 들었을까 싶었으나 형 쪽에서는 아무 반응이 없었다. 지금 형은 무슨 생각에 골몰하며 걷고 있을까 하는 의문이 들자 문득, 담배 연기 속에 사라진 전우를 생각하고 있을까? 그래서 말없이 묵묵히 걷고 있을까 싶었다. 덕가못까지 왔으니 30리쯤 걸었고, 이제 10리만 걸으면 금곡리였다.

"형님, 잠시 쉬었다 가입시더. 고구마, 감자도 묵고요. 목도 마릅니더."

"그러자꾸나. 저기 저 나무 그늘 밑이 좋겠구나."

형과 나는 낙엽이 떨어지는 상수리나무 아래 자리를 잡았다. 수북이 잰 낙엽으로 우리가 앉은 자리가 방석을 깐 듯했다. 나는 등가방을 벗어 고구마와 감자를 꺼내놓았다. 물통의 물로 목을 축였다. 나는 신발 끈을 풀고 내친김에 운동화마저 벗었다. 신발 속에 갇혀 있던 발을 해방시키니 그렇게 시원할 수가 없었다. 엄지발가락에는 물집이 잡혀 쓰라렸으나 형 앞에서 아픈 표정을 보이기 싫었다. 거봐, 왜 따라나섰어, 하는 핀잔을 들을 것만 같아서였다. 형도 등에서 백을 내려선 신줏단지 모시듯 조금 높은 지대에 따로 놓고 내 앞에 마주 앉았다. 안경을 벗고 얼굴에 찬 땀을 손수건으로 닦았다. 나는 먹을거리를 펼쳐놓았다.

"참, 모처럼 집에 왔는데 네게 줄 선물을 못 사왔구나. 사실 생각은 했는데 물건 살 상점이나, 그럴 만한 시간이 없었어. 미안해. 다음에는 선물을 꼭 사오마." 형이 문득 생각난 듯 말했다.

나는 이 기회가 아니면 다시는 물을 수 없을 것 같았다. 다름이 아니라 내내 궁금했던 불룩한 군용 백이었다.

"형님, 저 백은 계속 지고 댕기는데 그 속에는 뭣이 들어 있어요?"

"그게 궁금했던 모양이구나." 형이 모셔놓은 군용 백을 쳐다보았다. 형은 한동안 입을 다문 채 또 뜸을 들이다 말했다. "백 속엔 군번이 들었지."

"군인들이 목에 거는 군번요?" 형은 거짓말을 하고 있었다. 군번이라면 딱지만 한 작은 알루미늄판이다. 형도 목에 걸고 있었다. 만약 진짜 군번이라면 저 백 속에는 수백 개의 군번이 쟁여져 있을 것이다. "군번은 얄팍하고 쪼맨한데 백은 불룩하잖아요?"

"너한테 어떻게 설명할까……, 전사한 군인으 군번하고……, 너무 젊어서 죽어 아직도 저승에 못 들고 떠도는 영혼이 담겨 있다고나 할까. 나는 그 전우으 군번과 영혼을 문경에 사시는 부모님에게 전해줄 겸 잠시 휴가를 나왔어."

"영혼을 지고 왔다고요? 참말로 잘 모르겠네요." 나는 머리를 저었다. 그 당시, 나는 형이 전우의 유골 상자를 백에 지고 온 걸 이해하지 못했다. 죽은 군인의 유골 상자와 군번을 인편을 통해 고향의 부모에게 보낸다는 사실을 몰랐던 것이다. 어린 아우에게 백 속에 죽은 자의 뼛조각이나 해골이 들었다고 말하기가 무엇해 에둘러 표현한 형의 그 말이야말로 내게는 철학적이었다.

"영혼을 부모님께 가져다줄 생각만 하면……, 그 어려운 장면을 어떻게 넘길까, 걱정부터 앞서. 그러니 그 얘기는 그쯤 하고, 먹자. 많이 걸어 배고프겠다."

*

다시 길을 나서서 형과 나는 말없이 걷기에만 몰두했다. 이제 묻고 싶은 말도, 하고 싶은 말도 없었다. 형도 마찬가지일 터였다. 우리는 마치 걷기 시합이라도 하듯 말없이 형이 앞서거나 내가 형을 따라잡아 앞서기도 했다. 빠작빠작 땀을 흘렸으나 배를 든든히 채웠기에 힘이 났고 금곡리가 가까울수록 엄마를 보고 싶어 마음이 들떴던 것이다.

솔리고개를 넘자 낙동강 변의 넓은 함창 들이 눈앞에 부챗살처럼 훤하게 펼쳐졌다. 고향의 누런 황금 들판이었다. 저 멀리로 이안천 둑이 보였고 이안천이 흘러들어 큰 강줄기를 이룬 낙동강의 번쩍이는 물줄기가 그 너머에 있었다. 추수기를 맞은 너른 논의 벼는 따가운 햇살 아래 그야말로 황금빛 들판으로 물들였다. 함창면 오동리에서부터 동남향 낙동강 강변을 깔고 펼쳐진 함창 들은 경북 내륙 지방에서는 보기 힘든 곡창지대 평야였다.

"함창 들을 보니 가슴이 확 트여. 난 너만 할 때를 이안천에서 놀았고 이 들판을 누비며 컸어. 고향을 떠나 대구에서 중학교(전쟁 전 6년제)를 거쳐 서울로 올라갔어도 내 마음속에는 늘 이 함창 들이 떠나지 않았지. 전선에서 싸울 때도 이 고향 산천으로 반드시 살아서 돌아오겠다고……" 언덕에 서서 형이 감회에 사로잡힌 듯 걸음을 묶고 말했다. 가슴을 활짝 펴 보이는 형의 자세가 그때만은 늠름했다.

나도 큰 숨을 내쉬었다. 너른 황금색 들을 보자 내 가슴도 확 트였다. 우리 집안이 상주로 나오기 전 유년기 한 시절을 나 역시 함창 들녘을 마당 삼아 놀았다. 두 누나 뒤를 열심히 졸졸 따라다녔다. 누가 내게 고향을 물으면 나는 지명이 잘 알려지지 않은 함창이라고 말하지 않고, 국민학교 시절 대부분을 보낸 상주라고 대답한다. 전쟁이 끝난 이듬해인 1954년 국민학교 6학년 때 우리 집이 대구로 이사해 내게는 대구가 더 많은 소년기의 추억을 남겼지만 대구가 고향은 될 수 없었다. 정확하게 말한다면 나와 우리 형제들의 태반이 묻힌 상주군 함창면 금곡리가 고향이었다. 언젠가 큰누나가 내게 우리 집안 성씨를 두고 말했다. "옛날 옛적 여섯 가야로 나뉘어 있던 시절, 함창 땅에는 고령가야(古寧伽倻)란 나라가 있었단다. 나중에 다섯 가야는 신라에 항복해 속국이 되었으나 고령가야만은 넓은 들을 끼고 있어 양식이 풍부했기에, 우리는 우리대로 살겠다고 끝까지 항복을 않았단다. 그러다 끝내는 신라에 정복당했제. 역사책에 나오는 김유신 장군은 항복한 김해가야 왕실 자손이라 신라으 장군 벼슬을 받았지만, 우리 함창 김가는 고령가야 왕실 자손이지만 항복을 안 했기에 벼슬을 받지 못했지. 자손도 뿔뿔이 흩어졌고. 그래서 지금도 함창 김가는 전국적으로 8천 가구에 2만여 명 정도 돼. 그러나 함창 면소에 가면 함창 김씨 태조 왕릉묘와 태조 왕후능이 신라 왕릉 못지않게 크게 자리해 있어. 땅속에

36

묻힌 채 수백 년이 지난 후 일제 초에야 왕릉이 발굴되었고, 비석에 함창 김씨 시조 태조능이란 기록이 나왔단다."

"이제야 다 왔군. 저기, 저기가 고향 땅이야! 금곡리가 보이잖나. 어서 가자. 어느 누구보다도 어서 엄마부터 보고 싶어. 전쟁터가 얼마나 절망적이고, 하루하루가 무서운 나날인지……, 엄마 품에 안겨 실컷 어리광 부리며 울고 싶어." 참고 참아온 말인 듯 형의 목소리가 울먹임으로 떨렸다.

나는 형의 안경알이 눈물로 번들거림을 얼핏 보았다. 그러면 그렇지. 형이 이제야 실토를 하는군. 형은 육군 장교지만 몸이 약한 겁쟁이가 맞거든. 그래서 아이들처럼 엄마가 보고 싶다며 우는 거야. 나는 숨겨진 그 무엇을 발견한 듯 쾌재를 불렀다.

*

형과 함께 고향으로 걸었던 40리 길, 그것으로 형에 대한 내 기억은 끝이다. 이튿날 아침, 형은 전우의 군번을 전해줄 문경으로 떠났다. 엄마와 나는 함창까지 시오 리 길을 더 따라가 형을 배웅하고 돌아왔다. 돌아올 때 엄마는, "자식을 꼭 사지로 보낸 것 같은 이 어두븐 마음을 우짤고……" 하며 줄곧 소매로 눈물을 훔쳤다. 형이 그렇게 떠나고, 곧이어 6·25전쟁사에 가장 치열했던 전투, 국군 9사단이 중공군 제38군에 맞서 싸워 10월 6일부터 15일까지 24차례나 주인이 바뀌었고, 9사단 병력만도 3천4백여 명이 희생된 '백마고지 전투'가 있었다.

그해 10월 하순, 형의 이름과 군번이 새겨진 알루미늄판이 다른 전우의 손에 들려 고향 집으로 배달되었다. 훗날 부모님은 형의 유골을 받아 들었을 때의 심정을 두고, "큰애가 문경 사는 전우 집에 유골 상자를 전해주려 집에 잠시 들렀을 때, 그 길이 부모와 고향을 찾아볼 마지막 길이 될 것임을 예감했지 않았겠느냐" 했고, 사람에게는 누구나 자신의 운명에 대해 묵시적으로 암시하는 기회가 한 번쯤은 있다며, 형의 마지막 귀향을 두고 말할 때 애석한 마음을 비치곤 했다.

난민

미군은 대규모 항공 폭격으로 인천 시가지를 폐허로 만든 뒤 9월 15일 미명에 함포 사격과 항공 폭격으로 월미도와 부두 지역을 초토화시켰다. 이어, 새벽녘 만조 때를 이용해 자국군과 한국군을 수백 척의 상륙용 주정으로 실어 날라 월미도에 기습 상륙했다. 여기에 참전한 미군은 7사단 예하 32연대와 한국군 수도 사단 예하 17연대였다. 불의의 공격에 월미도를 수비하던 인민군 3백여 명이 사망하고 1백여 명이 포로로 잡혔다. 북한이 기본 전선(낙동강 전선)에 병력을 총집결시켜 사투를 벌이다 보니 이름만 그럴싸한 최용건 휘하 서해안 방위 사령부는 옆구리에 치명타를 당한 셈이었다.

16일, 남한 측 연합군의 막강한 화력 앞에 인민군 인천 지역 방어가 한순간에 무너지자 북선은 개전 이후 최대의 위기를 맞았다. 인천으로 들어온 남한 측에 의해 서울이 실함되면서 기본 전선의 전 인민군은 퇴로를 차단당한 채 앞뒤에 적을 맞아 싸워야 하는 절

체절명의 위기에 처했다. 17일, 부평을 넘어 경인 가두와 김포 들
녘을 쓸고 들어오는 남한 측 연합군을 맞아 북선은 인민군 18사단
22연대를 앞세워 총력전을 전개했다.

　　서해안 방어 사령부 관하의 인민군 부대와 서울 시민은 서울을
고수하기 위해 결사적으로 궐기했다. 인민군 부대는 서울시와 교외
에 강력한 방어 진지를 구축했다. 서울 시민은 인민군 부대를 도와
참호 진지 구축에 적극적으로 참가하고 시가에 견고한 바리케이드
를 쌓았다. 서울 지역의 노동자들은 무기를 들고 직접 서울시 방어
에 참가했다.

—『조선인민의 정의의 조국해방전쟁사』

(『민족의 증언』 제3권, 중앙일보사 편, 1976, p. 100, 재인용.)

　　그때까지도 당의 선전, 선동이 주효해서 인공 치하에 남아 있던
서울 시민은 전황의 실제 정보에 어두웠기에, 이번 통일 전쟁에 북
선의 승리를 믿어 의심치 않았다. 가두벽보나 인민위원회의 선전
을 통해 인지한 전황 정보는, 부산 해방을 목전에 두고 반동 미제
원수가 타국 민족 문제에 참전해서 통일 완수 과업이 지연되고 있
다는 정도였다. 서울 점령 석 달 동안 북신은 시민들에게 여러 형
태의 집회와 세뇌 교육을 통해 조선의 정통성은 북조선공화국에
있다는 점과 민족 통일의 당위성을 주지시켜왔고, 그 결과 서울 시
민을 북선 지지자로 개조시키는 교화 작업에 일정한 성과를 거두
었던 것이다.

18일 새벽, 봉래 분주소 옥상에 설치된 스피커에서 요란한 사이렌 소리가 여러 차례 울렸다. 지난 7월 하순까지는 서울 상공에 미군 쌕쌕이가 나타나면 서울 사대문 안은 여기저기서 경고음으로 사이렌이 울렸고 대공포를 쏘아댔으나 8월에 들어 미군 쌕쌕이들이 시도 때도 없이 날아들어 서울 하늘을 누비자 대피용 사이렌도 울리지 않았고 대공포도 무용지물이 되었다. 쌕쌕이들은 포대가 설치된 지점마다 정확히 찾아내 우박 퍼붓듯 포탄을 떨구기 때문이었다. 항공 공습은 아침저녁으로 소슬바람이 불기 시작한 가을에 들어 더 극성을 떨어 사대문 안을 초토화시키겠다는 듯 밤낮을 가리지 않았고, 지상의 동정을 낱낱이 살피는 정찰기가 스물네 시간 서울 상공에 대기하는 상태여서 날이 어두워지면 일체 소등을 해야 했다. 어느 장소든 불빛이 보이면 어김없이 폭격을 맞았다. 그즈음부터는 동네별로 지시 사항이 있을 때만 분주소에서 사이렌을 울리곤, 가두방송을 했다. 9월에 들어선 며칠에 한두 차례였던 게, 이틀 전부터는 꼭두새벽에 사이렌이 울린 뒤, 내무서와 분주소에서 큰길과 골목을 돌며 마이크로 방송을 해댔다. 시민의 자발이란 명분 아래, 공역(公役) 동원령 하달이었다.

삭신이 내려앉을 듯 찌뿌드드한 몸으로 잠을 깬 봉래동 주민들은 오늘도 아침부터 날이 저물도록 공역에 시달리려니 했다. 분주소 옥상에 설치된 사이렌이 그치자 여성 방송원이 평안도 말투로, "봉래동 동민 녀러분, 안령하십네까? 어제 진쫑일 얼마나 수고가 많으셨습네까……" 하고 사근사근 서두를 떼더니, 보행이 불편한 중환자나 열 살 이하 어린아이는 빼고 전 주민은 오늘도 아침 9시까지 봉래 인민학교 운동장으로 빨리 집결해달라는 당부였다. 예순 살 안쪽의 청장년층을 포함해서 남녀노소 한 사람도 빠짐없이 인민학교로 나오라며, 나올 때는 삽이나 괭이를 지참하고, 하다못해 가마니라도 들고 나오라고 했다. "판자나 몽둥이를 리용해 등지게를 만들어 나오라구 지시받은 동무들두 있디요? 그런 동무들은 등지게를 지고 나오라요" 하곤, 빈손으로 나오면 모래 부대를 나르게 되니 무척 고될 거라고 말했다. "미제 원쑤 반동군을 막는데 서울 시민이 총궐기하여 한마음 한뜻으로 견결하게 나서야 함을 강조합네다. 어제도 리유를 대어 빠진 동무가 있었습네다. 명단을 파악하고 있으니 오늘은 필히 참석 바랍네다. 동 린민위원회 동지들, 녀맹 부원 동무들이 동민의 명부 대장 들고 가가호호 방문할 것이니 꾀병내다 발각되면 비판받게 되니 리해하시구 협조 바랍네다. 대문 널어두면 방문 시간이 절약되겠습네다" 하고 덧붙였다. 반동분자나 회색분자의 인민재판 회부는 가차 없어도 경애하는 애국 시민은 늘 받들어왔는데, 그저께부터 공역 동원령에 내놓고 엄포 발언이니, 사태가 엔간히 다급함을 알 수 있었다. 이틀 동안 인왕산 마루턱인 무악재에 토치카를 구축하느라 봉래동에 거주하는 남정네들은 새벽부터 어둠이 내린 뒤까지 횃불을 켜놓곤 울력에 나섰고, 아녀자들은 큰길을 가로막는 바리케이드를 쌓느라 허리가 휠 정도로 모래 부대를 져다 날라 녹초가 된 터였다. 오늘은 또 어디로 노역에 나서게 될지 알 수 없었다. 소집에서 빠지려면 집 안에 파놓은 방공호 외에 더 깊이 숨어, 간부 동무들의 호구 방문에 들키지 말거나, 서울을 탈출하는 길밖에 없는데, 사방에 깔린 내무서와 분주소의 검문을 어떻게 피한다 해도 사대문 밖까지 검문검색이 심하다니, 여행 허가증 딱지를 소지하지 않으면 피신할 데도 없었다.

아니나 다를까, 방송이 있은 지 15분 남짓. "부녀 동무 계십니까?" 하는 여성 동무 목소리에 이어, 빗장 벗겨둔 대문이 삐거덕대며 열리는 소리가 났다. 완장 찬 인민위원 중늙은이와 여맹 부녀부원이 호구조사차 마당으로 들어섰다. 봉래동 7조직 담당조였다. 다섯 살 된 큰애 영희는 꿈속에서도, 엄마 배고프다고 칭얼대며 아직 잠에 들어 있었고, 칠곡댁이 쪼그랑 바가지가 되어 나올 맹물도 없는 젖을 둘째 애 영호에게 물리고 있을 때였다. 그네는 우는 애를 안고 문간방 쪽마루로 나섰다. 호구 방문한 두 간부는 그네와 안면이 있었다. 인민위원이 납작모자 챙을 들썩하며 알은체하곤, 요즘은 학구 동무를 통 볼 수 없다며 안부를 물었다. 그동안은 자주 집에 들렀는데 서방이 며칠째 소식이 없다고 칠곡댁이 말했다. 전투지휘부가 산업조직원까지 동원하는 모양인데 거기 차출되었을지도 모른다고 인민위원이 말했다. "거기가 어딘데예?" 칠곡댁의 물음에, 인민위원은 전투지휘부도 유동적이라 어제 있던 곳에서 오늘 이동하는 그 장소를 알 수 없다고 말했다. 칠곡댁은 어린아이가 둘이나 딸려 있어 어제도 인민학교 운동장에 나갔으나 사정을 말하니깐 그냥 돌려보내주던데 오늘도 소집에서 빼달라고 말했다. 그저께 그네는 영희를 나무 그늘에서 놀게 하고 영호를 업은 채 베개만 한 광목 부대에 모래 담는 작업을 했던 것이다. 오늘은 지난 이틀과 달리 일체 예외가 없다는 지시를 받았으니 일단 인민학교 운동장으로 나와야 한다고 부녀부원이 말했다. "새댁은 식사 조직에 배치받게 될 거요. 그렇게 되면 먹는 건 해결되니 좀 좋소. 애국시민 모두가 굶고 앉은 판에." 인민위원이 좋은 정보를 알려준다는 듯 넌지시 말했다. "애 아버지 소식에 애태운다면 학교로 나와 수소문해봐요. 학구 동무야말로 찬양받을 노동 전사 아닌가요." 부녀부원이 말했다. 칠곡댁 서방은 봉래동 간부 동무들 사이에 그 이름이 알려져 있었다. 대구역 화차 정비공 시절부터 철도 노조 지하맹원으로 암약해온 이력이, 좋은 세상을 만나 빛을 볼 수 있다고 치살렸던 것이다. 말을 마치자 둘은 다음 집을 방문해야 한다며 곧 떠났다.

칠곡댁은 우는 영호를 포대기에 둘러업고선 대문을 나섰다. 어느새 날이 밝아 인적 없는 골목길이 환했다. 전쟁 전만 해도 비탈진 골목길에는 아이들이 들까불며 놀았고 '사려'를 외치며 오르내리던 잡상인과 물지게꾼 발길이 그치지 않았는데 어느 때부터인가 사람 자취가 끊겨버렸다. 한강 건너 쪽에서 날쌘 쌕쌕이 소리가 들렸다. 사흘째, 강 건너 인천 쪽에서는 폭탄 터지는 소리, 포격 소리, 총소리가 둔중하게 들렸다. 공역에 나선 사람들 말로는 그쪽에서 쌍방의 전투가 치열하다고 했다. 그네는 항공 폭격에 대문과 담이 무너진 순자네 집으로 들어섰다. 사실은 순자네 집이 아니고 순자네가 건넌방 한 칸에 세 든 집으로, 순자네 주인 식구나 칠곡댁 주인 식구 모두가 봉래동 서울 집을 비워둔 채 떠나고 없었다. 한강 다리가 일찍 끊겨 피란은 못 갔으나 인공 치하 때 경기도 안산과 충청도로 각각 고향 집 찾아 떠나버린 것이다. 마루 끝에 순자 부모가 나앉아 무슨 말인가 나누다 순자 아버지가, "간밤에 별일 없었지요?" 하며 칠곡댁을 맞았다. 밤 무사히 지내고 나면 묻게 되는 이웃 간의 안부였다. 순자네는 해방된 그해 가을 일본 고베에서 귀환했는데, 전쟁 전까지 남대문시장 한 귀퉁이에 좌판을 벌려 떡장사를 했다. 얼굴에 근심기가 잔뜩 서린 것으로 보아 순자네도 오늘 공역 소집 통보를 두고 어쩔까 망설이는 눈치였다. "내가 나갈 테니 당신은 애들과 집에 남아요." 무슨 말끝인가 순자 엄마가 말했다. 순자 아버지는 다리를 절었기에 의용군은 물론, 후방 방위대 소집에도 늘 빠졌다. 안 나갔단 무슨 책잡힐까 모르겠다고 그가 울가망한 소리로 말하더니, "새 소식이나 귀동냥하러 어제 염천교 시장에 나가봤더니 사람들 말로, 양키군이 이미 부천까지 밀고 들어왔대요. 연장 들고 나오라니 오늘은 또 어디로 동원될는지……" 했다. "어디 다급한 판에 한가로이 가두행진 시킬려구." 순자 엄마가 말했다.

지난 8월 이후 서울 사대문 안은 한 주일이 멀다 하고 시민을 동원한 대중 집회와 가두행진이 있어왔다. 동마다 모이기 쉬운 학교 운동장에 집결해선 시청 광장이나 동대문운동장으로 나가 여러 동에서 나온 주민들과 합류해 종로통과 을지로통으로 학생 악대 앞세워 시가행진하며 항전가를 불렀고 구호를 외쳤다. 민족 문제에 간섭하는 미 제국주의 침략군을 규탄하는 구호가 주류를 이루었고, 현수막에는 영어로 쓴 그런 내용도 있었다. 아시아와 동구라파 동맹국에서 전쟁 취재차 특파된 외신 기자들이 성난 애국 시민의 가두행진을 취재하며 카메라 들이대어 사진을 찍기도 했다.

　칠곡댁은 아무래도 학교 운동장에 나가봐야겠다고 생각하며 집으로 돌아왔다. 영희가 잠에서 깨어나 방에 엄마가 없자 마루로 나서서 훌쩍이고 있었다. 밥 해 먹고 학교 운동장에 나가보자며 칠곡댁이 딸애를 달랬다. 그네는 안채 부엌으로 들어가 좁쌀과 호밀을 각각 한 줌씩 섞어 죽을 쑤기로 했다. 어제저녁은 감자 세 개를 쪄서 허기를 때웠기에 허리가 접혔다. 전쟁 나고 지난 석 달 동안은 서방이 집에 올 때마다 조금씩이나마 양식을 가져다주었기에 점심은 걸러도 그럭저럭 버텨왔으나 이제 남은 양식은 열흘이면 바닥날 판이었다. 좁쌀과 보리쌀을 합쳐 되 반쯤, 호밀이 서너 홉, 아기 주먹 크기 감자 열 개 정도가 다였다. 밀가루는 수제비 만들어 끼니 때우느라 바닥나버렸으나, 그나마 남은 양식이 대견했다. 그네는 영희가 주워다 놓은 판자 부스러기로 풍로에 불을 살려 냄비에다 죽을 끓였다. 죽이라도 빨리 먹고 싶은 욕심에 영희는 풍로에 붙어 앉아 아궁이에 부채질을 해댔다.

　전쟁이 나고 공화국 세상이 된 뒤, 서울 시민들은 양식이 동이 나 호구가 급했으나 시장이 제대로 서지 않아 조달이 어려웠다. 식구가 굶주려 늘어지자 가장은 양식을 구하려 혈안이 되었고 길거리가 구걸하는 애들과 노인으로 넘쳐나 빈심이 어수선해졌다. 그러자 서울시당은 서울시와 경기도의 통행 제한을 풀어 자유 왕래를 허용했고 남반부 지폐의 유통을 묵인했다. 그제야 소규모나마 시장이 서서 물물교환 형태로 거래가 이루어졌다. 서울 시민은 교환가치가 있는 물건을 시장으로 들고 나왔고, 서울 근교 농민은 전쟁 중에도 장사 잇속으로 양곡과 소채를 이고 지고 시내로 들어왔다. 그러나 반입되는 식료품이 턱없이 부족하여 그동안 서울 사대문 안 시민은 만성 기근에 시달려, 하루가 멀다 하고 외쳐대는 통일 전쟁이 어서 끝나기만을 기다렸다. 그러나 전쟁이 발발한 지 석 달째, 통일은커녕 인천 쪽이 뚫렸다니 북선 운명이 풍전등화로 몰리고 있었다.

칠곡댁은 영희에게 멀건 죽 한 공기를 안기고 영호에게도 죽물을 먹였다. 아쉬운 대로 배를 채우자 그네는 포대기 둘러 영호를 업고 딸애를 앞세워 집을 나섰다. "또 일 나가?" 하고 영희가 물었다. "아부지 소식도 들을 겸 나가봐야지" 하는 칠곡댁 말에 영희가 뒤돌아보며, "아부지가 새 운동화 사준다 캤는데……" 하곤, 뒤축 터진 검정 고무신을 내려다보았다.

칠곡댁 서방은 지난 5월 중순 어느 날, 밤중에 집으로 들이닥친 사복 차림의 수사관 둘에 연행당했다. 대구역 화차 정비반에서 일했던 몇 해 전부터 무슨 꿍꿍이 속셈인지 서방의 밤 나들이가 잦아지자 그네는 서방이 숨어 하는 일을 어렴풋이 눈치챘는데, 드디어 올 때가 왔음을 알았다. 어느 하루 간 안 졸여본 적 없던 나날이 되돌아 보였고, 으스스함에 몸서리쳐졌다. 그 짓하다 남의 눈에 나면 경찰서에 잡혀가 병신 되도록 맞고 나오기가 예사요, 감옥살이를 각오해야 함도 들은 풍월로 알고 있었다. 서방이 달려간 지 열흘째 소식이 없자 그네는 경상도 칠곡 시댁에 서방의 연행 사실을 통기했고, 시아버지가 농사일 제쳐놓고 서울로 올라왔다. 서방을 두고 백방으로 수소문하니 서대문경찰서에 갇혀 재판을 기다리고 있음을 알았을 뿐, 면회조차 되지 않았다. 무지렁이 농사꾼 집안이라 손써줄 일가붙이가 있을 리 없었기에, 대구역에 취직되자 고향서는 용났다고 자랑하던 아들인데 다 글렀다고 자탄하며 보름 만에 시골로 내려가버렸다. 재판이나 끝나 감옥살이 형이 떨어지면 애들 데리고 칠곡 시댁이나 친정으로 내려가겠다며 그네가 애꿎은 팔자타령으로 지새우던 어느 날, 38선에 전쟁이 터졌다는 소식이 들렸다. 면소 국민학교 졸업이 다인 그네라 배운 바가 짧았어도 전쟁 소식을 듣자 그 어떤 빛이 눈앞에서 반짝임을 보았다. 누구에게나 공평한 북쪽 세상이 살기 좋다는 말을 서방이 흘렸던 것으로 미루어, 어쩜 전쟁이 가망 없는 서방을 살려낼지 모른다는 예감이었다. 27일, 전선이 가까워졌는지 쿵쿵 울리는 포소리와 달그락대던 총소리가 밤새 이어졌다. 이튿날 아침, 인민군이 서울역 광장으로 들어왔고, 그날 저녁 서방이 집으로 돌아왔다. 서대문형무소에서 풀려나 서울역 일터에 나갔다 동지들을 만나고 귀가하는 길이라 했다. "드디어 우리들 세상이 왔소." 초췌한 얼굴에 웃음을 물며 서방이 말했다. 이튿날 아침, 옛 직장으로 나가봐야 한다며 집을 나선 서방은 닷새 만에야 양식 자루를 지고 왔다. 하는 말이, 당분간은 열차 운행이 정지된 상태지만 다시 서울역에서 일하게 되었다고 했다. 그날 밤, 서방은 아들을 무릎에 앉히고 저녁밥 먹으며, 자기야말로 운수 대통했다고 자랑삼아 말했다. 전쟁이 터진 이튿날인 26일 밤, 명부 들추어가며 미결감방까지 뒤져 호명하여 밖으로 불러낼 때 자기 이름이 빠졌는데, 자정 무렵에 뒤뜰에서 한 시간 넘게 콩 볶는 듯한 총소리가 들렸다고 했다. "그런 일에 동조했던 좌익을 죄 끌어내서 처형해버렸어. 형무소에서 총살된 시신이 작은 동산을 이뤘는데 대충 확인한 숫자만도 1천2백여 명이래. 서울이 공화국 세상이 되기 전에 좌익을 몰살해버린 거라. 재판 중이긴 하지만 선로반 독서회에 연루된 간부 여럿도 그렇게 죽었는데, 조무래기들만이 천우신조로 살아남았어." 이튿날부터 서방은 서울역창에 복직했는데 서울역 경비대 3조장이라 했다. 서방이 전쟁 전에는 대구역에서나 서울역으로 전근 오고도 망치 들고 멈춰 선 차량 밑을 들랑거리던 정비반원이었다.

봉래동 동민 소집 장소인 봉래 인민학교는 염천교 못 미쳐 있었다. 소집 통고를 받은 사람들이 각자 연장을 들고 삼삼오오 언덕길을 내리 걷고 있었다. 학교 정문 앞에는 따발총 멘 내무서원들이 호각을 불며 빨리 오라며 시민들을 독려했다. 운동장 단상 앞에는 벌써 많은 사람들이 모여 웅성거렸다. 청장년층 남자는 의용군에 지원하거나 선발되어 남쪽 전선으로 떠났기에 소집에 동원된 남지는 까까머리 중학생에서부터 쉰 중반 중늙은이들이었고, 개중에는 열서너 살쯤 된 단발머리 계집애도 섞여 있었다. 아기를 업거나 아장아장 걷는 애 손잡고 나온 아녀자들이 많았다. 그들은 삽이나 괭이 따위를 연장으로 지참했는데, 칠곡댁처럼 빈손으로 나온 사람도 있었다. "빈손으로 나온 남자는 강 건너 전선으로 뽑혀가 지뢰 묻는 일을 하게 될지 모른데요." 누군가가 속달거렸다. "우리도 소년 전사로 용감하게 양키군과 맞설 참입니다." 생사를 가름하는 어른들 전투가 전쟁놀이라도 되는 양 괭이를 멘 학생모짜리가 말했다. 사람들이 꾸역꾸역 운동장으로 들어왔다. 칠곡댁은 서방 소식을 알 만한 사람을 찾았다. 얼핏 보니 완장 찬 조 씨가 사람 사이를 누비고 다녔다. 조 씨는 전쟁 전 동사무소 고참 직원이었는데, 전쟁 전 그런 일의 연락책인지 밤중에 더러 서방을 만나러 온 적이 있었다. 그네가 조 씨를 잡고, 애아버지 소식을 아느냐고 물었다. 이 혼란 중에 어떻게 개인 소식까지 일일이 알겠느냐며, "근데 새댁은 애들 데리고 무엇 때문에 나와요? 잠자코 집에 박혀 있어도 될 텐데" 했다. "애들 아부지도 찾아볼 겸, 밥하는 조직에 여자들이 필요하다길래……" 하는 칠곡댁 말에, "맞아, 거기 끼이면 되겠네. 내 알아보리다" 했다.

그럭저럭 시간 반이 지나자, 내무서원들이 나서서 운동장에 모인 1백 명 남짓한 사람을 조회대 단상 앞으로 모았다. 어깨에 견장 찬 군관이 단상에 올라서더니, 미 제국주의 괴뢰군이 경인 가두에 출몰했기에 애국 시민 모두는 서울 방위에 총궐기해야 한다고 열변을 토했다. 그는 서울역 광장에서 대중 집회가 있다고 말했다. 그가 단상에서 내려가자 집회에 빠지려는 사람들이 각자 이유를 대려 단상 앞으로 몰려 나갔으나, 일단 서울역에 가면 재분류가 있으니 그때 이유를 대라며 군관이 지휘봉을 휘둘러 물리쳤다.

내무서원의 인솔 아래 동원된 동민이 염천교를 돌아 서울역 광장으로 가자, 그곳에는 이미 많은 사람이 먼저 도착해 웅싱거렸다. 그들 역시 방송을 통해 전달 받았던지 무슨 연장이든 한 가지씩 지참하고 있었다. 한쪽에는 장총을 멘 채 열을 맞추어 선 청년동맹원의 비장한 모습도 보였다. 광장에 모인 시민들은, 안양 쪽에서 양키 괴뢰가 출몰해 그쪽에 진지를 만들러 갈 거라고 쑥덕거렸다. 양키군이 인천항을 쳐서 서해안 방위가 뚫렸고, 상륙한 군대가 전차를 앞세워 서울을 향하는 중이라고 했다. "촌토도 침략군을 허락지 않겠다는 용맹한 인민군을 미제가 당할 수 없을 겁니다. 결사적으로 덤비는 쥐 앞에선 고양이도 주춤하는 법이지요. 우리가 혼연일체 되어 인민군을 지원해야 함이 당연하지요." 누가 들으라고 큰소리로 말하는 사람도 있었다.

칠곡댁은 순자네 부모도 운동장에 나왔음을 보았다. 칠곡댁이, 순자 아버지는 안 나와도 되는데 왜 나왔느냐고 물었다. "집에 있음 뭐합니까. 이렇게 동원하면 굶기며 노역시키진 않겠지요. 대동아전쟁 말기 때 일본 본토도 부역꾼이 굶진 않았습니다. 비상시국일수록 협조적으로 나와야 하는데, 사실 난 총 한 번 쏘아본 적 없다우" 하고 순자 아버지가 말했다. 그는 다리를 절었기에 이번 통일 전쟁의 의용군에서 면제되었다. 중장년층으로 조직된 후방 적위대에도 뽑히지 않아 목총 멘 제식훈련조차 받아본 적 없었다. "아이들만 집에 남겨둬도 괜찮겠습니껴?" 칠곡댁이 묻자, "그러잖아도 집사람은 인원 파악 끝나면 빠지기로 했어요" 하고 순자 아버지가 작은 소리로 말했다. 뒤쪽에 서 있던 순자 엄마가, "우리는 이웃이니 전쟁 끝날 때까지 헤어지지 맙시다" 하고 말했다. "전쟁 끝날 때까지……" 칠곡댁이 눈을 슴벅이며 중얼거렸다. 그때가 언제일는지 생각하자 공연히 눈물이 핑 돌았다. "세월이 아무리 험해두 애들 보구 살아야지 어쩌겠어요." 순자 엄마에게는 다섯 살, 여덟 살, 열 살배기, 세 아이가 있었다.

광장에 모인 시민들은 단상에 선 군관의 지시에 따라 대열을 정돈했다. "······애국 시민 여러 동무들, 내 강토를 내가 지킨다는 충성심을 발현해보라요." 군관이 일장 선동 연설 끝에 모호하게 말했다. 내무서원들이 대열을 돌며, 동무들은 전선에 투입되지 않으니 걱정 말라고 했다. 각 동네별로 중대가 나뉘고, 중대에서 소대로 쪼개졌다. 여자들은 남자들과 따로 분리되어 한쪽에 모였다. 거기에서 순자 아버지와 순자 엄마가 갈렸다. 남자들 중에 그래도 튼실해 보이는 장정과 똘망똘망한 중학생짜리를 족집게 뽑듯 따로 추려 별동 중대를 조직했을 때, 순자 아버지가 한쪽 바지를 걷어 올려 장작개비같이 마른 다리를 보여주며, 절름발이라고 말해 별동 중대에서 빠졌다. 별동 중대의 인원 점검이 있고, 그들은 광장에 모인 사람들에 앞서 열 지어 노량진 쪽으로 떠났다. 그들 수가 70명쯤 되었다. 그동안 한 무리의 검정 몸뻬 차림의 처녀들이 남대문 쪽에서 줄지어 왔는데, 그녀들은 총이 아닌 가마니로 만든 들것을 날랐다. 처녀들이 들것을 나르는 걸 보자 광장에 모인 사람들은 후방부 노무 부대에 동원될 것임이 확실해져 안도하는 눈치였다. 연장을 지참하지 않은 사람들에게는 가마니에 막대 꿴 들것이 지급되었다.

완장 찬 조 씨가 여자들 사이를 누비고 다니다 칠곡댁을 보더니 뒷줄로 따로 불러내었다. "공역 나가는 사람들 주먹밥이라도 먹이려면 취사 조직대를 만들 것이오······" 하고 소곤거렸다. 여자들이 모인 줄 쪽으로 지휘봉 든 간부가 오더니, 여성 동무들부터 인솔하라고 내무서원에게 말했다. 인원 파악이 있고 나자 여자들 대열이 움직이기 시작했다. 용산 쪽이 아닌 염천교 쪽이었다. "어제처럼 아현고개에 보루 쌓는 일을 할 모양이에요." 한 아낙네가 말했다. 칠곡댁 줄은 광장에 그대로 남았고, 순자 엄마는 열 따라갔다.

그럴 사이 그럭저럭 해가 정수리께로 떠올랐다. 광장에 모인 사람들은 아녀자들이 날라다 놓은 양동이 물로 배를 채웠다. 그동안도 남산을 넘어온 열몇 대의 쌕쌕이가 남대문 쪽 충정로를 스쳐 갔으나 광장에 폭탄 세례를 퍼붓지는 않았다.

편성을 마친 대열이 움직인 것은 정오 무렵이었다. 인솔에 나선 내무서원의 대오를 정연하게 해서 걸으라는 외침과 호각 소리가 요란했다. 대열은 용산 쪽으로 향했다. 미군 쌕쌕이 소리가 하늘을 누벼도 대열은 흐트러짐이 없었다. 대열 앞쪽에서 「적기가」를 선창하자, 창가는 곧 대열 전체로 전파되었다. 모두 허기졌기에 노래는 힘이 빠졌다. 합창이 「조선의 대중들아」에 이어 「인민항쟁가」로 넘어갔다. 공동체 노동 활동은 여가 시간이 아니더라도 춤과 노래로 여흥 시간을 갖는 게 북선의 관행이었기에, 지난 석 달 동안 서울 시민들도 북에서 내려온 문화 공작대 처녀 대원으로부터 교양 학습 시간마다 창가를 익혔다. 순자 아버지가 다리를 절어 대열에서 처질 때마다 옆 동료가, 한강 방죽까지는 갈 모양이니 조금 더 참으라고 듣기 좋은 말을 했다.

한강 둑에 도착하자 강 건너 영등포 너머 쪽에서 작열하는 포소리와 총소리가 강 이쪽까지 한층 가깝게 들렸다. 영등포 너머 그쪽 어디에서 전투가 한창임을 알 수 있었다. 부천 쪽이 틀림없다고 누군가 말했다. 그 말에 달아, 인명재천이니 운은 하늘에 맡겨야 한다고 했다. 눈 아래로 보이는 한강 인도교는 인민군이 서울로 들어오기 직전 6월 28일 새벽 2시에 이승만 대통령의 명령으로 폭파된 뒤, 여태 복구되지 않은 상태였다.

한강 인도교 밑은 통나무를 줄줄이 엮은 깔판으로 임시로 부교를 만들어두고 있었다. 그래서 포대, 전차, 자동차까지 건널 수 있었고 각종 무기와 병참을 실어 날랐다. 그런데 그 부교로 사람들이 하얗게 깔려 줄지어 건너고 있었다. 서울 사대문 안에서 동원된 시민들이었다. 부교를 경비하던 인민군들이 가축 몰듯 서울역 광장에서 온 사람들을 둑 아래로 몰아붙였다. 그들은 소대별로 줄을 서서 부교를 건너기 시작했다. 위기를 맞으면 무엇이든 판단할 능력을 잃어 멍청이가 된다는 말대로, 사람들은 온순한 가축들처럼 명령에 따랐다. 그렇게 도강한 일단의 서울 시민들에게 이름 붙여지기를 '구로 지역 방위선 전투 지휘 후방부 시민군'이라 했다. 남한측의 인천항 기습으로 급조된 구로 지역 방위선 책임자는 제주도 출신으로 일제 때부터 공산주의 운동에 투신한 서울시당 위원장 김응빈이었다.

시민군은 굴뚝이 삐죽삐죽 선 영세한 공장 지대를 지나 들길 질러 초가들이 웅크린 영등포 어름을 넘어, 총소리와 포소리가 한층 가깝게 들리는 오류리로 들어섰다. 가열한 전투 현장이 가까워졌는지 과수원인 얕은 언덕 너머에서는 총소리가 콩 볶듯 튀었고 포탄 터지는 소리가 지축을 흔들어, 옆 사람과 말을 나눌 수 없을 정도로 천지가 진동했다. 교복짜리 중학생과 민간복 열몇이 땀과 흙투성이인 채 솔밭 언덕 사이로 허리를 낮추고 넘어왔다. 숨이 턱에 찬 그들 하는 말이, 검둥이 양키군 코앞에서 지뢰를 묻고 오는 길이라고 했다.

지휘봉 든 군관의 지시에 따라 시민군은 중대별로 나뉘어 인솔자를 따라 뿔뿔이 흩어졌다. 순자 아버지가 소속된 15중대 3소대는 자그마한 동산 너머 온수리 쪽으로 나아갔는데, 거기에서 인민군의 박격포 진지를 만났다. 앞쪽 언덕 너머에서는 공방전이 한참인지 총소리가 볶아쳤다. 그러나 시민군을 처음부터 전투에 투입하지는 않았다. 지닌 연장으로 포대 앞쪽에 참호를 팠고 퍼낸 흙으로 방책을 쌓았다. 민첩한 소년들은 탄약 상자나 포탄을 나르기도 했다. 배고픔도 잊은 채 모두 땀에 흠뻑 젖어 정신없이 작업에 휘둘렸다. 내무서원들이 뺑뺑이를 돌며 시민군의 울력을 감독했는데, 잠시도 쉴 틈을 주지 않았다. 순자 아버지는 이런 게 바로 전쟁이구나 싶었고, 처가 대열을 빠져 잘 귀가했는지, 집에 남겨진 아이들은 무사한지, 그런 걱정조차 달아나 넋이 빠진 상태였다. 그때, 옆자리에 포탄이 터져 참호를 파던 시민군들의 비명이 낭자했고, 흙더미와 피가 범벅이 되어 튀었다.

두어 시간 된가, 인민군 여럿이 각자 몇 정씩 장총을 메고 와선 눈에 띄는 대로 시민군을 차출해선 총을 나누어주더니 닭 몰아 채듯 개머리판으로 옆구리 찌르며 언덕 너머로 인솔했다. 그런 일은 사역 중에 자주 있었는데, 전선에서 전사자와 부상자가 생길 때마다 그들 총을 거두어선 시민군을 대타로 일선에 투입하는 조치였다. 소대의 절반 이상이 총을 지급받게 되자, 총을 쏘아본 적 없다는 불평이 따랐으나 옆 전사가 하는 대로 따라하면 된다는 말로 그 의견은 무시되었다. 그들은 등성이 넘어 전선으로 총총히 사라졌다. 순자 아버지는 다리를 절었으므로 그 차출에서는 용케 빠졌다. 그렇게 차출된 자들은 전투 경험 전무한 오합지졸이라 많은 사상자가 날 수밖에 없었고, 등 뒤에서 쏘는 총에 맞기를 각오하고 대열에서 이탈하는 자가 속출했다. 도주하다 들키는 자는 현장에서 사살되었는데, 이를 목격한 뒤론 그나마 탈출 엄두를 내지 못했다.

해가 설핏 기울었을 무렵, 전선이 소강상태에 들어 총소리가 뜸하자 녹초가 된 시민군 모두는 연장을 놓은 채 제자리에서 하늘 보고 늘어졌다. 그 휴식도 잠시였고 인민군의 독려로 다시 울력에 나서야 했다. 해가 서산마루를 넘자, 전선에서는 다시 불을 뿜는 사격전이 시작되었다. 어둠이 내려서야 그들은 아녀자들이 소쿠리에 담아 날라온 주먹밥 한 덩이씩을 배급받아 허기를 껐다. 아녀자들이 소금 간한 주먹밥을 나누어주며, 얼마나 시장하겠느냐고 말했으나 녹초가 되어 정신마저 혼미한 상태라 그들 귀에 그 말이 들릴 리 없었다. 그 아녀자들 사이에 칠곡댁은 끼어 있지 않았다. 서울시당은 노량진 인민학교에 임시 취사 조직대를 만들어놓고 비축 군량미를 털어 주먹밥을 지었는데, 칠곡댁 등에는 자식이 맷돌처럼 달려 있어 운반조에는 끼이지 않았던 것이다.

부천 쪽 하늘이 용광로처럼 벌겋게 달아오른 자정 무렵, 구로 지역 방위선이 무너졌는지 앞쪽 전선에서는 부상병만이 아니라 인민군 병력이 속속 후퇴해서 능선을 넘어왔다. 부상병도 많았다. 철원에서 8월 중순에 편성을 끝내고 낙동강 공방전 투입을 앞두고 있던 인민군 독립 제25여단 2천5백 병력과, 황해도 사리원에서 편성된 인민군 독립 제78연대 병력이 구로 지역에 급거 투입되어 결사 항전했으나 수십 대의 쌕쌕이를 앞세운 남한 측 연합군의 막강한 화력 앞에선 마른 풀처럼 덧없게 쓰러지고 밀렸던 것이다.

19일 새벽, 먼동이 뿌옇게 트여오자 시민군에게도 후퇴 명령이 떨어졌다. 노량진 인민학교에 머물던 서른여 명의 취사반 아녀자들이 한강에 걸쳐진 부교를 먼저 건넜다. 시민군의 취사 조직이 더이상 필요치 않은지 아녀자들에게 귀가해도 좋다는 허락이 떨어졌다. 이어, 시민군이 부교를 거쳐 용산으로 다시 들어왔다. 그들은 도강하자마자 큰길의 5백 미터마다 모래 부대로 바리케이드를 쌓는 공력에 재동원되었다. 한편, 인왕산에서 동남쪽으로 아현고개에 이르기까지 능선마다 토치카를 촘촘히 구축하고 아현고개 큰길을 막아 바리케이드 쌓아 최후의 결전에 대비했다. 서울 서부 방벽만 아니었다. 서울 북방에 벽을 친 북한산 능선을 빼고는 한강을 바라보는 요소마다 시민들이 방어선 요새 축조에 불철주야 동원되고 있었다. 방공호에서 밤중에 이불 둘러쓰고 주파수 맞춘 라디오로 남한 방송을 듣는 자가 있어 그들의 말을 통해 서울 방어 공역에 나선 시민들은 낙동강 전선과 서울 전선의 전황을 대충이나마 짐작할 수 있었다. 낙동강을 배수의 진으로 삼아 벼랑 끝에서 버티던 남한 측이 유엔군 지원으로 우세를 잡아 파죽지세로 북진 중이며, 인천에 상륙한 미군과 국군이 곧 서울 시내로 들어올 거라는 정보를 귀엣말로 주고받았다.

남한 측 연합군은 월미도 상륙 닷새 만인 20일에야 겨우 김포 들녘을 우회해 행주나루 쪽을 뚫어 서울과 평양을 잇는 북측 주보급로 차단에 성공했다. 예정대로라면 남한 측 연합군이 22일에 서울을 탈환할 수 있다고 장담했으나 그 예상은 빗나갔다. 그만큼 남한 측 연합군과 인민군은 한 치의 양보 없이 치열한 전투에 승부를 걸었던 것이다. 연합군은 한 발 한 발 적을 옥죄어가며 진격해 이틀 뒤인 22일 새벽, 서오릉을 넘어 녹번리까지 진출했다. 그러나 거기에서 다시 인민군의 거센 저항에 맞닥뜨렸다. 낙동강 전선에서 맞섰던 인민군 부대 병력 중 일부인 제105기갑사단, 제9사단 87연대가 급거 퇴거하여 서울 방어 지원에 나섰던 것이다. 쌍방이 인구밀집 지역에 접근해서 교전을 벌이자, 인민군은 매복조를 편성해 빈집 초가를 은폐물 삼아 창문에 총구를 내밀고 정조준 사격하는 각개전투에 임했다. 서울 사대문 안 점령을 목표로 밀어붙이던 남측 연합군은 인민군 매복조에 걸려 전사자와 부상자가 속출했다. 그래서 무학재 너머 홍제동 어름에선 쌍방의 공방전으로 포소리와 총소리가 밤낮으로 그치지 않았고 전선은 요지부동으로 일진일퇴만 거듭하며, 쌍방의 시체가 언덕을 이루었다. 22일 저녁에야 미군 제1해병대대가 두번째 공격 끝에 40여 명의 사상자를 내고 안산 고지를 점령했다. 그러나 북선 측은 서울 방어에 총력전을 벌여 사대문 안을 좀체 남한 측 수중에 내어주지 않았으나, 서부전선 최후 방위선인 연희 고지마저 위태로워지기가 24일부터였다. 그날로 시민 동원 공역은 끝났다. 아침부터 인민위원회 부녀부원이 골목마다 호각을 불고 다니며 소집을 독려했는데 24일 날이 밝자, 그런 호각 소리도 그쳐버렸다. 북측 상황이 그만큼 다급해졌다는 증거였고, 항공 공습을 피해 시민들은 꼭꼭 숨어 집 밖으로 모습을 드러내지 않았다. 미군이 한강을 건너 벌써 서울 시내로 들어왔다는 말이 사람들 입에서 입으로 옮겨갔다.

25일 새벽에는 야포와 박격포 소리에, 딱총 터지는 듯한 총성이 무척 가까이에서 들렸다. 간밤에 제대로 눈조차 붙이지 못한 칠곡댁은 바깥이 뿌옇게 트여오자 피란 준비를 서둘렀다. 이제 집에서 더 버텨낼 수 없는 처지에 몰렸음을 벅벅이 느꼈던 것이다. 아직 한잠에 든 애 둘을 방 안에 남겨두고 살그머니 밖으로 나온 그네는 남은 양식을 모두 찾아냈다. 그네는 감자를 뺀 양식을 합쳐 번철에 볶았다. 주인집에서 쓰던 작은 놋쇠 절구를 찾아와 볶은 양식을 공이질로 바수어 가루로 만들었다. 물만 타면 아무 데서나 먹을 수 있는 요깃거리 미숫가루였다. 그네가 피란 나설 짐을 되도록 간편하게 꾸릴 동안도 미군 쌕쌕이는 서울 창공을 누비며 포탄을 떨구었고 저공비행으로 기총소사를 퍼부어댔으나 시민들은 이제 항공공습은 만성이 되어 머리꼭지로 폭탄이 떨어지지 않는 한 별로 놀라지도 않았다.

미숫가루 타서 애 둘을 대충 요기시킨 칠곡댁은 영희에게, 동생 잘 보고 있으면 엄마 금세 올 거란 말을 남기고 집을 나섰다. 마지막으로 서울역에 나가볼 요량이었다. 그네는 계단을 한참 내려가 만리동 큰길로 나섰다. 새벽이기도 했지만 통행인이 눈에 띄지 않았다. 희뿌옇게 트여오는 새벽하늘에 한강 쪽에서 질러온 별판 단쌕쌕이 여러 대가 서울역 위를 저공으로 질러가며 네이팜탄을 떨어뜨렸다. 서울역사 쪽 철길에 천지를 진동하며 펑펑 터지는 폭발음에 이어 화염과 폭파된 건물 부스러기가 튀어 올랐다. 항공 폭격이 서울역을 겨누어 위험하다 싶었으나 이 길이 마지막이 될지도 모른다며 그네는 걸음을 서둘렀다.

칠곡댁이 서울역 후문 앞에 가보니 그저께까지 입초 섰던 인민군 모습은 보이지 않았고, 경비원이 지키던 경비실도 비어 있었다. 서방 면회는 되지 않았지만 전에는 경비원에게 서방 이름을 대면 서방을 아는 경비원인 경우, "학구 동무 처구려" 하며 친절하게 응대해주었다. 이제 서울역을 관장하던 철도원과 경비 부대도 철수한 모양이었다. 쇠막대기가 질린 철문 사이로 역 안을 들여다보았다. 그새 항공 폭격은 그쳤으나 폭격당한 장소는 아직도 연기와 먼지가 자욱 피어올랐다. 지난여름 내내 항공 폭격으로 플랫폼은 자취가 없어졌고 얼기설기 얽힌 레일도 휘어지고 동강나 역 전체가 폐허로 변해버렸다. 마디 끊긴 채 쓰러진 차량들, 선로에 기우뚱 얹힌 기관차 머리통만 널브러졌을 뿐, 어디에도 사람 모습은 보이지 않았다. 역사를 찾아도 서방 만나기가 가망 없는 줄 알았으나 그래도 혹시나 싶었던 마음이 천 길 벼랑으로 떨어졌다. 서방이 서울 어디든지 아직까지는 있을 것만 같은데, 그곳을 알 수 없으니 복장 칠 노릇이었다. 오늘 안으로 미군이 여기까지 나타난다면, 하고 생각하자 마음이 바빠진 그네는 서울역 광장과 역사를 둘러보려던 생각을 단념하고 말았다. 열이틀 전인가, 그때만 해도 서울역 지킴이로 남아 있던 서방은 밤중에 불쑥 감자 자루를 메고 들이닥쳐선 잠든 애들 얼굴만 일별하곤 선걸음에 떠나며 남긴 말이 있었다. "내 다시 꼭 오께. 두 애 데리고 같이 나설 때까지 움직이지 말고 기다려. 당신을 믿소." 선잠 깬 그때, 그러면 언제까지 기다려야 하느냐고 날짜라도 물어두었어야 하는데 그걸 놓친 게 두고두고 후회가 되었다.

칠곡댁은 걸음을 돌렸다. 길가 건물은 온전하게 남은 게 없었고 인도에는 벽돌 더미와 넘어진 전봇대의 전선이 뒤엉켜 있었다. 봉래 인민학교를 거쳐 염천교를 지나자, 지게에 보퉁이를 지거나 머리에 이고 건물 밑을 의지 삼아 종종걸음 치는 피란민 모습이 보였다. 손수레에 아이들과 짐을 싣고 앞뒤에서 끌고 미는 부부도 있었다. 조만간 조국 통일이 되면 좋은 세상이 온다고 했는데, 지금까지 쫄쫄 굶주리며 버티어내다 어디로 간다고 나섰는지를 따지다 후딱 짚이는 게, 그들이야말로 아무 연고 없이도 북으로 나선 사람들이었다. 서울이 다시 남한 수중에 들어가면 수사기관에선 가가호호 뒤져 지난 3개월 동안 북선에 협조했던 자들을 잡아들일 게 분명했다. 그 위험을 피하는 길은 피란밖에 없었다. "남조선 전역이야말로 공포의 도가니랍니다. 해방군이 들이닥치기 전, 관할 경찰서와 군인들은 좌익에 가담했거나 혐의가 있는 자들을 불문곡절 잡아들여 그날로 총살시키곤 구덩이 파서 기름 뿌려 몽땅 불태워 묻었답니다. 대촌마다 그것도 수백 명씩이나 무더기로." 그런 말은 지난 석 달 동안 많은 사람의 입을 통해 서울에 남은 시민들 입에 회자되었고, 어느 날 집에 온 서방도 그런 말을 전했다. 인민군 선전선동대가 뿌린 헛소문일 거라고 긴가민가 여기는 사람도 있었지만 그게 사실이라면 실로 엄청난, 무서운 소문이었다. 칠곡댁은 오소소 몸을 떨었다. 그대로 서울에 남아 있다간 남한 경찰로부터 어떤 변을 당할지 몰랐다. 서방이 서울역창 경비대 조장이었다는 사실은 이웃들이 알고 있었고, 그 이전에는 좌익으로 찍혀 서대문형무소에 갇혀 있었다. 그네는 자신도 당장 애들 데리고 길을 나서야 함을 알았다.

칠곡댁은 집으로 돌아오는 길에 만리동으로 오르는 삼거리 목에 있는 분주소를 찾았다. 전쟁 전에는 동사무소로 사용하던 큰길 앞 2층 건물이었다. 분주소 2층은 인민위원회의 사무실로 쓰였다. 분주소 옆에 오래된 공동 우물이 있어 만리동 산동네 주민은 그 우물물을 식수로 썼기에 아침이면 물통으로 줄 세운 사람들로 늘 법석거렸는데 이제 철망 안에는 물을 긷는 사람이 아무도 없었다. 사대문 안이 동요되기 시작한 며칠 사이, 시내 우물에 반동이 독극물을 살포했다는 말이 돌았고, 약수가 더 안전하다 해서 약수터 찾는 사람이 많았다. 다른 때라면 분주소 앞 게시판에 새로 갈아 붙인 북선 공화국 소식을 보려 사람들이 목을 빼고 있었는데, 그렇게 한가한 사람도 찾아볼 수 없었다. 세상이 또 한 번 뒤바뀌면 어떻게 몸을 움츠려 살아남아야 할지, 모두들 제 살 궁리에 바빠 꽁꽁 숨어 있었다. 붙인 지 며칠이 지난 벽보만이 귀퉁이가 찢어진 채 아침 바람에 펄럭였다. 어쩜 이제 새 벽보를 영 갈아 붙일 수 없을는지 몰랐다.

공화국 북반부의 공장·기업소·농촌에서는 서울 방어 투쟁을 지지하는 광범한 대중 집회를 열고, 집회의 이름으로 서울 방어의 전사들에게 조국의 촌토를 피로써 지키는 동시에, 서울을 점령하려는 적을 섬멸하라는 격려문을 보냈다.

—『조선인민의 정의의 조국해방전쟁사』

(『민족의 증언』 제3권, pp. 100~01, 재인용.)

이렇게 서울 고수를 외치며 견결하게 투쟁에 나섰던 군대와 애
국 시민은 다 어디로 간 걸까. 칠곡댁은 을씨년스럽게 한산한 삼거
리 목 주변을 둘러보며 중얼거렸다. 드나드는 사람으로 붐볐던 분
주소 역시 썰렁했다. 장총 메고 지키던 청맹원도 없었다. 그네는
빈 건물 안으로 들어서선 휑한 사무실을 거쳐, 인기척이 나는 문
열린 옆방을 기웃거렸다. 서류철과 쓰레기로 어수선한데 조 씨가
캐비닛 앞에서 무언가를 챙기고 있었다. 그네는 조 씨에게, 오늘부
터 사무를 안 보느냐고 물었다. 조 씨가 실내로 들어선 그네를 마
치 유령 보듯 놀라며, 전세가 아주 기울었는데 날래 안 떠나고 아
직 꾸물거리느냐고 꾸짖었다. "어젯밤에 마포에까지 미제 놈들이
출몰했다우. 시커먼 흑인 놈들 말이오" 하고 말하는 조 씨에게 칠
곡댁이, 서방이 마지막으로 집을 다녀가던 날, 어디로든 떠나지 말
고 집을 지키고 있으면 자기가 꼭 오겠다고 해서 여태 기다리는 중
이라고 말했다. "서울역엔 이제 경비원도 없던데, 다들 어디로 갔
어예?" "이 혼란 와중에 내가 학구 동무 소식까지 어찌 알겠어요.
장담은 못하지만 그 동무도 부대와 함께 서울 빠져나갔을 거요. 새
댁도 빨리 짐 꾸려 나서시오." 조 씨가 말했다. "당최 어데로 나서
야 할지 모르겠네예." "공화국 북반부로 가야지요. 서오릉 쪽은 전
투가 한창이니 창경원 거쳐 미아리고개로 나서라요. 어젯밤 남선

군이 서빙고 쪽 한강 건너 침투했다오. 아마도 한남동이나 왕십리 쪽엔 전투가 한창일 거요. 서울 시내는 지금 전선이 동서남북조차 없는, 난장판이오. 우리 식구도 곧 나설 참이오. 처가 떠날 준비를 마쳐두었을 거요."

위층에서 조 씨를 찾는 다급한 고함이 들렸다. 서류를 찾으면 곧 올라가겠다고 조 씨가 대답했다. 칠곡댁은 아무 말도 못하고 한길로 나섰다. 가슴이 할랑거렸다. 동대문 쪽과 용산 쪽에 항공 공습이 계속되고 있어 연방 폭탄 터지는 소리가 들렸다. 조 씨 말처럼 그쪽마저 전투가 벌어지고 있는지 몰랐다. 그네는 쫓기듯 언덕길을 바삐 걸으며 이 길로 당장 나서야 한다며, 이제 더 서방을 기다릴 수 없다는 걸 알았다. 시가와 친정이 있는 경북 칠곡으로 내려가야 한다는 생각은 애초부터 없었고, 그이가 있는 곳으로 찾아 나서야 한다고 생각했다. 그러기로 진작부터 다짐했기에, 조 씨 말처럼 북으로 가는 길을 잡아야 할 것 같았다. 섣달그믐 강추위가 몰아치던 날 친정집 마당에서 족두리 쓰고 혼례 올린 지 여섯 해째, 그동안 귀에 딱지가 앉도록 들은 말이, 부부의 연을 맺으면 여필종부함이 법도라 했으니, 서방과 갈라서서 살겠다는 마음은 감히 상상조차 할 수 없었다. 북으로 나서야만 서방을 만날 수 있고, 그래야만 애들도 아버지를 보게 될 터였다. 등성이 두 개를 넘는 시댁 마을에서는 똑똑하다고 소문이 났던 신랑이 시험 쳐서 철도원으로 취직되자 서방 따라 대구로 신접살림을 나왔고, 서방 따라 대구에서 서울로 올라왔으니, 서방이 간 길 따라 처자식도 나서야 함이 당연했다.

칠곡댁은 집에 들기 전 작별 인사차 순자네 집으로 들어섰다. 안채가 비었기에 항공 공습이 있을 때면 식구가 방공호에 숨는다는 걸 알아 뒤란으로 돌아갔다. 그네가 순자 엄마를 부르며 찾았다. 방공호 입구에 쳐놓은 거적때기가 들리고 순자 엄마가 얼굴을 내밀었다. "오매불망 서방 기다리느라 아직 안 떠났네." 순자 엄마가 놀라며 말했다. 칠곡댁이 그네에게, 순자 아버지 소식이 있느냐고, 어제 와서 물었던 말을 다시 물었다. 순자 엄마는, 소식이 없어 속이 타 미칠 지경이라며 한숨부터 깔았다. 지난 18일에 있은 공역 동원령에 함께 나간 뒤 순자 엄마는 서울역 광장에서 살짝 빠져 집으로 돌아왔으나 순자 아버지는 여태 감감무소식이었다. "인제 더는 못 기다리겠고, 아무래도 피란길에 나서야 할까 봐예. 인사나 드리고 떠날라고……" 칠곡댁이 말했다. 서방이 대구역에서 근무하다 서울역으로 발령이 나서 전근 온 뒤 지난 이태 동안, 만리동에 방 한 칸 구해 객지살이할 동안 동기 간이듯 자별하게 지낸 이웃이었다. "그럼 경상도 고향 집으로?" "좌익 집안은 살아남을 수가 없다고들 말하니 아무래도……" "서방 찾아 북으로 가겠다는 말이구려. 날씨는 추워지는데 애들 데리고 피란길 나서자면, 지난 양식도 거덜 났을 텐데…… 칠곡댁, 부디 몸 성히 잘 가구려. 만약 길 나섰다 서방 못 찾으면 여기로 다시 돌아와 기다리든지……" 순자 엄마가 혀를 차며, 먼 길 나서자면 어서 떠나라고 손사래 쳤다. 방공호 안 어미 뒤에 숨었던 애들 셋이 올망졸망 머리를 내밀고 그중 큰애가 영희는 잘 있느냐며 칠곡댁을 보았다. 순자 엄마가 애들을 뒤로 물리며, 폭격이 아직 심하니 꼼짝 말고 있으라며 주의를 주었다. 순자네는 인공 치하 석 달 동안 공역 호출에나 동원되었을까 별쭝나게 나서서 활동한 적이 없었기에 세상이 바뀐다 해도 무사할 터였다. 집으로 돌아온 칠곡댁은 피란 준비에 나섰다. 영희에게는 아래위로 두툼한 내의를 입히고 털실 양말을 신겼다. 겨울도 아닌데 엄마가 옷을 껴입히고 양말까지 신기자 영희가 뚱한 얼굴로 엄마를 보았다. "아버지 만나러 가?" "그래, 아부지 찾아간다. 길 나서면 남의 집 처마 밑 한데서 자야 될지도 모르는데 밤이 되면 오죽 춥겠나." "그럼 내일이면 아버지 만날 수 있어?" "몇 날 메칠을 걷자면 다리가 아푸더라도, 아부지 만날 때꺼정 잘 참아야 한다." 영희가 머리를 끄덕이며 뒤축 터진 고무신을 내려다보았다. 그 신발을 보자 칠곡댁도 마음이 아렸다. 꾸려둔 양식감이 그중 간편해 보여 영희에게 지웠다. 딸애가 덮고 자는 이불에 띠를 매어 포대기 삼아 둘러주었다. 곧 추위가 닥칠 테고 밤 기온은 하루 다르게 떨어지니 이불은 필수품이었다. "밤에 덮을 니 이불은 니가 져야 해. 우리 먹을 양식은 니가 지고 간다." 어떤 일이 있더라도 엄마 놓치면 안 된다며 칠곡댁은 딸애에게 다짐을 받았다. 나이에 비해 야무진 데가 있는 아이였다. 그네는 자신이 머리에 일 보퉁이를 꾸렸다. 이불에다 필요한 옷가지와 세간을 끼워 넣었다. 서방 옷도 챙겼다. 밥그릇과 숟가락, 냄비 따위에 양초와 성냥갑도 챙겼다.

칠곡댁은 이태 동안 살았던 집을 마지막으로 둘러보곤 대문을 나섰다. 서울역 쪽으로 길을 잡았다. 이고 지고 피란길 나선 몇몇 사람도 그쪽 언덕길로 내려갔지, 총소리가 벼락 치듯 퍼붓는 공덕동 쪽 언덕길을 넘어가는 사람은 없었다. 칠곡댁은 엄마 앞서 빨리 걸으라고 영희를 재촉하며 염천교를 지나 남대문으로 향했다. 주위 건물은 폭격으로 허물어져 잿더미가 된 채 뼈대만 엉성하게 섰으나 남대문만은 옛 모습 그대로 덩실하게 버티고 있었다. 칠곡댁은 이태 전 서방 따라 대구에서 처음 타본 기차 편에 서울에 올라온 날, 역 광장에서 말로만 들었던 남대문을 힐끗 보았을 때, 서울엔 저렇게 큰 대문이 있으니 과연 다르다고 감탄하기도 했다. 쌕쌕이들의 무차별 폭격도 남대문만은 알토란 같게 남겨 도려낸 듯 보였다. 인민군이 탄 스리쿼터 한 대가 빠르게 지나갔다. 남대문 앞 도로를 막아 모래 부대로 친 바리케이드 안쪽에 인민군의 모습이 보였다.

칠곡댁은 제대로 남은 건물이 없어 폐허화된 시가지를 거쳐 중앙청 쪽으로 종종걸음 쳤다. 그제야 그네는 무너진 담을 의지 삼아 창경원 쪽으로 걷는 한 무리의 피란민을 볼 수 있었다. 그들 역시 애를 업거나 걷게 하고 있었다. 칠곡댁은 동기나 만난 듯 활랑거리는 가슴을 쓸어내리며 그들 사이에 섞여 들었다. 창경원과 삼선교를 거쳐 미아리고개로 오르자 피란민 대열이 하얗게 길을 덮어 언덕길을 오르고 있었다. 그 피란민 머리꼭지를 향해 미군 쌕쌕이들이 네이팜탄을 쏠 때마다 물방울 튀듯 사람들이 흩어졌으나, 전투기 떼가 까맣게 사라진 뒤 다시 대열을 이루어 고갯길을 허기지게 올랐다. 그 자리에서 숨이 끊긴 자는 경황 중이라 피에 젖은 시신을 포대기로 덮어 가리는 것으로 대충 수습한 뒤, 눈물과 통곡을 뿌리며 걸음을 돌릴 수밖에 없었다. 폭격 파편으로 부상당한 자는 서로가 서로에게 의지한 채, 북으로 향한 대열은 그렇게 이어졌다.

간간히 인민군 부상병을 실은 트럭이나 스리쿼터도 경적을 울리며 언덕길을 숨 가쁘게 치고 올랐다. 피란민들에 섞여 퇴각하는 인민군 대열도 섞여 들었다. 들것으로 부상병을 옮기는 전사도 줄을 이었는데, 신음 소리, 통곡 소리, 사람을 찾는 고함 소리로 민간인과 전사 들이 뒤엉킨 미아리고갯길은 가히 아비규환이었다.

26일 오전, 남한 측 연합군이 서울역을 탈환했고 오후 3시에는 덕수궁을 장악했다. 27일 하오로 서울 사대문 안에서 인민군의 조직적인 저항은 어디에서도 볼 수 없었다.

일등병 시절

내가 육군 사병으로 입대하기는 1963년 더위가 푹푹 찌던 8월 중순이었다. 논산훈련소를 거쳐 경북 영천에 있는 군 행정요원 양성기관인 부관학교를 수료하고 강원도 춘천 근교에 있는 101보충대로 전출되기가 12월 24일로, 기온이 영하로 떨어진 몹시 춥던 날이었다. 두 달 동안 부관학교·헌병학교·경리학교·정훈학교·정보학교를 수료한 신병들이 영천역에서 군용열차 두 동에 올라 대구역에 도착했을 때는 해가 설핏 기울 무렵이었다. 행정학교를 수료하며 이등병에서 일등병으로 막 진급한 계급장을 단 신병들은 꼼짝없이 열차 칸에 갇혀 있었지만, 대구 시내 중심가는 크리스마스 캐럴이 흥청거리고 청춘 남녀가 짝지어 돌아다닐 터였다. 그런데 승강장에서 멀찍이 떨어져 정차해 있던 군용열차는 도무지 움직일 줄 몰랐다. 신병들은 강원도 휴전선 부근의 전방에 떨어져 겪게 될 3년간의 고단한 졸병 생활과 강원도 산골짜기의 추위를 두고 두런

두런 말을 나누며 지루한 시간을 죽여냈다. 헐렁한 새 야전 점퍼를 입었으나 객차 칸은 히터가 나가버려 온몸이 동태가 될 지경이었고 군화 속은 얼음이 박힌 듯 발가락이 아렸다. 신병들을 서울 용산역까지 인솔할 하사관이 저녁밥이라며 딱딱하게 굳은 빵 한 개씩과 건빵 한 봉지를 돌렸고, 출입구 앞에 앉은 졸병 몇을 데리고 나가 동이로 물을 가져다 놓고 마시게 했을 뿐, 화장실 출입 외는 기차 밖으로 나가지 못하게 했다. 인솔 하사관이 흘린 말을 누가 주워들었는지, 군용열차는 밤이 되어야 일반 승객이 타는 차량과 연결되어 대구역을 출발해선 내일 새벽 서울 용산역에 도착할 거라는 말이 돌았다. 용산역에서 하차해 강원도 춘천행 기차를 갈아타고 가면, 신병 대기소 101보충대에는 내일 낮참을 넘겨서야 도착할 거라고 했다.

대구라면 내 가족이 살고 있었고 입대하기 전까지 내가 다닌 지방 대학이 있는 도시였다. 집이 시내 중심가에 위치했기에 역 광장을 나서면 걸어서 불과 15분 거리였다. 잠시 기차에서 이탈해 시내로 들어가 집에 들러볼까 하는 생각이 들기도 했다. 엄마에게 최전방으로 떠나게 되었다는 소식도 알릴 겸 용돈도 구걸하고, 형제들을 만나고 온다? 한 시간이면 집에 갔다 오는 데 넉넉한 시간이었다. 그동안 군용열차가 떠날 것 같지는 않았고, 어두워지기 전까지 군용열차로 돌아오면 별일이 없으리라 여겨졌다. 내가 자리를 이탈한다고 해서 인솔 하사관에게 들킬 것 같지도 않았다. 하사관들은 저들끼리 다른 칸에 모여 잡담이라도 하는지 우리 칸에서는 자리를 비운 채였다. 그러다 다시 생각해보니, 집에 가보아야 엄마는 내가 전방으로 간다 해도 시퉁하게 들을 터였다. 엄마는 3년 동안 식구 입 하나 던다며 내가 어서 입대하기를 학수고대했다. "가난한 집안으 장남은 우선 군대부터 갔다 와야 취직이 잘 된단다. 영장 나오면 지체 말고 쎄기 입대하거라." 입대 전 어머니의 당조짐이었다. 그런 처지라 전방으로 떠난다고 군대 생활에 요긴할 때 쓰라며 용돈을 쥐여줄 리도 없었다. 전쟁 통에 지아비와 헤어진 뒤 삯바느질로 네 자식을 키우며 생계를 꾸려온 홀어미야말로 가난으로 찌들다 보니 자식들 건사에는 여느 엄마들보다 냉담한 짠돌이었다. 나는 이상(李箱) 나이만큼만 살다 죽어도 좋다며 그의 소설집을 밑줄 쳐가며 탐독했고 친구들과 작당해 술이나 퍼질렀던 스물한 살의 삐딱한 문학청년이었다. 집에까지 갈 것 없이 크리스마스이브니 역전 거리라도 잠시 거닐어보면 어떨까? 신병들 중에 대구 출신은 나밖에 없을 텐데 이런 호기회를 놓친다는 건 그야말로 졸장부 아닌가. 다음에 이때를 돌아보면 좀팽이라고 두고두고 후회할 걸. 나는 좀이 쑤셨다. 그런 생각을 하자 순간적으로, 객차 칸의 추위에 갇혀 있기보다 잠시라도 역 광장에 나가 민간인 사이에 섞이고 싶은 소영웅심이 발동했다. 나는 옆 동료에게, 왜 기차가 가지 않는지 알아보고 오겠다며 슬며시 찻간에서 내렸다. 그때는 그 짓거리가 탈영에 해당되는 줄은 까맣게 잊었다. 군인이 근무지를 이탈하는 탈영 시에는 체포 즉시 현장에서 즉결 처분까지 받을 수 있다는 경고는 전쟁 시 전투행위 때나 있는 일인 줄로만 알았다. 나는 겁 없이 침목을 밟고 털레털레 승강장이 있는 역사 쪽으로 걸었다. 역 광장까지만 나가보고 돌아오리라, 나는 아무렇지 않게 다짐했고 마음은 이미 역 광장을 거닐고 있었다.

역사의 개찰구 안쪽의 대합실은 기차를 탈 승객들과 마중 나온 사람들로 붐볐다. 나는 개찰구 안쪽을 기웃거리다 열차 시간표를 올려다보는 친구를 발견했다. 그는 입대 전까지 자주 어울렸던 구미 출신의 대학 친구였다. 우연한 장소에서 친구를 보자, 나는 그를 통해 내가 전방으로 전출 간다는 사실을 알리고 싶었다. 내가 군모를 벗어 흔들며 친구 이름을 부르자, 친구도 나를 알아보았다. 나는 개찰구를 지키는 역원에게 친구를 잠시 만나보겠다는 허락을 받고 개찰구를 빠져나왔다. 무심결에 탈영병이 된 셈이다. 친구는 강원도 전방으로 전출 가게 되었다는 내 말을 듣곤, 이렇게 널 떠나보낼 수 없다며 술이나 한잔 푸자고 나를 역 광장으로 이끌었다. 광장은 선남선녀와 장사치 들로 북적거렸다. 친구와 나는 포장마차의 휘장을 들치고 도마의자에 앉았다. 친구가 호기 있게 돼지고기 두루치기와 막걸리 한 되를 시켰다. 친구 말이, 자기는 어느 해운회사에 이력서를 제출할 겸 면접을 보러 내일 부산으로 떠나려 기차 시간을 알아보기 위해 역에 들렀다고 했다. 그는 이력서가 든 서류 봉투를 들고 있었다. 친구는 마도로스가 되어 세계 대양을 누비겠다는 꿈에 부풀어 평소에도 영어 회화집을 끼고 다녔다. 드디어 내년 봄이면 졸업과 동시에 원양어선을 탈 수 있을 것 같다며 친구가 의기양양해했다. 그동안 군 미필이 걱정이었는데 삼대독자로 군 면제 대상 증명서를 발부 받았다는 것이다. 우리는 이런저런 이야기를 나누며 속사포로 막걸리 사발을 비우기 시작했다. 입대하고 4개월, 이등병 생활을 거칠 동안 술에 굶은 터라 술이 잘 받았고 안주가 구미를 당겼다. 우리는 막걸리 두 주전자를 단숨에 비웠다. 어느새 바깥이 어둑어둑해왔다. 그때서야 나는 빨리 군용열차로 돌아가야 한다는 데 생각이 미쳤다. 그사이 기차가 떠나버렸다면 낭패였다. 제대 후에나 보자며 친구와 작별의 악수를 나누고 서둘러 역사 안으로 들어갔다. 그때까지 군용열차 두 동은 그 자리에 머물러 있었다. 사건은 내가 기차에 올랐을 때 터졌다.

"이 새끼 봐라, 이제야 나타났군. 아주 탈영해버리지 왜 돌아와?" 복도에 버티고 선 인솔 하사관이 찻간으로 들어서는 나를 보더니 땡고함부터 질렀다. "이실직고해. 너 지금 어디 갔다 왔어?" "기차가 언제 떠나는지 알아보려고 개찰구 쪽에 잠시……" "누구 허락을 받았어?" 아무한테도 허락을 받지 않았기에 나는 대답할 수 없었다. 차 안의 모든 시선이 내게로 쏠렸다. "부동자세, 차렷!" 하사관이 어깨에 멘 카빈총을 벗어 내렸다. 내가 하사관 앞에 차렷 자세로 서자, 하사관이 구두코로 내 정강이를 깠다. 이어, 군용장갑 낀 주먹이 내 얼굴 관자놀이로 날아들었다. 나는 모잽이로 쓰러졌다. 176센티미터의 키에 체중이 50킬로그램도 되지 않았던 말라깽이라 나는 옆 의자의 신병 위를 덮치며 쓰러졌다. 순간적으로 술기운이 확 달아났다. "부동자세로 서지 못해! 탈영하면 즉결 총살인 줄 몰랐어!" 하사관이 내 멱살을 쥐곤 연달아 주먹과 발길을 날렸다. "어쭈, 이 새끼, 보자 하니 술까지 처먹었군. 간땡이가 부었어!" 쓰러진 나를 두고 총대로 옆구리며 등짝을 내리치는 하사관의 매질이 멈출 줄 몰랐다. 나는 정신을 차릴 수 없었고, 나중에는 아픈 줄도 몰랐다. 별생각 없이 무심코 기차에서 내린 게 이런 폭력행사로 돌아올 줄은 미처 예상하지 못했다. "안 되겠어. 차에서 내려. 아주 죽여서 레일에다 걸쳐놓겠어!" 하사관이 내 멱살을 틀어쥐더니 제대로 서지 못하고 비칠거리는 나를 복도로 끌어냈다. 하사관은 기차에서 내린 나를 벽에 붙여 세워놓고 면상을 후려치더니 다시 총대로 배며 허리를 마구 찍었다. 몸이 무너져 내렸고, 나는 차츰 정신을 잃어갔다. 내가 쓰러진 채 널브러지자 그제야 매질이 멈추었다. 잠시 뒤였다. "끌고 올라와" 하는 하사관의 목소리에 이어 누군가가, "김 일병, 괜찮아, 살아 있어?" 하고 물으며 나를 부축해 일으켰다. 사병의 말이 귓전으로 흐릿하게 스쳐간 뒤, 나는 다시 정신을 잃었다.

내가 어슴푸레 눈을 떴을 때, 기차가 레일의 이음새를 건너뛰는 단속적인 진동이 느껴졌고, 차창 밖은 밤이었다. 기차는 차가운 밤공기를 뚫고 북상하고 있었다. 나는 의자에 널브러진 채 꼼짝을 할 수가 없었다. 온몸의 뼈마디가 쑤셔 내 몸 같지가 않았다. 기차가 출발한 후 히터가 가동되었는지 차 안이 그리 춥지 않아 그나마 다행이었다. "깨어났네. 꿈에서도 죽는소리로 앓더군. 기차가 대전을 지났어." 옆자리 신병이 말했다. 얻어터져 입안이 어떻게 되었는지 대답조차 할 수가 없었다. 나는 흐리마리한 정신으로, 입대 초장부터 이럴진대 앞으로 3년간의 내 졸병 생활이 그리 평탄하지 않을 것임을 예감했다. 문학 공부를 한답시고 세상을 흘겨보며 길들여진 뻬딱한 성질부터 고치지 않는다면 군대 밥을 제대로 먹을 수 없겠다는 생각이 들었다.

아직 어둠이 채 그치지 않은 신새벽에야 군용열차가 서울 용산역에 도착했다. 용산역에 신병들이 하차하자, 승강장에는 한 무리의 다른 신병들이 추위 속에 허연 입김을 뿜으며 열 맞추어 앉아 대기하고 있었다. 논산 훈련소를 수료하고 강원도 쪽 전방에 배치될 보병 병과 신병들이었다. 춘천 101부대에서 온 헌병과 하사관 몇이 인원 점검을 한 뒤 신병을 인계 받았다. 나를 구타한 하사관과는 용산역에서 헤어졌다. "대오를 정돈하여, 일사불란하게 귀관의 명령에 따른다." 헌병이 호루라기를 불며 신병을 통솔하기 시작했다. 나는 옆 동료의 부축을 받아 절뚝거리며 춘천행 군용열차에 올랐다. 사물이 담긴 자루백도 동료가 대신 져주었다. "신고식 톡톡히 치렀으니 앞으로는 매사에 조심해." 동료가 걱정스런 표정으로 말했다. 입안이 부어 나는 제대로 대답할 수도 없었다. 군용열차 안에서 한 시간 남짓 대기할 동안, 배식받은 아침밥을 먹었다. 밥주걱으로 싹둑 깎아 퍼 군용식기에 담아준 밥은 양이 적었고, 시래기국에 김치와 감자조림 반찬이었다. 다시 기차 안에서 대기한 지 한참 만에, 아침 해가 떠올라서야 기차가 출발했다. 한 시간 남짓 만에 춘천역에 도착한 신병들이 역 광장에 대오를 맞추어 정렬하자, 역으로 신병 인솔차 나온 중위가 단호한 목소리로, 지금부터 보충대까지 구보로 행군한다고 말했다. 춘천역에서 101보충대까지가 10리 남짓이라 했다. 대구역에서 당한 폭행으로 왼쪽 무릎뼈를 다쳤는지 나는 자루백을 멘 채 절름거리며 뛰어야 했다. 내 걸음이 뒤처지자 중위가, 왜 그러느냐고 물었다. 나는 다리를 다쳤다고 둘러댔다. "열외로 빠져서 따라와." 중위가 말했다.

춘천 101보충대는 강원도 군사분계선 이남의 촘촘히 들어앉은 전방 각 사단의 예하 부대로 배치될 신병들이 앞으로 군 생활을 하게 되기 전 한 달 정도 대기하는 장소였다. 특수 병과 신병은 소수에 불과했고 보병 병과 병력이 태반이었다. 그렇다 보니 군용막사는 신병들로 와글거렸다. 101보충대가 신병을 받아 자대 배치되기 전에 잠시 맡아둔다고 해서 밥만 먹으며 놀리지는 않았다. 앞으로의 군대 생활이 어떨지를 미리 각오하라는 듯 훈련이 혹독했다. 별빛이 영롱한 새벽에 기상하면 잠이 덜 깬 채 소대별로 운동장에 모여 맨손체조로 몸을 푼 뒤 구령을 복창하며 연병장 구보 행군으로 하루 일과를 시작했다. 아침 식사를 하고 나면 그때부터 완전군장을 꾸려선 본격적인 강훈련이 시작되었다. 철모 쓰고 M1 소총을 앞에총한 채 점심시간까지 왕복 16킬로미터를 쉬지 않고 뜀박질하다 수시로 언 땅바닥을 기는 각개전투훈련을 받았다. 부대로 돌아와 점심밥을 먹고 나면 한 시간의 달콤한 휴식 끝에 다시 완전군장으로 행군에 나서야 했다. 구보 도중 엎드려쏴 자세로 격발 연습을 하며 무르팍이 까져라 길 때가 그나마 숨을 돌릴 수 있는 시간이었다. 해가 서산으로 떨어질 때까지 행군이 강제되었다. 신병들은 기진맥진 상태로 뛰다 M1 소총 무게를 감당 못해 앞으로 꼬꾸라지기가 일쑤였다. 그러면 호루라기를 불며 따르던 훈련 교관의 불호령이 떨어졌다. 나 역시 몸이 약했기에 쓰러지기가 여러 차례였다. 일어나지 못해 늘어졌을 때는 교관의 지휘봉이 등줄기를 사정없이 내리쳤다. 그렇게 구보 행군 도중 쓰러지는 신병은 강훈련을 견디지 못한 체질 탓도 있었겠으나, 주원인은 식사 때의 배식량이 문제였다.

101보충대가 신병 대기 장소라 그런지 식사 시간 때 신병에게 배식하는 밥 양이 너무 적었다. 취사병이 그릇이 아닌 항고 뚜껑에다 한 주걱씩 잡곡밥을 퍼주었는데 그 양이 뚜껑을 채 덮지 못할 정도였다. 된장을 푼 무국에 다섯 숟가락만 뜨면 끝날 안남미에 보리쌀 섞은 푸석한 세끼 밥으로 새벽부터 해가 질 때까지 영하의 추위를 견디며 훈련을 받아야 하니 그야말로 죽을 노릇이었다. 훈련이 고되니 잠잘 때를 빼고는 그저 먹는 생각뿐이었다. 한 끼라도 밥 한 번 포식해보았으면 원이 없을 것 같았다. 나는 여덟 살에 6·25전쟁을 체험했다. 도시와 농촌 따질 것 없이 전쟁 와중에 굶주려보지 않은 아이들이 없었겠지만, 그 몇 년간을 우리 식구는 유독 많이 굶었다. 그 후 배 속에 거지가 들어앉은 듯 나는 유난히 먹을거리를 밝혔는데, 101보충대에서 굶주린 기억과 그해 겨울 추위 속의 강훈련은 지금도 살이 아릴 정도이다. 6·25전쟁 때 굶주린 기억은 어린 시절이라 별로 실감이 느껴지지 않는데 성인이 된 뒤 그해 겨울에 주린 기억만은 50년이 지난 지금까지 어제 일같이 생생하다. 땡볕 아래 군사 훈련을 받은 논산훈련소나 영천 부관학교 시절에는 배식량이 정량으로 나와선지 배고픈 줄 몰랐는데, 보충대는 틀림없이 군량미를 빼돌려 착복하는 자가 있었을 것이다. 그러지 않고서야 급식이 그토록 형편없을 수 없었다. 강훈련을 시키며 식기도 아닌 항고 뚜껑에다 살풋 피운 잡곡밥을 깎아 배식했던 것이다. 입대 전 대학 재학 중일 때, 5·16쿠데타 전에 전역한 늦다리 복학생이 있었는데, 논산 훈련소에서 얼마나 주렸던지 자대로 배치되기 전 군용트럭으로 이동하다 타이어가 펑크 나서 교체할 때, 트럭에서 내린 신병들이 집단으로 민가를 들이쳐 밥을 구걸하기도 했다는 말을 들었을 때는, 설마 군대가 장병들을 그렇게 굶기랴 했는데 그게 빈말이 아니었음을 101보충대에서 실감했던 것이다. 군인이 정권을 잡은 뒤 사회의 부정부패가 많이 시정되었고, 그중 군대는 하극상 체벌과 급식 수준이 많이 양호해졌다고 하나 보충대까지는 아직 그 영향이 미치지 못하는 모양이었다. 나만 아니라 사병들 모두가 먹는 걸 두고 불평이 대단했으나 어디다 하소연할 데도 없었다.

밤에도 이 등쌀에 살가죽이 벗겨질 정도로 긁어대느라 잠을 설치다 깨면 허기까지 볶아쳤으나, 아침 식사 시간이 까마득해서 절망했다. 보충대 내무반이 이 때 소굴인지 사타구니를 긁다 깨알보다 큰 이를 집어냈고, 그놈이라도 터뜨려 먹고 싶을 정도였다. 보충병 신세 한 달만 때우면 자대에 배치된다니, 초년 군대 생활이 아무리 힘들다 해도 어서 그날이 오기만을 학수고대했다. 강훈련이 막바지에 달했을 무렵에는 부대 안팎 사정에도 눈을 떴다. 밤보초를 설 때는 부대 울타리 개구멍을 통해 돈이 밥으로 교환된다는 사실을 알았다. 부대 주변 민간인들이 장사를 했는데 밥은 물론이고 옥수수로 빚은 술까지 팔았다. 그러나 그것도 지닌 돈이 있어야 누릴 수 있는 행운이었다. 나 같은 빈털터리는, "군인 아저씨, 여기 밥하고 술이 있어요" 하고 철조망 밖의 민간인이 속달거려도 군침만 삼킬 뿐 시침을 뗄 수밖에 없었다. "시계 있으면 잡혀도 돼요. 집에서 송금 오면 시계를 찾을 수 있으니깐요." 장사꾼이 흥정을 해오기도 했다. 나는 시계를 차고 있지 않았지만, 고향에서 송금이 오기 전에 보충대를 떠나면 잡힌 시계를 찾을 수 없을 텐데 장사치의 유혹은 끈질겼다. 다음에 이쪽 주소로 송금해주면 잡힌 시계는 자대로 우송해준다는 말을 믿고 시계를 잡히는 신병도 있었다. 눈앞에 있는 먹을거리 유혹을 참지 못했던 것이다. 그만큼 101보충대는 신병들에게 지옥 같은 한 달이었다. 내가 자대 배치를 받고 1년쯤 경과해 상등병으로 진급했을 즈음에는, 101보충대를 거쳐 인사과로 배속되는 신병을 보면 그동안 얼마나 주렸겠나 싶어 취사 당번에게, 신병 밥그릇에 밥 좀 넉넉히 퍼주라고 부탁했을 정도였다.

그럭저럭 한 달을 넘겨 초주검이 된 상태에서 나는 전방 부대로 배치를 받았다. 보병 병과 스물몇 명과 함께 배치 받은 부대가 21사단 63연대였다. 101보충대를 떠나던 날은 구름이 낮게 내려앉은 찌뿌둥한 날씨에 푸설푸설 눈가루가 떨어졌다. 어느덧 2월로 들어섰으니 전방은 아직도 겨울 한복판이라 연일 강추위가 계속되고 있었다. 별칭 백두산부대인 21사단은 강원도 양구군 남면에 주둔했던 후방 사단이었는데 작년에 양구군 동면 일대의 최전방 지역을 담당했던 2사단과 맞교대가 되었다고 했다. 내가 배속된 63연대는 21사단 중에서도 군사분계선 GP(감시 초소)와 GOP(일반 전초)를 담당한 최전방 부대였다.

63연대 수송부에서 신병을 인수하려 화물칸에 포장을 씌운 군용 트럭이 왔다. 신병은 자기 자루백을 어깨에 지고, 트럭에 먼저 오른 신병은 가장자리 긴 의자에 붙어 앉고 늦게 탄 신병은 가운데 바닥에 쪼그려 앉았다. 63연대에서 온 선임 하사관은 운전석 옆자리에, 병장 둘이 화물칸 입구 의자에 앉았다. "63연대가 어디쯤 있나요? 여기서 멉니까?" 병장 턱 밑에 앉은 신병이 물었다. "양구군 동면에 있지. 휴전선 비무장지대를 담당해. 6·25때 국군과 유엔군, 인민군과 중공군이 하룻밤 사이 몇 차례나 뺏고 뺏겨 펀치볼이란 이름이 붙은 지역도 포함 돼. 접시처럼 오목한 해안분지를 둘러싸고 해발 1천 미터가 넘는 대우산에서부터 1천2백 미터 가칠봉 일대를 우리 63연대가 담당해." 병장이 말했다. "그럼 엄청 춥겠네요?" "후방에서 신문도 못 봤냐. 한겨울 가장 추운 날이면 강원도 전방 대우산 기온이 영하 삼십몇 도라고 실리지 않던. 바로 그 대우산이야." 그 말을 듣자 나는 신문의 날씨 정보에서 그런 기사를 읽은 기억이 났다. "우리 GP 소식 한 토막 들려줄까. 작년 겨울 몹시 춥던 한밤에 가칠봉의 GP 지하 벙커에 인민군이 개울의 얼음을 밟고 내려와 화염방사기를 갈겨 잠자던 몇이 숯불구이가 된 사건이 있었지. 그런 사건은 터져도 후방 신문에는 실리지도 않아. 앞으로 근무할 때 조심들 하라구. 하루하루가 긴장의 연속이지만 특식으로 일주일에 한 번씩 고깃국은 나와." "스트레스 엄청 받겠네요?" "문자 쓰는 것 보니 먹물깨나 먹었군. 먹물들일수록 훨씬 스트레스가 심하지." 그 말에 앞으로의 암담한 군대 생활이 연상되는지 신병 표정이 무거웠다. 바깥은 계속 눈이 내렸고 눈가루가 날파리처럼 트럭 안으로 날아들었다. 도축장으로 실려가는 짐승 꼴로 몸 붙여 옹송그려 앉은 신병들은 동태로 꼬장꼬장 얼어갔으나 양구군 동면이 어디쯤인지 군용트럭은 포장되지 않는 첩첩한 산길을 뚫고 털컹대며 계속 달렸다.

63연대 중대 본부와 수송대와 의무대는 동면 팔랑리에 있었다. 101보충대에서 배속되어 온 보병 병과 신병은 만기제대로 결원이 생긴 각 중대에 몇 명씩 배속되었다. 중대 본부에 떨어진 사병은 작전과에 한 명, 의무대에 한 명, 인사과에 배당된 나를 합쳐 셋이었다. 인사과 사병계에서 내 졸병 생활이 시작되었다. 인사과는 모두 열세 명으로, 연대장의 부관을 겸한 인사과 책임자는 대위였고 그 아래로 선임 하사관으로 인사계 상사와 중사가 한 명씩, 그들은 모두 기혼자라 부대 밖 마을에서 출퇴근했다. 팔랑리는 서른여 가구가 띄엄띄엄 흩어져 있었는데, 군인을 상대하는 색시를 둔 술집도 있었다. 사병들은 영내 내무반에서 숙식을 했다. 인사과는 서무계, 사병계, 장교계, 상벌계, 타자병과, 우편병이 한 명 있어 실무가 분장되었는데, 사병계 인원이 셋이었다. 사병계는 전 연대 병력 사병의 신상카드를 관리하며 병력 파악 일일 보고, 병력의 이동 상황, 제대 및 전입과 전출을 관장했다.

나는 숫기가 없는데다 묻는 말 이외는 입을 다물고 지내다 보니, 지가 배웠으면 얼마나 배웠기에 사람을 깔보느냐며 상급자로부터 시건방진 신참으로 날마다 핀잔을 들어야 했다. 평소에도 잡념이 많아 상급자가 뭘 물으면 얼른 대답을 못한 채 곧잘 멍뚱한 표정을 짓곤 했는데, 얼빠진 새끼가 사람 무시한다며 주먹질을 당하기가 일쑤였다. "고문관, 쫄병 군대 생활은 눈치로 산다잖아. 빳다 한 대만 쳐도 엉덩뼈가 바스라질 버썩 마른 놈이 왜 그렇게 굼떠. 정말 빳다 맛 존나게 뵈줄까." 상급자의 이런 험구에는, "예, 예, 앞으로 조심하겠습니더" 하고 곱송거려 가까스로 위기를 넘기곤 했다. 인사과의 최말단인 나는 내무반의 허드렛일은 물론, 조개탄으로 불을 피우는 페치카 관리에서부터 사흘마다 불침번까지 도맡았다. 고문관으로서 당하는 수모는 탈영을 하지 않은 다음에야 어차피 견딜 수밖에 없었는데, 가장 큰 애로가 101보충대에서 곯았던 배고픔이 자대에서도 해결되지 않는다는 점이었다. 식당에서 먹는 식사량은 평균 정도 되었으나 어릴 때 굶은 봉창으로 위장만 키워온 탓인지 내게는 늘 그 양이 모자랐다. 그렇다고 취사반 배식병에게 밥을 꾹꾹 눌러 담아달라고 부탁할 처지가 못 되었다. 식사 시간이면 줄 꼬리에 서서 퍼주는 대로 먹을 수밖에 없는데, 밥그릇의 마지막 밥 한 숟가락을 긁어 먹을 때는 늘 아쉬움이 따랐다. 그런데 고참병은 군대 밥이 지겨운지 늘 밥을 남겨서 국물과 함께 식당 밖에 내다 놓은 음식 쓰레기를 모으는 드럼통에다 버렸다. 그런 작태를 볼 때마다 저 아까운 밥을 나한테나 넘기지 왜 버릴까 안타까웠다. 식사를 끝내고 식당을 나서다 짬밥통인 드럼통을 들여다보면 허연 밥이 그대로 버려져 있었다.

어느 날 밤이었다. 저녁밥을 먹고 난 뒤 내무반으로 돌아와 자정까지 불침번을 설 때였다. 불침번은 자신의 근무 시간 동안 단독 군장하여 내무반를 지키고 페치카 불이 잘 타는지를 확인하며 내무반 주변을 수시로 순찰해야 했다. 그러다 자정을 넘기면 다음 차례인 불침번을 깨워놓은 뒤 취침하게 되어 있었다. 내가 초번 불침번을 섰는데 밤 10시를 넘기자 슬슬 졸음이 몰려왔고 배가 고파오기 시작했다. 배 속이 꼬르륵대며 먹을 것을 달라는 신호를 보내왔다. 굶어본 사람은 알겠지만 배고픔에 따른 식욕은 니코틴에 중독

된 자의 금단 현상처럼 집요한 데가 있었다. 눈앞은 그저 먹는 생각밖에 없었다. 101보충대에서 자대로 배치된 뒤 식사량은 부족함이 없었건만 허기는 늘 계속되었는데, 선배 말이 그랬다. "자대로 배치 받은 뒤 6개월쯤은 지나야 먹는 생각에서 벗어나. 그때가 내 아래로 졸병이 생기고 상등병으로 진급할 때쯤이니, 첫 휴가를 다녀올 때지. 집 밥을 실컷 포식하고 와야 군대 밥에 엔간히 물려." 그 말대로라면 내 경우 한여름인 8월은 되어야 어떻게 첫 휴가를 갈 수 있을 것 같았다. 새벽에 진중 버스를 타고 양구 읍내로 나가, 양구에서 시외버스 편에 춘천시로 나가면 이미 낮참을 넘기고, 춘천역에서 기차 편에 용산역으로, 용산역에서 해질 때 떠나는 군용열차를 타면 대구 도착은 이튿날 새벽이라 했다. 꼬박 스물네 시간이 걸려서야 대구 집에 도착할 수 있었는데, 어서 그날이 와서 우선 집 밥을 실컷 먹어본다는 게 소원이었다. 고기반찬이 아니더라도 밥만 양푼으로 가득 담아준다면 김치 한 기지로 족했다. 전방 고지는 4월에도 눈이 내린다는데 지금은 2월이었다.

그때 문득 식당 밖에 내다 놓는 음식 쓰레기통이 생각났다. 음식 쓰레기 모으는 짬밥통은 이틀에 한 번씩 취사반에서 키우는 돼지우리로 옮겨질 터였다. 지금쯤 짬밥통의 음식 쓰레기 윗부분은 굳어졌을 테지만 속은 아직도 얼지 않았으리라 여겨졌다. 갑자기 그 짬밥통이라도 뒤져 밥만 건져내어 배 속을 채우고 싶었다. 나는 살그머니 내무반을 나섰다. 기온은 영하로 떨어졌으나 윙윙대는 바람 소리뿐 사방은 고요했다. 희뿌여니 반달이 떠 있었다. 식당은 작전과·군수과·수송대·중대 본부 내무반 막사를 지나야 취사장을 겸한 식당이 있었다. 식당 쪽으로 걸으며 따져보니 숟가락을 지참하고 있지 않았다. 싸리빗자루로 젓가락을 만들거나 손으로 긁어 배를 채울 수밖에 없었다. 짬밥통 옆에 세워두는 빗자루로 젓가락을 만들어 음식 쓰레기를 휘저었다. 날씨가 추워서인지 쉰내가 나지는 않았다. 그런데 젓가락으로는 밥알을 건져내기가 영 시원치 않았다. 나는 손을 사용하기로 했다. 손으로 건더기를 건져 입으로 우겨 넣었다. 담배꽁초나 이쑤시개가 밥 속에 버려졌다 해도 상관할 바가 아니었다. 전쟁 시절 남도 고향까지 흘러왔던 피란민이 생각났다. 내 고향은 경남 김해로 전쟁 당시 읍내 장터 주변에 피란민이 거적때기로 움집을 짓고 살았다. 그들은 읍사무소에서 풀어놓는 배급 쌀로 연명했으나 먹을거리가 턱없이 부족했다. 초등학교가 군 병원으로 징발당했는데 식당 하수구가 있는 철조망 아래는 피란민 아이들이 깡통을 들고 북적거렸다. 하수구에 버린 음식 찌꺼기가 하수를 통해 흘러 내려오면 그걸 건져냈다. 철조망 앞쪽 아이는 깡통에 찰 만큼 제법 많은 음식 찌꺼기를 건질 수 있었다. 군 병원의 짬밥통은 꿀꿀이죽이라 해서 영양식으로 인기가 높았다. 그걸 얻어 끓여 먹으려고 피란민들이 박 터지게 싸우는 작태를 나는 여러 차례 목격하기도 했다.

식당 앞 짬밥통에서 건져낸 밥으로 허기진 배를 어지간히 채우자, 나는 인사과 내무반으로 걸음을 돌렸다. 문제는 그다음이었다. 아무 생각 없이 무심코 내무반 문을 열었다. 그런데 사병들이 취침을 않고 침상 일선에 팔을 허리 뒤로 꺾은 채 머리를 박고 엎드려 뻗쳐 기압을 받고 있었다. 나란히 있는 막사가 비슷하다 보니 내

착오로 수송과 내무반에 잘못 들어섰던 것이다. 각목을 든 수송부 선임 하사관인 박 하사가 사병들에게 기압을 주다 말고 나를 보곤, 웬 놈이냐고 물었다. 나는 인사과 내무반인 줄 알고 잘못 들어왔다고 말한 뒤 바삐 걸음을 돌렸다. 박 하사는 대학 재학 중에 입대한 빵빵군번으로 알고 있었다. 빵빵군번이란 1960년대 초 잠시 시행 되었던, 대학 재학 중에 입대자에 한하여 복무 연한을 2년으로 단축해주던 제도였는데, 내가 입대할 무렵에는 폐지되었다. 박 하사는 제대를 앞두고 돌연 장기 복무를 지원하여 말뚝을 박고 하사 계급장을 달았는데 수송부의 군기를 잡는 데 무작해 사병들이 그 앞에는 고양이 앞의 쥐 꼴이라고 소문이 난 터였다. "거기 서!" 상고머리에 퉁방울눈을 한 작달막한 박 하사의 명령이 떨어졌다. "함부로 들어왔다가 누구 맘대로 함부로 나가." 박 하사가 나를 불러 세웠다. 잘못 걸렸구나 싶어 등줄기로 식은땀이 흘렀다. 아침 기온이 영하 30도로 곤두박질쳐도 졸병들이 얼음물에 걸레 빨아 군용트럭을 세차하는 광경을 늘 목격하는 터였다. 박 하사가 내무반 사병들에게 "동작 그만"으로 기압을 풀어주곤, 각목으로 땅바닥을 치며 내 앞으로 걸어왔다. 그는 다짜고짜 내 뺨부터 갈겼다. 침상에 차렷 자세로 선 사병들이 일제히 나를 보고 있었다. 이어 박 하사의 각목이 내 어깨를 강타했다. 내 몸이 휘청거리자 각목이 무작위로 떨어졌다. 나는 카빈총을 멘 채 쓰러져 통나무처럼 굴렀다. 각목으로 그런 구타를 당하기가 대구에 정차한 군용열차에서 이탈한 죄로 인솔 하사관에게 당한 이후 처음이었다. 그때는 고작 지휘봉이었지만 이번은 그보다 세 배는 실한 각목이었다. 내가 거품을 물고

넉장거리로 늘어지자 박 하사가, 막사 밖으로 던져버리라고 말했다. 문 입구에 있던 사병 둘이 재빨리 침상에서 내려와선 내 팔과 다리를 들어 나를 막사 밖으로 끌어냈다. 얼음장 같은 바깥 기온이 얼굴을 훑자 나는 가까스로 정신을 차렸다. 흐리마리한 정신이었지만, 이대로 누웠다간 동사하고 말겠다는 생각부터 들었다. 나는 제대로 일어설 수가 없어 인사과 내무반으로 엉금엉금 기었다. 나는 갑자기 어린 시절이 생각나자 스스로가 가련해져 소리 내어 울었다. 전쟁 후 중학교를 졸업할 때까지 홀어미는 장자인 내가 사춘기 이후 자기 아비를 닮아 어긋난 길을 나갈까 보아 자신의 한까지 덤으로 실어 혹독한 매질로 나를 키웠기에 어느 하루 종아리가 성할 날이 없었던 것이다. 나는 평생 맞고 살 팔자를 타고 나지나 않았을까 하고 생각하니 더욱 서러웠다. 내 실수로 수송부에서 당한 폭행을 두고 누구에게 하소연할 수도 없었다. 그 말을 발설했다간, 역시 고문관다운 짓이란 놀림이나 받을 게 뻔했다.

인사과 업무는 막상 어려울 게 없었다. 명색이 문학 지망생이라 내 글씨체가 비교적 반듯했기에 사단 인사처로 보내는 병력 일일 보고서 초안은 제대로 만들어낼 수 있었다. 그 외 사병계로 넘어온 공문서의 회신도 선임자가 작성해놓은 견본을 토대로 복사하는 수준이라 별 어려움이 없었다. 그렇게 책상 앞에 앉아 보는 업무보다 신참에게 부과되기 마련인 잡다한 심부름거리가 더 많았다. 이걸 작전과로 가져가라, 의무대로 올라가서 뭘 해오라, 수송부에 대대나 수색 중대로 올라갈 차량을 섭외하라, 중대 본부로 가서 장작을 가져오라는 따위로 심부름을 다녀야 했다. 그러다 한가한 짬에 책상 앞에 앉으면 책꽂이에 중대별로 꽂힌 연대 병력 신상카드를 훑어보며 시간을 보냈다. 1천 명에 이르는 신상카드에는 관등성명·생년월일·군번·본적지·현주소가 기재되어 있고, 그 아래는 학력을 기록한 칸이 있었다. 그런데 보병 중대 병력의 학력란은 이력이 한 줄로 그치는 국졸이 태반이고, 무학과 국퇴자도 수월찮았다. 중졸 정도의 학력은 눈을 닦고 찾아도 쌀의 눈만큼 힘들었다. "3중대 인사계가 다음번 병력 보충 때는 꼭 중졸짜리 한 명을 보내달라고 빽을 썼어. 중대 서무병이 제대하게 되었다나." 사병계 고참병이 하는 말이었다. 예하 부대의 '빽'이란 항고에 쌀을 가득 채워 넘겨주는 선물이었다. 고참병들은 그렇게 받은 쌀을 모아선 휴일에 부대 밖으로 외출해서 주점에 넘기고 쌀값만큼 술을 마셨다. 중학교를 졸업한 학력 정도는 되어야 중대의 서무일을 볼 수 있었기에, 예하 중대 병력은 그만큼 종졸 학력조차 귀했던 것이다. 인사과만 해도 대졸은 한 명도 없었고 대학 재학 중에 입대한 자가 둘, 태반이 고졸이거나 중졸이었다. 따져보면 내가 읍 단위에서 국민학교를 졸업한 휴전 직후만 해도 우리 반 졸업생 67명 중에 읍내 중학교나 마산이나 부산의 중학교로 유학해 진학한 학생은 댓 명에 불과했다. 국민학교는 남자 두 반, 여학생 반이 하나였는데 여학생의 경우는 국민학교 졸업이 끝이었고, 중도에 학업을 포기한 중퇴자도 많았다. 입대 전 내 주위에는 태반이 고등학교를 졸업했거나 대학생이었기에, 국민 전체를 따져 학력 수준이 그 정도임을 나로서는 책상 앞에 꽂힌 연대 병력 인사 기록카드를 통해 새롭게 목격한 셈이었다. 따지고 보면 내가 입대한 1963년은 농업국에서 공업국으로 일대 전환을 꾀하는 경제개발 5개년 계획이 시작된 지 한 해가 지났으나 아직도 농어촌 인구가 국민 전체 인구의 80퍼센트를 점유했으며, 농촌에는 춘궁기가 상존했던 절대 빈곤의 시대였다.

3월에 접어들자 사단에서 연일 새로운 공문이 날아들었다. 공문은 우편병이 날마다 전령 트럭을 타고 사단 본부가 있는 동면 임당리로 나가 공문과 함께 후방에서 부쳐온 사병들의 개인 편지를 수령해왔던 것이다. 새 공문이란 다름이 아니라 21사단 예하 연대 병력 태반의 부대 이동에 따른 훈령이었다. 63연대도 군사분계선을 담당한 수색 중대를 빼고는 대대 병력의 이동이 불가피했다. 며칠간의 기동 훈련이 아닌 부대 전체가 막사를 비우고 다른 장소로 장기간 이동하자면 거기에 따른 군수품 일체는 물론이고, 이동 장소에 설치할 공병 장비 및 통신 시설 설치도 뒤따랐다. 그런 이동에는 군 차량 동원이 필수였다. 그러다 보니 이를 지원해야 할 중대 본부 각 과와 수송대도 일거리가 넘쳐났다. 연대 인사과도 병력 이동에 따른 각 대대와 예하 중대 병력 차출에 임하다 보니 나는 날마다 사병들의 인사 기록카드를 뒤지게 되었다. 1953년에 전쟁이 멎은 휴전 이후 11년 만에 155마일 군사분계선 일대에 대규모 진지 공사가 시작되었던 것이다. 강원도 양구군·인제군·화천군 일대는 21사단만이 아니라 3군단 전체 병력의 8할이 고지 진지 공사 축성에 동원되었다. 21사단은 대우산과 가칠봉 일대를 맡게 되었다. 중대 본부 앞 군용도로는 대우산 쪽으로 들어가는 낮에도 전조등 켠 차량 행렬이 이어졌다. 사병과 물자를 운반하는 군용차량 행렬이었다. "그렇게 많은 병력이 DMZ 쪽으로 들어가면 거기서 얼마 동

안, 어떻게 생활하게 됩니까?" 제대를 앞둔 사병계 선임자에게 내
가 물었다. "진지 공사에 동원되어 천막 치고 고지에서 먹고 자지.
모르긴 해도 여름은 되어야 병력이 철수할걸." 병장이 말했다. "그
러면 부대 막사는 텅 비겠습니다." "그럴 테지. 부대를 비우고 병
력이 통째 올라가니깐. 군인들이 정권을 잡고 반공을 국시로 삼았
으니 국방 경비를 더 철저히 하자고 막대한 예산을 투입해 진지 공
사를 시작한다고 봐야지." 병장의 그럴듯한 주석이었다.

　63연대 예하 대대 병력이 속속 진지 공사 현장에 투입되던 어느
날, 아침 전체 조회 때 연대장인 대령이 말했다. "예하 대대 병력
이 전방 진지 공사에 총동원된 마당에 중대 본부라고 펜대 잡고 책
상 앞에 앉아 있을 수는 없다. 사단 사령부에서도 실무 요원만 남
기고 행정병 절반을 진지 공사에 투입하라는 공문이 내려왔으니
우리 연대의 중대 본부도 실무 요원은 남고 인원을 추려내어 진지
공사 현장으로 올라가야 할 것이다." 나 역시 사단 인사처에서 내
려온 그 공문을 읽었기에 중대 본부의 전방 진지 공사 차출이 있을
줄 예감하고 있었다. 그렇게 추려낸다면 인사과의 신병으로 고문
관 신세를 면치 못하는 내가 뽑힐 게 자명한 이치였다. 인사과·작
전과·통신과·군수과·수송대·본부 중대에서 각 둘 내지 셋이 진지
공사에 투입될 요원으로 선발되었다. 인사과에는 세 명이 배당되
었는데 나 역시 거기에 해당되었다. 인사과는 나를 포함하여 장교
계에서 하나, 갓 전입해온 타자병이 뽑혔다. 인원은 총 열다섯 명
이었고 파견 책임자는 수송대 박 하사였다. 박 하사가 바로 수송부
막사를 잘못 찾아들었을 때 나를 구타한 상고머리에 퉁방울눈의

그자였다. 박 하사가 파견대 직속상관이라니 이제 죽었구나 하고 나는 속으로 복창했다.

중대 본부 병력이 박 하사의 인솔 아래 진지 공사 현장으로 출발하기가 3월 중순이었다. 남도 3월이면 새잎이 나기 시작하는 봄이 왔건만 전방 고지는 아침저녁으로 아직도 영하의 추위가 계속되고 있어 모두 개털 모자에 누비 방한복을 지급받아 껴입었다. 툭박진 옷차림새가 6·25전쟁 때 참전한 중공군 꼴이었다. 각자는 배낭 밑에다 닭 털 침낭을 꾸렸다. 중대 본부 마당에 집합하자 본부에 그대로 남게 된 고참병들로부터, 임무 수행 잘한 후 몸 성히 돌아오라는 작별의 말을 들으며 일행은 군용트럭 짐칸에 올랐다. 페치카 열기로 실내가 늘 훈훈했던 본부 내무반 생활과도 작별이었다. 나는 가능한 한 박 하사와는 눈을 맞추지 않으려 했고, 그의 앞자리나 옆에 서기를 피했다. 트럭 운전병 옆자리 조수석에 박 하사가 앉아 갔기에 잠시나마 그를 피할 수 있어 다행이었다. 군용트럭은 1,179미터에 이르는 대우산을 향해 언덕길로 빠져들기 시작했다. 건너다보는 1천1백 미터가 넘는 도솔산 골짜기는 눈에 묻혔고, 길가 용달은 눈이 녹지 않아 트럭이 연방 헛바퀴를 굴렀다. 진지 공사에 동원된 사병은 앞으로 감당해야 할 노역을 두고 풀이 죽어 아무도 입을 떼는 자가 없었다. 첩첩한 산속 지옥 길로 빠져드는구나 하는 생각밖에 없었다.

군용트럭이 도솔산 골짜기를 깊숙이 돌아들다가 더기를 타고 올라 고빗길을 넘을 때, 차량 뒤쪽으로 보이는 눈 더미에 덮인 해발 1천 미터 전후의 연봉이 보였다. 트럭은 까마득한 골짜기 옆구리로 군용도로를 낸 벼랑길을 아슬아슬하게 돌아 나갔다. "3월에도 눈이 안 녹은 진창길이니 진중 버스가 이 길로 통과하다 사고깨나 났겠어.""지난 12월에도 진중 버스가 여기서 굴러 휴가병 세 명이 줄초상 났고 부상자가 많았다잖아." 까마득한 골짜기를 내려다보며 사병들은 어디서 주워들은 말인지 속달거렸다. 전적지 '피의 능선'으로 불리는 1천3백 미터의 대암산은 어디쯤에 있는지, 대우산 넘어 펀치볼이란 해안분지가 어디쯤에 파묻혀 있는지, 해안분지 위 군사분계선이 걸린 1천2백 미터가 넘는다는 가칠봉은 또 어딘지, 나는 감조차 잡을 수 없었다. 이대로 계속 북상했다간 비무장지대를 돌파해 북괴(당시엔 북한이란 용어가 금기시되었고, 공산도배나 괴뢰라 칭했다) 땅으로 넘어가지나 않을까 저어될 정도였다. 군용트럭이 돌과 자갈 박힌 비탈 심한 산간 도로를 때로는 헛바퀴 굴려가며 달리기 한 시간, 대우산 턱 밑의 널짱한 더기에 도착했다.

헐떡대며 기어오르다시피 한 차가 잠시 멈춰 서자 박 하사가 차에서 내려, 급한 놈은 소변 보고 담배질하라는 허락이 떨어졌다. 꼼짝없이 화물칸에 갇혀 있던 사병들이 시린 군홧발을 운동으로 녹이려 모두 차에서 내렸다. 나 역시 담배를 물고 소변을 보며 멀찌감치 물러서 보이는 까마득한 대우산 정상을 올려다보았다. 그런데 대우산 삼부 능선쯤에 일렬종대 5층 규모로 수많은 푸른 점들이 가지런히 박혔는데 남색 연기가 자욱 피어오르고 있었다. 21사단이 대우산 일대의 진지 공사를 맡았기에 예하 대대와 공병대 사병들이 숙식하는 군용천막들이었다. 천막을 뒤덮고 피어오르는 남색 연기는 그들이 먹을 점심밥을 짓는 연기였다. 만약 산 너머 있는 인민군이 망원경으로 남한 땅 고지 뒤쪽에서 피어오르는 연기를 본다면 산불이라도 난 듯 오해하기가 십상이었다. 전쟁 당시 부산까지 밀려 내려온 피란민들이 산을 통째 깎아 난민촌을 만들었듯, 첩첩한 산중에 열 맞추어 지은 군용천막이 한마디로 장관을 이루었다. 우리 행정병들도 거기에 섞였을 63연대 1대대 1중대로 배속되어 그들 천막 옆에 천막을 치고 울력을 하게 될 터였다.

"대우산 너머 뒤쪽 비탈로 내려가면 펀치볼이야. 군의 허가증을 받은 민간인들이 농사를 지어. 펀치볼 북쪽 벽이 가칠봉이구. 우리 수색 중대 GP며 GOP가 있지. 너들도 앞으로 밤이면 저쪽 놈들이 틀어대는 대남 방송 왈왈대는 통에 잠깨나 설치게 될걸." 수색 중대로 자주 출장 나갔던 박 하사가 말했다. "박 하사님, 진지 공사는 어디쯤에서 하는데요?" 사병이 물었다. "트럭들이 자갈과 모래를 천막촌 아래쪽에다 부려놓으면 대우산 정상에서부터 가칠봉까지 그걸 등짐으로 져다 날라야 해." 박 하사가 말했다. "저, 저 산 만디(꼭대기)에서 다른 산 만디까지예?" 경상도 출신 사병이 질린다는 듯 말까지 더듬었다. "헐떡거리며 오르다 보면 다리 힘이 풀리고 등줄기가 까지겠지. 생고생깨나 할걸." 박 하사가 혀를 차며 말했다. 나는 박 하사의 시퉁한 말을 들으며 그가 그렇게 질이 아주 나쁜 하사관은 아닐 수도 있다고 내게 암시를 걸었다. 그렇게라도 긍정적인 마음을 먹어야 당분간 그 아래서의 졸병 생활을 견뎌낼 수 있을 것 같았다. 그에게 구타를 당한 뒤 내가 수송대 또래 일병을 통해 그의 신상에 관해서 알게 된 것은, 장기 복무로 군대에 말뚝 박은 데 따른 이유였다. 입대 전에 사귀었던 애인이 두 해를 채 기다리지 못해 돌아서버리자 특별 휴가를 내어서까지 옛 애인을 찾아가 사랑을 구걸했으나 끝내 받아주지 않자 귀대하여선 불쑥 장기 복무 하사를 지원했다는 것이다. "애인한테 버림받자 일반 사회로 나가는 데 정나미가 떨어졌나 봐. 홧김에 말뚝을 박았으니 그 스트레스를 어디다 풀겠어. 매일 일과 끝나면 PX에서 통음하고선 우리 졸따구들을 얼마나 덜덜 볶아대는지. 박 꼴통 무서워 탈영이라도 하고 싶다니깐." 수송대의 연대장 운전병 말이었다.

박 하사를 포함한 우리 행정병 열여섯 명이 1대대 1중대에 임시 배속되었다고는 하지만 같은 천막을 쓰지는 않았다. 중대원들과 별도로 대형 천막 한 동을 세워선 야전침대를 들여놓고 독립된 생활을 했다. 식사도 타 중대원들과 함께하지 않았다. 양식과 부식을 1대대 1중대에서 타내어 따로 취사했고, 취사 당번은 돌아가며 맡았다. 연대 군수과에서 1중대에 중대 본부 사병들의 양식을 얹어주었는데, 박 하사가 중대 본부 파견대란 특권을 내세워 쌀과 부식을 넉넉하게 타내어 왔기에 정량의 식사를 하는 데는 지장이 없었다.

진지 공사차 산으로 올라와서도 박 하사의 졸병을 후려잡는 군기 하나만은 여전히 가혹했다. 천막을 친 뒤 그가 사병을 정렬시키고 처음 내린 지시가, 가진 소지품을 몽땅 발 앞에 내놓으라는 엄명이었다. "개인 사물함의 모든 것은 바늘 하나 남김없이 꺼내놓아야 한다. 만약에 숨긴 게 발각되면 그땐 들것에 실려 야전병원으로 후송 가게 아주 병신으로 만들어놓겠다." 박 하사의 말에 시계를 차고 있던 자, 주머니에 지참금을 꼬깃꼬깃 감추어두었던 자, 군용 대검이 아닌 사제 칼을 소지한 자, 지갑과 지갑에 든 애인이나 가족사진, 편지, 잡기장, 지포라이터, 심지어 언제부터 보관해왔는지 알사탕 봉지나 초콜릿, 인삼 절편을 소지한 자도 자수하는 심정으로 내놓았다. 그런 먹을거리를 숨겨주었던 자는 엎드려뻗쳐를 당해 엉덩짝에 멍이 들도록 각목으로 매질을 당했다. "이것들은 모두 내가 압수해 보관했다가 자대로 하산할 때 반환하겠다." 박 하사가 담배와 성냥을 빼곤 발 앞에 늘어놓은 물건들을 걷게 했다. 나는 영천 부관학교 시절부터 가지고 있은 문고판인 카뮈의 『이방인』과 토마스 만의 『토니오 크뢰거』를 압수당했다. "이치 밤중에 수송대로 들어왔던 그 얼간이 아닌가?" "예, 그렇습니다." "군바리 주제에 소설책을 읽겠다구? 군대 생활이 늘어진 개 팔잔 줄 알았냐?" 박 하사가 가소롭다는 듯 말했다. 나는 고개를 숙인 채 아무 대답도 못했다. "엎드려뻗쳐!" 박 하사의 명령이 떨어졌다. "난 이미 먹물이기를 포기하고 기름때에 절었어. 너도 이 새끼 군복 껍데기 벗는 날까지는 문자 읊을 생각은 마." 각목이 내 엉덩짝을 두들기기 시작했다. 어금니를 깨무니 누비 방한복이라 매질을 견딜 만했다. 각목으로 열 대를 맞자 무릎이 꺾였다. "앞으로는 책은 절, 절대 읽지 않겠습니다." 입에서 저절로 비명이 쏟아졌다. 매질은 열다섯 대에서 멎었다.

아침밥을 끝내면 행정병 열다섯 명도 박 하사의 인솔 아래 진지 공사 현장에 투입되었다. 우리가 처음 시작한 작업은 연대 내 타 중대원들과 함께 대우산 정상까지 계단식 길을 내는 작업이었다. 경사 50도가 넘는 가파른 언덕에 나무를 쳐내고, 지렛대로 박힌 돌멩이나 바위를 들어내고, 곡갱이와 야전삽으로 비탈을 까뭉개며 계단과 길을 만들어나갔다. 들어내기 힘든 큰 바위를 만나면 비껴서 에움길을 내야 했다. 기온은 빙점에서 맴도는 차가운 날씨에 눈이 녹지 않은 비탈길이라 안전사고가 다반사로 일어났다. 각 중대의 하사관들이 십장으로 나서서 사병들의 작업을 독려했다. 중대 본부 행정병들은 며칠 뒤 특혜를 받아 비교적 힘이 덜 드는 오솔길 가로 기둥을 박고 동아줄을 연결해 등짐을 지고 오를 때 손잡이로 이용하는 난간 만드는 일을 했다. 그 울력이 열흘 만에 끝나자 본격적으로 모래와 자갈, 시멘트 포를 고지로 날랐다. 우리 행정병들 역시 타 중대원의 울력에 예외일 수 없었다. 수십 대의 군용트럭이 쉴 새 없이 천막촌 아래쪽 공터에다 자갈과 모래, 시멘트 포를 부려놓으면 사병들이 나무통 등짐으로 그 자재들을 산 정상으로 날랐다. 대우산 정상에서 가칠봉으로 이어진 등뼈에 해당되는 능선 길 따라 비틀대며 걸어서 지고 온 자재를 부려놓았다. 15분이 채 안 걸려 북괴 땅을 밟을 수 있는 해발 1천 미터 산마루에 수천 명의 병력이 개미 떼처럼 달라붙어 터널식 참호와 GOP 만들기 울력에 전방의 모든 부대가 총동원되고 있었다. 50도 비탈길을 한 발 한 발 오를 때는 누비 방한복이 축축해질 정도의 땀을 쏟아야 하는 중노동이었다. 가쁜 숨길을 가누기도 힘든데 어깨와 등줄기가 찢어지듯 아팠고 후들거리는 다리는 끝없이 무너져 내렸다. 정량의 밥을 배식받아 세끼를 먹었으나 등짐 지고 두 차례만 정상을 돌아다니고 나면 허리가 접히는 허기가 왔다. 차고 있는 수통의 물이나 주위의 눈을 긁어 갈증을 달래야 했다. 등짐을 지고 오르다 눈이 깔린 비탈길에 미끌어져 다치거나 벼랑에 굴러떨어져 중상을 입는 자가 속출했다. 예하 대대의 졸병들 중에는 조악한 세끼 식사와 힘에 부친 중노동과 상급자의 군기 잡기를 견디다 못해 지급된 총으로 자해(自害)해 스스로 후송을 가는 자도 있었다. 나는 농사일이 아무리 힘들다 해도 이보다는 덜했다며 고향 시절을 그리워했다. 오전에 세 번, 오후에 세 번을 나르면 해가 서산마루로 떨어졌다. 한 번 나를 때마다 전표를 떼어주어 전표가 여섯 장이 모여야 하루 일과가 끝났다.

박 하사는 평소에도 늘 찌무룩한 표정에 날카로운 눈빛으로 사람을 흘겨보았는데, 행정병의 오전 오후 여섯 차례 등짐 나르기 왕복 길을 한 회도 빠뜨리지 않고 따라붙었다. 각목을 짝지 삼아 짚고 자기는 빈 몸으로 오르며, 잠시라도 숨을 돌리려 사병이 돌팍에 엉덩이를 붙이고 쉬면, 이렇게 농땡이 쳐서야 빨갱이를 어떻게 때려잡겠느냐며 각목을 휘둘러댔다. 그의 그런 원칙주의적 근무 태도는 국토방위가 주 임무인 군인 체질로 비치기도 했으나 지극히 개인적인 심통 부림이었고, 그 내면에는 옛 애인의 배신이 도사리고 있었다. 그는 공사 현장에 파견 나온 의무 중대에서 소독용 알코올을 타내어 와 물에 희석하여 대취해선 사병들을 밤잠 재우지 않고 주사를 떨었는데, 대취해 정신이 나가버린 끝장에는 횡설수설로 옛 애인을 원망하다가 곯아떨어졌다. "쌍년, 날 잊겠다구? 내가 뭘 잘못했어? 그 이유를 모르니 내가 미칠 수밖에. 널 아주 작살내고야 말겠어. 죽여버릴 테야. 널 안 죽이면 내가 못 살아……" 사병들은 박 하사가 저러다 배신한 옛 애인을 찾아 나서려 탈영을 하거나, 지뢰밭을 피해 군사분계선 넘어 북으로 가버리지나 않을까 걱정할 정도였다.

양달에는 떨기나무들이 잎을 피우기 시작한 4월 하순 어느 날, 중대 본부의 작전과에서 파견된 송 일병이 눈길에 미끌어진 게 15미터의 비탈을 굴러 다리에 골절상을 입는 중상을 당했다. 그는 더 이상 울력에 참가할 수 없었기에 연대 의무대로 후송 조치되었다. "먼저 내려가 미안해. 다들 일 잘 끝내고 다시 만나." 송 일병이 들것에 실려 내려가며 섭섭해했지만 우리는 모두 후송 조치된 그를 부러워했다. 나 역시 등짐꾼으로서의 중노동에 시달리며, 그때마다 중국의 만리장성을 생각하고 이를 악물었다. 중국이 만리장성을 축성할 때도 틀림없이 전국 각지의 청장년을 징병하여 이런 중노동을 강제했을 터였다. 아비에서 아들, 손자 대로 이어질 정도로 만 리에 이르는 긴 장성을 쌓을 동안 사고로 다치고 죽는 자도 속출했을 것이다. 그렇게 백성의 피와 땀으로 축성한 만리장성은 이집트의 피라미드와 함께 오늘날 인류의 문화유산으로 남게 되었다. 우리가 비무장지대에 축성한 진지 공사 역시 언젠가 남북통일을 맞으면, 남북조 분단 시대의 기념물로 남게 될지 몰랐다. 비무장지대 관광에 나선 후손은 지난날의 사병들이 겪었던 고통을 잊은 채, 오지의 정상에다 웬 이런 튼튼한 시멘트 참호까지 축성해야 했을까를 의아해할 것이다.

진지 축성에 필요한 자재를 나르는 등짐꾼 부대가 있다면, 옮겨다 놓은 자재로 사람 키 높이의 참호 벽과 바닥을 콘크리트로 도배하는 부대가 따로 있었다. 사람 키 높이로 파놓은 참호에 자갈과 모래를 시멘트로 반죽하여 벽을 치고 나갔다. 참호 중간마다 지붕을 얹어 분대 병력이 합동하여 적과의 전투를 벌일 수 있는 GOP도 만들었다. 북한 땅을 건너다보는 GOP 앞쪽은 기관총과 같은 중화기를 걸어 연발을 할 수 있는 직사각형 총구를 냈다. 가칠봉 능선에서 조망하면 불과 몇백 미터 앞 건너가 비무장지대였고 63연대 소속 GOP와 GP가 있었다. 펀치볼이란 해안분지는 대우산과 가칠봉의 동쪽 골짜기에 위치했다. 산악 지대 한가운데 웬 평야 지대가 있느냐는 듯 수만 평의 더기가 펼쳐져 있었고 묵정밭 사이로 띄엄띄엄 민가도 까마득히 내려다보였으나 우리가 그곳까지 내려가 볼 수는 없었다. 천막을 날릴 듯 흔들어대는 전방 고지의 밤 추위는 대단해서 모포를 온몸에 감고 닭 털 침낭 속에 들어가도 꼬당꼬당한 몸이 녹지 않아 한동안은 쉬 잠을 이룰 수 없었다. 거기다 정말 북에서 틀어대는 대남 방송 왈왈대는 소리에 신경이 곤두섰다. "추위 속에 제대로 먹지 못한 채 생고생하는 남조선 장병 여러분, 북조선으로 넘어오면 김일성 수령님의 가호 아래 고기반찬에 쌀밥으로 호의호식하며⋯⋯" 남한 말투 그대로 틀어대는 확성기 소리는 밤내 이어졌다.

진지 공사의 역사야말로 생지옥이 따로 없었다. 낮이면 낮대로, 울력이 끝나면 편안한 휴식이 아니라 그때부터는 박 하사의 군기 잡기에 사병들이 또 다른 곤욕을 치러야 했다. 그는 자기가 명령한 말을 즉각 실시하지 않고 늑장을 부릴 때, 말을 둘러대어 변명할 때, 작은 실수라도 저질렀을 때는 불같이 화를 냈다. "오늘 넌 배식이 없다. 굶어라"며 한두 끼 밥을 굶기기도 예사였다. 그래서 사병들은 박 하사 앞에만 서면 자신도 모르는 새 사지부터 떨었다. 취사는 물론, 밤이면 막사의 불침번 서기, 반으로 절개하여 스토브로 만든 드럼통에 피운 불을 꺼지지 않게 하기 등, 사병들은 실수를 하지 않으려 전전긍긍했다. 나는 그 앞에서 매사를 조심하고 또 조심했다. 5월 초순 어느 일요일, 사병들이 개울로 내려가 밀린 빨래를 하거나 땔나무를 져다 나르며 한가로운 짬을 보낼 때, 낮부터 혼자 희석된 알코올을 홀짝거리던 박 하사는 자대에 무슨 사건이라도 터진 듯 수송대로 내려갔다 오겠다며 자재 나르는 트럭 편에 서둘러 하산했다. 그러나 그는 이튿날에도 돌아오지 않았다. 박 하사가 실탄이 장전된 권총을 소지하고 탈영해버렸다는 사실이 알려지기는 그날 오후였다. 부대가 발칵 뒤집어졌으나 그가 검거되었다는 소식은 들리지 않았고, 탈영에 따른 구구한 후문도 날수가 갈수록 차츰 가라앉아갔다. 그가 옛 애인을 찾아가 배신에 따른 앙갚음으로 권총을 들이댔는지, 그 권총으로 자살해버렸는지조차 알려지지 않았다.

중대 본부 행정병들이 진지 공사 현장에서 철수하여 자대로 내려오기는 대우산과 가칠봉에도 봄이 만개해 신록이 울창한 5월 하순이었다. 6월 초, 고지에서 그동안 고생했다며 나에게도 열흘간 특별 휴가가 떨어졌다. 돌이켜보면 진지 공사 울력 중에 한 가지 기억에 남는 게 있다. 박 하사가 하산했을 즈음, 땔감을 하러 갔다 우연히 발견한 더덕밭이었다. 강열한 더덕 향기가 코를 찔러 살펴보니 수풀 사이 더덕이 무더기로 자생하고 있었다. 휴전 이후 11년 동안 사람의 발길이 닿지 않았던 오지의 깊은 산속이다 보니 더덕이 오이만큼 굵게 뿌리를 키웠던 것이다. 뽀얀 진액이 흐르는 더덕에 된장을 발라 항고 뚜껑에다 익혔다. 처음에는 위장이 이를 소화하지 못해 설사깨나 했으나 차츰 그 특식에 적응되어, 우리 행정병들은 하산할 보름 동안 더덕구이를 반찬으로 장복할 수 있었다. 제대 후 문학을 한답시고 술깨나 퍼질렀으나 그런대로 건강을 유지하게 되기는 군대 초년 일등병 시절 진지 공사 때 먹은 더덕 덕분이 아니었을까 하는 생각이 문득 들 때도 있다.

비단길

대한적십자사 본사로부터 한 통의 편지를 받게 되기는 추석을 보름 앞둔, 가을로 접어든 절기였다. 늦더위가 물러가고 아침저녁 바람이 한결 시원해졌다. 거실에서 돋보기를 끼고 조간신문을 읽다 초인종 소리에 현관 앞의 액정 화면을 보니 우편배달부 청년이었다. 우편배달부가 내 이름을 말하며, 등기 편지에 접수 서명을 부탁했다. 발신처가 대한적십자사인 편지였다. 봉투를 개봉하여 편지를 읽어보니, 북한에 생존해 있는 아버지가 남한의 어머니와 내 이름, 아우 이름을 지목하며, 금년 추석 전후에 이루어질 제17차 이산가족 상봉에 남한에 살고 있는 가족을 만나고 싶다는 신청을 받아 이쪽으로 통보해왔다는 것이다. "김영환 씨는 이 편지를 받아보는 즉시 대한적십자사 본사 박문식 과장에게 연락을 바란다"는 추신이 달려 있었다. 꼭 60년 전인 1950년 9월에 고향 집을 떠난 아버지가 북한에 살아 있다는 소식에 나는 아연 놀랐다. 우선은, 밝은 대낮에 과연 이런 일이 일어날 수 있을까란 강한 의문부터 들었고, 그다음에는 만져서는 안 될 그 무엇을 손에 든 듯 편지를 쥔 손끝에 경련이 왔다. 잠시 뒤, 내가 꿈을 꾼 게 아니라는 사실을 인식했다. 눈앞의 글자들이 어릿어릿 흔들렸다. 누구로부터 머리통을 한 대 맞기나 한 듯 정신이 자우룩했다. 혼란한 마음을 수습하자, 이 놀라운 소식을 어머니께 먼저 알려야 함을 깨달았다. 나는 편지를 쥔 채 어머니가 거처하는 건넌방 방문을 열었다. 어머니는 요대기에 모로 누운 채 졸린 눈으로 텔레비전의 아침 연속극을 보고 있었다. 내가 전할 아버지의 생존 소식에 어머니가 놀라 까무러칠지 모른다는 생각을 미처 못한 채, 내 입에서 그 말이 떨어졌다.

"어머니, 아버지한테서 소식이 왔어요."

내 말에 어머니는, 애비가 무슨 말을 하느냐 듯 눈만 껌벅거리며 나를 멀거니 쳐다보았다. 근년에 들어 가는귀가 좀 먹긴 했으나 내 말을 분명히 알아들은 표정인데, 도무지 믿을 수 없다는 눈치였다.

"북한에 아버지가 살아 계신단 말입니다."

"애비가 지금 무슨 소리했노? 그이가 무신 재주로 연락을 해 와? 아닌 밤중에 홍두깨라더니……" 순간적으로 어머니의 작은 몸이 용수철이 튀듯 벌떡 일어나 앉았다. 매사에 동작이 느린 침착한 늙은이가 그렇게 재빨리 몸을 움직이는 걸 나는 오랜만에 보았다. "니가 지금 한 말이 사실 맞나? 애비야, 다시 한 번 더 지금 그 말 해봐라."

"북한에 살아 계신 아버지가 연락을 해왔습니다."

내 말에 어머니는 좁은 어깨를 떨더니 요대기에 그대로 쓰러졌다. 나는 황급히, 정신 차리시라며 어머니를 흔들었다. 내 세 치 혀가 경솔했다는 걸 깨달았다. 만약에 아버지가 북한에서 살아 계셔서 우리 식구를 만나고 싶다는 연락이 오면 어머니는 아버지를 만나러 가셔야지요, 하며 서두부터 뗀 뒤 편지 내용을 차근차근 알려 어머니가 갑자기 당할 충격에 완충 역할을 예비해야 했음이 짚였다. 어머니의 감긴 눈이 홉뜨이더니 검은 동공이 위로 올라붙었다. 가쁜 숨길이 불규칙했다. 나는 처를 부르며, 물 좀 떠오라고 외쳤다. 처가 어린 친손자를 봐주러 가야겠다며 아침밥 먹은 설거지를 끝내곤 서둘러 아들네 집으로 외출했음을 깨달았다. 내게는 자식이 둘이었는데 딸과 아들은 출가해 딴살림을 냈으므로 우리 내외가 어머니를 모시고 살았다. 나는 주방에서 보리차 한 컵을 가져왔다. 어머니를 안아 일으켜 앉혀선 물 한 모금으로 목을 축이게 했다. 어머니가 깨어나기는 잠시 뒤였다. 정신을 차린 어머니가 먼저 꺼낸 말이, 내가 조금 전에 했던 말의 재차 확인이었다.

"북한에서 그이가 통지를 해왔다고?"

나는 그게 사실이라고 말하곤, 대한적십자사에서 보내온 편지 내용을 알렸다.

나는 박 과장에게 전화를 냈다. 박 과장은 내 신분을 확인하곤, 올해 83세인 김명도란 분이 6·25전쟁 때 북으로 간 부친이 틀림없느냐고 물었다. 박 과장이 말한 아버지 이름과 만으로 따진 나이가 사실 그대로였다. 본적이 경상북도 예천군 감천면 덕율리 25번지가 맞느냐는 박 과장 말의 우리 집 본적지 지번도 틀림없었다. 박 과장 말이, 북한적십자사에서 상봉 신청을 해온 명단 1백 명 중에 신청인의 처 이름과 나이, 아들 둘의 이름과 나이가 통보되어 왔기에 신청인이 밝힌 본적지에 조회한 결과 김영환 씨의 서울 거주 주소를 알게 되어 연락하게 되었다는 것이다. 정확히 60년 전 9월 13일 전후, 인민군이 예천 지방에서 퇴각할 무렵 그들에 섞여 집을 떠나버린 아버지였다. 그해 내 나이가 만 3세였고 아우는 첫돌이 갓 지났을 무렵이었다. 그로부터 60년 세월이 흐를 동안 아버지의 생사 여부는 알려지지 않았다. 우리 집안에서는 그해 의용군으로 뽑혀 나갔던 작은집 삼촌과 함께 잠시 몸을 피해야 되겠다며 마을에서 사라져버린 아버지를 두고, 6·25전쟁으로 인민군이 예천 읍내로 들어왔을 때 의용군 강제징집을 피해야겠다며 전쟁 전 폐병을 다스린다고 정양차 더러 머물렀던 주마산 부근의 먼 친척 집으로 피신한 후로 행방불명이 되었다고 에둘러 말해왔다. 우리 집이나 사촌네 집은 그때 이후 두 분의 생사 여부를 몰랐기에 여태 호적 정리조차 못 한 상태였다. 아버지와 작은집 삼촌이 퇴각하는 인민군을 따라 북으로 갔을 거라고 짐작했으나, 집안에서는 그 사실을 쉬쉬해왔다. 어릴 적 나는 아버지가 6·25전쟁의 혼란기에 돌아가신 줄로만 짐작했고, 중학생이 된 뒤에야 집안 어른들의 쑥덕거림을 통해 아버지가 북으로 갔음을 알았으나 남 앞에서 그 사실을 곧이곧대로 밝히지 않았다. 구차한 설명을 달아야 하는 그런 말은 꼬치꼬치 밝히지 않고 사는 게 신상에 좋다는 할아버지의 당부가 있기도 했다.

판문점에서의 남북 적십자 회담 결과 열흘쯤 전부터 제17차 이산가족 상봉이 이번 추석 전후에 금강산에서 성사될 것이라고 매스컴이 떠들었으나 나는 그 상봉이 우리 가족과는 상관없는 일이라 여겨 무관심했던 게 사실이었다. 우리는 해방 공간과 6·25전쟁 전후 북에 가족을 남겨둔 채 월남한 실향민이 아니었고, 아버지가 6·25전쟁 때 북으로 납치당하지도 않았기에, 그동안 대한적십자사에 남북한 이산가족이라며 아버지를 두고 상봉 신청을 한 적이 없었다. 우리 집안은 그해 9월 인민군 철수 전후 행방불명되었다고 말해왔으나, 당국은 우리 집안의 두 사람을 찍어 자진 월북자로 간주했기에 우리 집이나 사촌네는 연고제에 매여 사회적 불이익을 당하며 살아왔던 게 사실이었다. 결혼 전후 젊은 시절 나는 시험 문제집을 달달 외웠을 정도로 공부깨나 열심히 해서 공무원 시험의 필기 점수는 늘 합격선에 들었으나 서류 면접 과정에서 번번이 퇴짜를 맞았다. 아버지의 부재 탓이었다. 한편, 최근에 들어 아버지와 작은집 삼촌이 모두 고령이라 설령 북에 살아 계시더라도 생존 여부를 두고 의심해왔기에, 작년 추석 성묘차 고향에 갔을 때 집안에서는 아버지와 작은집 삼촌이 집을 떠난 날을 잡아서 그날을 기일 삼아 제사를 모시는 게 어떠냐는 말까지 돌았다. 그런 아버지가 북한에 지금 살아 계셔 남한에 있는 가족을 만나겠다고 북한적십자사를 통해 상봉 신청을 해온 것이다.

"만약 김영환 씨가 아버지를 만날 의향이 없으시다면 우리가 북한적십자사에 그런 뜻을 전하겠으니, 가부를 알려주십시오. 당장 그 결정을 할 수 없다면 내일 오전까지 제게 전화를 주셔도 됩니다." 박 과장이 말했다.

나는 어머니가 아직 생존해 계시니 어머니와 의논해서 내일 오전까지 연락을 드리겠다고 말했다. 더불어 나는 작은집 삼촌 이름을 대며, 아버지가 작은집 삼촌과 함께 그해 9월 고향을 떠났는데, 김충도 씨라고 그런 분은 신청자 명단에 없느냐고 물었다. 박 과장이 잠시 기다리라더니 명단을 확인하고는, 신청자 중에 그런 이름은 포함되어 있지 않다고 말했다. 전쟁 난 그해 봄에 결혼했던 숙모님은 의용군으로 뽑혀 나갔던 작은집 삼촌이 그렇게 북으로 떠난 뒤 5년을 더 기다리다가 포기하고 재가했다. 고향을 떠난 뒤 동해안 삼척에서 애 둘을 낳고 그럭저럭 산다던 숙모님은 처음 몇 년 동안은 고향에 들렀으나 지금은 아주 소원해진 상태였다. 사촌 집안도 모두 살던 곳을 떠나 명절 때나 고향에서 상면하는 처지였다. "니 아부지가 북한에 살아서 우리를 만나자 카면, 친성제 간이라고는 남은 분이 대구 고모님 아인가. 거게부터 어서 통지해봐라." 어머니가 말했다. 아버지의 형제 3남 1녀 중 남한에 유일하게 살아 있는 분이 형제 중 막내 여동생으로 올해 76세인 대구 고모님이었다. 아버지는 우리 집안의 장남이었다.

나는 대한적십자사로부터 온 편지 내용을 대구에서 아들 식구와 함께 사는 고모님께 알렸다.

"고모님, 놀라지 마세요. 다름이 아니라, 아버지가 북한에 살아 계신답니다." 내가 침착하게 말했다.

"선재 애비가 그걸 우째 알았노?" 고모님 목소리가 높아졌다.

"저쪽 적십자사에서 대한적십자사를 통해 우리 가족을 만나자고 연락해왔답니다."

"니가 지금 머라 카노?" 고모님 역시 내 말을 믿지 못하겠다는 투였다. "적십자사가 너거 집 주소와 이름을 잘못 알고 통지해온 기 아이냐?"

나는 이번 추석 절기에 금강산에서 열릴 이산가족 상봉 때, 아버지가 남한의 가족을 만나러 온다는 사실을 다시 알렸다. 그게 정, 정말이냐며 말을 더듬는 고모님에게, 만나고 싶지 않다면 안 만나도 된다는 뜻을 저쪽 적십자사에 알려줄 수도 있다는 박 과장의 말을 전했다.

"야가 시방 무신 소리 하노. 만나야제. 니 아부지 나이가 올해로 여든네 살 맞제? 그 연세에 아직도 정정하니까 통지해온 기다. 꼭 만나야제. 오래 살다 보이 별 히얀한, 꿈같은 소식도 다 듣는구나. 성님이 독수공방하매 오매불망 기다린 보람이 있다. 세상으 인간사를 굽어살피시는 하나님이 성님으 지극정성을 알아본 기라. 이번에 못 만나면 엉 끝이다. 우리 나이가 얼맨데. 성님은 팔순 줄에 들었잖냐." 고모님이 터뜨린 감격의 울음소리가 전화기를 통해 쏟아졌다. 울음을 가까스로 진정한 고모님이 말했다. "그 소식 얼른 일가친척한테 알려야제. 제사까지 지낼라 캤던 명도 옵빠 여태 북에 살아 계시다고…… 주님, 이 은혜 참말로 감사합니다."

우리 집은 유가의 전통을 그대로 답습해 특별한 종교를 믿지 않았으나 고모님은 출가 뒤 시댁의 종교를 좇아 하나님을 받아들였고, 교회에서는 권사로 봉사하고 있었다. 나는 아들이 다니는 회사에도 전화를 내어 대한적십자사에서 전해준 소식을 알렸다.

"할아버지가 북에 살아 계시다니. 우선 할머니가 얼마나 놀라셨겠어요. 퇴근길에 제가 집에 잠시 들르겠습니다. 우리 집에 때아닌 경사가 났네요." 선재가 큰 소리로 말했다. 내가 전한 소식에 그의 호들갑이 유난스러워, 한 다리가 천 리라고 손자 대에는 할아버지의 생존 소식에 현실감 없이 드라마의 한 장면처럼 보였다는 느낌으로 들렸다. "이럴 때 할머니나 아버지는 냉정하고 침착하게 사태에 대처하셔야 합니다. 할아버지 만나실 동안 건강부터 잘 챙기십시오."

나는 다시 대한적십자사 박 과장에게 전화를 걸어 아버지를 만나겠다고 알렸다. 박 과장이 이번 상봉에는 직계가족 네 명까지 참석이 가능하며, 추후 일정을 다시 알려주겠다고 했다. 나는 아버지를 만날 네 명을 마음속으로 어머니, 나, 장손인 아들, 고모님으로 점찍었다.

*

나는 아버지를 상봉하기 전에 고향부터 한 차례 다녀오기로 했다. 작년 추석 성묘 이후로는 고향에 못 내려갔으니 이번 걸음이 1년 만의 귀향이었다. 문경군 감천면 덕율리는 한 시절에 방성천을 끼고 40여 호가 옹기종기 모여 우리 집안 집성촌을 이룬 적도 있었지만 6·25전쟁 전후와 1960, 70년대의 산업화를 거치며 젊은이들이 도시의 일터를 찾아 고향을 떠났고, 그들이 성례하여 객지에서 자리 잡자 늙은이들마저 자식들 쫓아 대처로 나갔기에, 고향에는 일가붙이 몇만 남아 있었다. 퇴락하여 을씨년스런 몰골의 빈집도 숱했다. 그나마 고향을 지키며 남아 있는 사람도 예순 넘은 늙은이가 태반이었다. 고향 집은 지금 막내 삼촌 숙모님과 사촌 아우와 그 아래 조카가 본가와 선산을 지키고 있었다. 6·25전쟁 전까지는 자식들을 상급 학교에 보낼 정도로 논마지기도 제법 되었으나 전쟁 직전 농지개혁으로 떨려나간 후, 지금은 논밭을 합쳐 2천5백 평 남짓을 사촌 아우가 부쳐먹었다. 나는 우선 선산부터 찾아 조선님을 찾아뵙고, 아버지를 60년 만에 상봉하게 되었다고 알릴 겸, 고향에 남은 일가붙이에게 대한적십자사에서 알려온 소식을 전할 작정이었다. 그리고 상봉할 아버지께 보여줄 60년 전 그대로인 고향 산천과 조선님들 묘, 아버지와 내가 태어나고 자란 본가가 초가에서 기와집으로 바뀌었으나 뼈대는 아직 그 형태대로 남아 있음을 사진으로 찍어 전해주기로 했다.

대구 고모님 댁에 나의 고향 방문을 알리니 고모님은 아들 차로 자기도 모처럼 옛 친정집에 들르고 싶다고 해서, 고향에서 합류하기로 했다. 고종사촌 춘규는 정년이 아직 몇 해 남아 대구의 중학교 교감으로 있었다. 우리는 토요일 오후 두세 시쯤 고향에서 합류하기로 했다. 나는 아들에게도 전화를 내어, 고향 방문에 너도 합류하면 어떻겠느냐고 물었다. 나는 근년 들어 운전 감각이 떨어져서인지 장거리 운전에는 왠지 운전대를 잡기가 싫어졌다. 선재 말이, 자기도 토요일은 휴무니 자기 차로 나를 모시겠다기에, 나는 아들의 승용차를 이용하기로 했다. 어머니는 아버지보다 연세가 세 살 아래로 올해 만 80세라 허리가 굽었으나 아직도 총기만은 분명한 분이었다. 그러나 장거리 여행은 무리라 집에 계시라고 일렀다. 아버지 소식을 듣고부터는 줄곧 마음에 안정을 잃어 식사를 놓다시피 했고 밤잠조차 잘 주무시지 못하는 처지라 고향 사람을 만나면 죽은 줄로만 알았던 아버지를 60년 만에 만나게 되었다며 흥분할 게 틀림없어, 감정의 과잉 분출이 노인 건강에 좋지 않을 듯해서였다.

"나도 갈 끼대이. 시부모님 면전에서 당신 아들이 북에 여태 살아 계신다는 소식을 고해야제. 막내 삼춘 묘며, 영식이 무덤도 둘러보고, 오랜만에 니 고모도 만나서 회포도 풀고, 친척한테 그이 소식도 두루 전해야제. 이번에 못 간다면 살아생전 언제 다시 덕율리 땅을 밟아보겠노. 애비야, 내사 꼭 갈란다. 영식이한테도 저거 아부지 소식을 전하고 싶대이." 어머니가 간청했다.

당신을 버려두고 아들과 손자가 훌쩍 떠날까 보아 밤중에도 내 방으로 건너와 새삼 당부하는 어머니 말씀이 하도 간절해 내가 차마 박절하게 그 청을 더 거절할 수 없었다. 근년에 들어 어머니는 자신이 마치 새댁 시절로 돌아간 듯 두 돌이 되기 전에 홍역으로 죽은 아우가 살아 있기나 한 듯 영식이 이름을 자주 입에 올렸다. 북한 땅에 살아 계신 아버지는 전쟁 난 그해 해동 무렵에 태어난 아우의 이름을 영식이라 지어 읍사무소로 가서 호적에 올렸기에 아우가 여태 살아 있을 줄 알고 상봉자 명단에 끼워 넣었음이 틀림없었다. 예전 그대로인 고향 집을 방문해 어머니와 함께 찍은 사진도 아버지께 전해줄 겸 나는 어머니를 아들 승용차 편에 모시기로 했다.

나는 조부모님 묘 앞에 진설할 제기 몇 개와, 어머니와 처가 준비한, 제수 상차림에 놓을 북어포며 전, 떡 꾸러미를 가방에 담았다. 경상도 북부 지방은 삶은 문어를 제상에 올렸기에 문어도 한 마리 챙겼다. 성묘 때 진설할 술과 과일은 현지에서 조달하기로 했다. 아버지의 사진 액자와 카메라도 챙겼다. 책자 크기의 흑백 액자 사진은 유일하게 남은 아버지의 흐릿한 모습이었다. 바지저고리나 양복 차림의 열 명 가까운 남정네들이 앉거나 서 있는 중에 뒤쪽 가장자리에 선 아버지의 얼굴만 가려내어 확대한 사진이었다. 아버지와 헤어진 전쟁 났던 해에 나는 너무 어려서 당신을 기억하지 못했다. 사진으로만 남은 아버지의 젊었을 적 모습을 익히는 것으로 영상으로나마 아버지를 보듬고 살아온 셈이다. 아버지는 폐결핵을 앓았기에 읍내 국민학교 교사직에서 휴직해 집에서 요양 중에 있었다고 했다. "안동사범 강습과를 나와서 1년 남짓 선생을 하셨제. 덕율리에서 읍내까지가 시오 리 길인데, 집에서 자전거로 출퇴근했으이 얼마나 고단하셨겠어. 땀에 등솔기가 늘 후줄근히 젖은 채 자전거 끌고 귀가하시곤 했지러. 밤이면 식은땀을 흘리며 기침을 쏟아냈고. 그 출근길이 그이 병을 도지게 하지 않았나 싶어 훗날 늘 마음에 걸렸다. 그 시절엔 모두가 살림이 에러버서 벤또에 계란 하나 부쳐 넣지를 못했제. 쌀은 조금 섞고 팅팅 분 보리밥 싸서 찬으로는 마늘장아찌만 넣어줬지러. 요새 같으면 흰 쌀밥에다 소고기 장조림에 맛난 반찬도 챙겨줬을 낀데. 그런 허약한 몸으로 부득부득 집을 영 떠나뿌렀스이……" 어머니가 늘 애운해 하시던 말이었다. 흐릿한 사진으로 남은 아버지 모습은 홀쪽한 안면에 머리칼을 짧게 깎았고 국민복 차림이었다. 전쟁 난 그해 어느 봄날 근동에서는 경관이 좋은 주마산 기슭의 한천사(寒天寺)에서 있은 문중 친목계 모임 때 찍은 사진이라 했다. 한천사는 덕율리에서 영양 쪽으로 10리 상거한 절이었고, 부근에 먼 친척붙이의 화전 집이 있었다. "남정네들은 술통 메고 집안 여편네도 갖가지 먹을거리를 채반에 이고 따라갔제. 여편네들은 내숭 떤다고 사진은 박지 않았어. 그때 니도 따라나섰다가 한 마장도 몬 가서 다리가 아푸다고 짜싸킬래 내가 업고 먼 길을 걸었지러." 어머니가 말했다.

햇살 좋은 청명한 가을날 토요일 오전이었다. 아들이 등산복 차림에 승용차를 몰고 강남 송파구 내 아파트로 왔다. 선재는 우리 집안 남자들 중에서도 허우대가 좋아 키가 180센티미터가 넘었다. 아들은 딸애에 이어 이태 전에 결혼하자 분가하여 아들 하나를 두고 있었다. 63세인 나는 오랜 직업인 입시 학원의 국어 선생직에서도 은퇴해 작년부터 집 안에 들어앉아 삼식이로 소일하는 처지였다. 어머니는 아침 일찍 일어나 머리채 감고 새 한복으로 단장하더니 베란다에서 아파트 마당을 자주 내려다보며 손자가 차를 가지고 오기만을 기다렸다. 선재 혼례를 앞두고 사돈댁에서 예물로 보내온 옷감으로 지어 입은 물색 고운 연두색 한복이었다. 그 위에 손수 뜨개질한 스웨터를 걸치고 있었다. 성긴 흰 머리칼을 단정히 빗어 쪽 찐 머리 뒤꼭지에는 예의 옥비녀를 꽂고 있었다. 어머니는 평생 미장원 출입을 마다한 채 조선 아녀자의 머리채 그대로 비녀 꽂는 쪽 찐 머리채를 고수했던 것이다.

"어머님이 차려입고 나서시니 남들은 환갑 연세로 보겠어요."
아파트 마당까지 배웅에 나선 처가 어머니께 덕담을 했다. 어머니가 시집을 갓 왔을 한 시절에는 덕율리에서 김씨 집안에 들어온 새

첩은 (예쁜) 새댁 소리도 들었다고 했다. 어머니는 일제시대 당시로서 드물게 읍내의 5년제 중학교를 3학년까지 다닌 여성으로, 유교 가례를 중히 여기는 집안 출신이었다. 어머니는 좋은 혼처가 났으니 시집을 가라는 집안 어른들 재촉에 중학교를 마저 못 마친 것을 두고 늘 섭섭해하셨다.

우리 세 식구는 처의 전송을 받으며 승용차에 올랐다. 아들이 운전대를 잡았기에 어머니와 나는 뒷좌석에 나란히 앉았다.

승용차는 외곽 순환도로를 거쳐 중부고속도로를 탔다.

"할머니 아직도 「봄날은 간다」가 십팔번이세요? 제 초등학교 적 할머니가 뜨개질하시며 곧잘 그 노래 흥얼거렸잖아요." 선재가 물었다.

"인자 노래 가사도 다 잊어뿌렸어. 예전에사 3절까지 다 외웠는데 말이다. 그 노래가 왠지 내 심금을 울리더래이."

"그래서 제가 할머니를 생각해서 그 노래 테이프를 준비해 왔어요. 차 안에서 심심하실 텐데 백설희부터 조용필·한영애·장사익까지, 그들이 메들리로 부르는 노래 한번 들어보실래요?"

"그래, 오래간만에 한번 들어보까."

선재가 테이프를 차 카세트에 꽂았다. 먼저 백설희가 부른 원곡이었다. 백설희 특유의 애수에 젖은 가느다란 목소리가 은은히 흘러나왔다.

연분홍 치마가 봄바람에 휘날리더라/오늘도 옷고름 씹어가며/산제비 넘나드는 성황당 길에/꽃이 피면 같이 웃고/꽃이 지면 같이 울던/알뜰한 그 맹세에 봄날은 간다……

어머니는 정말 「봄날은 간다」란 가요를 좋아했다. 고향 집에 살 때 어머니는 일을 하면서도 곧잘 그 노래를 조그만 소리로 쫑알거렸다. 백설희가 부르는 노래는 3절을 끝으로 조용필 목청에 실려 옮겨갔다. 곡조의 간절함이 조용필 특유의 꺾어 회오리치는 절절한 음색에 잘 어울렸다. 내가 옆자리를 보니 어머니는 눈을 지그시 감은 채 노래에 취해 있었다. 어머니는 지난한 세월을 그 노래에 실어서 삭여내며 시집살이의 한과 시름을 달래왔던 것이다.

승용차는 영동고속도로로 옮겨 타고 원주까지 가서, 원주에서 중부고속도로로 잠시 내려가다가, 선재가 점심때라며 치악산휴게소에 차를 세웠다. 우리는 안동 국시로 간단한 점심 요기를 했다. 어머니는 고향을 방문하는 흥분이 가라앉지 않은 탓인지 양이 적은 국수마저 다 비우지를 못했다.

"그 체격에 국시 한 그릇으로 우째 양에 차겠노. 내 것 좀 묵어라." 어머니가 손자에게 말했다.

"됐습니다. 최근에 체중이 늘어나 다이어트 중이에요." 선재가 굵은 허리를 툭툭 치며 껄껄거렸다.

나는 집에서 준비해온 상비약 청심환 한 알을 어머니께 권했다. 어머니는 이유를 묻지 않고 내가 내민 청심환을 받아 선재가 가져온 물로 삼켰다. 나와 아들은 커피를 한 잔씩 마시곤 다시 승용차에 올랐다. 영주 인터체인지에서 나와 예천읍으로 가는 28번 국도로 꺾어 들어 잠시 달리면 읍내에 닿기 시오 리 전이 내 고향 예천군 감천면 덕율리였다. 추석을 앞둔 가을이라 단양에서 풍기를 거쳐 영주로 갈 때는 첩첩한 연봉을 이룬 소백산맥의 울긋불긋한 단풍에 저절로 눈길이 갔다. 산자락을 끼고 있는 다랑이 천수답은 아직 볏단을 거두기 전이라 영근 벼 이삭이 고개를 떨구고 있었다. 기후의 온난화 영향으로 1990년대 들어 사과의 주 생산지가 대구 쪽에서 북상하더니 경상북도 북부 지방은 야산을 개간한 사과밭 단지가 많아, 과수원마다 수확을 앞둔 주먹만 한 붉은 사과 무게에 가지가 처졌다. 등받이에 기댄 어머니는 내내 말이 없더니 고갯방아를 찧으며 살풋 졸았다. 노인은 잠이 짧은데, 간밤에도 숙면을 이루지 못했음이 분명했다. 영주가 가까울 무렵부터 도로가 산등성이를 타며 비탈길이 굽어 돌자 차체가 흔들려선지 어머니는 잠에서 깨어나 단풍이 들기 시작하는 바깥을 내다보았다.

"고향 땅이 가차바지니 여게는 높은 산도 많고 남구도 울창하구나. 고향 산천 경계가 이래 좋은 줄 인제사 알겠다. 애비야, 시원한 공기 좀 마시게 창문 쪼매 니라라." 어머니가 말했다.

"할머니, 여긴 고산지대라 바람이 차요. 갑자기 찬바람 마시면 감기에 걸립니다. 영주 빠져나왔으니 곧 덕율립니다." 선재가 내게 창문을 내리지 말라고 했다.

소백산맥에서 빠져나와 국도로 접어들자 주위의 산들이 높이를 낮추기 시작했다. 벼 이삭 드리워진 누른 들이 희끗희끗 차창 밖에 스쳤다. 그해 9월, 낙동강 전선에서 패퇴하여 퇴각을 시작한 인민군 대열이 예천을 거쳐 올라왔을 때 그들은 이 길을 따라 북상했을 테고, 풍기에서 소백산맥 능선을 타고 동진하여 태백산맥을 거쳐 강릉 쪽으로 북상했을 것이다. 예천과 영주는 영천과 다부동까지 내려갔던 인민군이 퇴각한 북상 루트이기도 했다. 병중이었던 아버지도 그 무리를 쫓아 첩첩한 이 길을 헉헉대며 걸어 넘었을 터였다. 내가 들은 바로는, 아버지 외에도 인공에 점령당했던 남한 땅에서는 국군이 북진해 왔을 때 받게 될 좌익 혐의가 두려워 북으로 넘어간 사람들이 다수 있었다.

서울의 내 아파트에서 덕율리까지는 휴게소에서 한 차례 쉬긴 했으나 네 시간이 채 걸리지 않았다. 덕율리 앞을 흐르는 방성천이 나타났다. 개울물은 말라 자갈이 드러났고 가을 가뭄 탓인지 수량이 적었다. 내 어린 시절에 방선천은 사철 수량이 풍부했고 나는 그 냇가에서 동네 아이들과 물장구치며 가재 잡고 우렁 줍고 물속 돌에 붙은 다슬기를 따며 놀았다. 어느 해 여름 홍수로 큰물 진 뒤, 옆집 아이가 방성천에서 멱을 감다 익사하는 사고가 나기도 했다.

"길이 헷갈리네. 아버지, 저쪽 길로 가야지요?" 나를 따라 덕율리에 더러 다녀가기만 했을 뿐 살아본 적이 없는 선재가 내게 물었다. 나는 방앗간이 있던 마을 앞에서 왼쪽 길로 커브를 틀라고 일러주었다.

"눈에 익은 마실 길이네. 한사코 지 에미한테서 안 떨어질라는 어린 니를 데불고 종종걸음 치며 논일 밭일 나댕기던 게 꼭 어제 일 같은데 세월이 어지가이 빠르기도 하다. 시집살이가 아무리 고단했어도 내사 그이를 언젠가는 꼭 만낼 끼라는 일편단심이 있었기에 아무렇지도 않았다. 그 세월이 60년이라니, 마치 여름 한나절 꿈을 꾸다 소내기 소리에 깨어난 듯하구나." 어머니의 목소리가 조금 들떠 있었다.

"그런 말씀 들을 때마다, 대단하신 우리 할머님입니다. 그런 할머니를 두신 할아버지야말로 떨어져 살았어도 복 받은 분입니다. 할머니는 할아버지가 보고 싶어 그 긴 세월을 어떻게 넘겼어요?" 선재가 감탄했다.

나는 목이 메어 아무 말도 할 수가 없었다. 어머니는 당신의 말씀대로, 한결같이 그런 옥마음을 간직해온 분이셨다. 20세 청상과부가 된 후 어머니가 거쳐온 그 길고 길었던 밤의 고적이 암암하게 되짚어졌다. 아들 세대는 어림없겠으나 우리 세대로서도 감히 그 에움길을 걷기가 쉽지 않은 일부종사한 정절이었다. 열여섯 살에 시집 와서 아버지와 꼭 네 해를 살아본 부부의 연이었지만 어머니야말로 아버지를 만나 하룻밤에 만리장성을 쌓았다는 말이 맞았다.

선재가 옛 우리 집 돌담 앞에 차를 세웠다. 담쟁이넝쿨이 빨갛게 타는 해묵은 돌담은 예전 그대로였다. 내가 어머니를 모시고 반쯤 열린 삽짝 안으로 들어섰다. 검둥개 한 마리가 쪼르르 달려 나와 꼬리를 흔들었다. 인기척을 듣고 부엌에서 숙모님이 물 묻은 손으로 뛰어나왔다.

"큰성님도 오셨네예. 이기 얼마 만입니꺼. 석삼년째네. 기쁜 소식 들어선지 신상이 좋아 보입니더. 영환이 도련님은 작년에 봤고. 이게 누군고. 선재는 언제 봐도 우리 집안 장군감이 맞아." 숙모님이 어머니와 우리를 맞으며 반가워했다.

"여개도 연락 받았지러, 이북서 소식 왔다는 거?" 어머니가 숙모님의 손을 잡고 말했다.

"그 소문이 벌써러 퍼져 우리 집에 경사 났다고 동네 사람들이 잔치라도 벌이자며 난리라예." 숙모님이 어머니 손을 잡고 끌었다. "큰성님, 어서 듭시다. 우시내 마루에 좀 앉아예. 큰집 식구, 대구 성님까지 오신다기에 지가 괴기 좀 삶고 전을 부치는데, 먼첨 쪼매 내올께예." 숙모님이 말했다. 가을걷이철이라 아들 내외와 조카 내외가 총출동하여 과수원에 나갔는데 곧 돌아올 거라고 했다. 작년 늦겨울, 몇 해 전에 조성한 사과밭이 이제 제법 소출을 낸다며 사촌 아우가 사과 한 상자를 서울 내 아파트에 택배로 보내오기도 했다.

대구에서 예천까지라면 두 시간 정도면 올 텐데 고모님은 아직 도착 전이었다. 어머니는 마루 끝에 꼬부장이 앉아 집 안을 두루 둘러보았다. 부엌과 두 개 방 사이에 마루가 있는 네 칸 기와집이다. 예전에는 안방이 할아버지 내외분의 차지였고 부모님이 건넌방에 거처하셨는데, 건넌방은 내가 태어난 방이기도 했다. 아래채 방 두 개는 어머니가 서울 내 집으로 올라오기 전까지 막내 삼촌 내외와 조카가 거처했다. 고향 집을 방문할 때마다 느끼는 심사지만 집안의 장손으로서 고향 집을 지키지 못한 채 객지로만 떠돈 불충함과, 막내 삼촌에게 고향 집을 넘기지 않을 수 없었던 회한이 마음을 저몄다.

"고향 산천은 변함이 없어. 모든 기 다 예전 그대로구나." 어머니가 말했다. 대문 옆 양지바른 곳의 주춧돌 위 가지런한 장독대며, 그 옆에 까치집을 두 개나 얹고 서 있는 세 그루 감나무, 채마

밭이 있는 뒤꼍으로 돌아가는데 서서 지붕 위까지 가지를 드리운 늙은 감나무 두 그루, 이제 사용하지 않는 우물 주위의 철쭉, 개나리, 석류나무도 예전 그대로였다. 일손이 달리는 농촌이라 열매를 거두지 못한 감나무는 올해도 가지가 휘어져라 익은 감을 달았다. "남구는 다 이래 오래오래 제자리에 살며 가실이면 이파리를 떨과도 새봄이 오면 다시 파랗게 피어나잖나. 집안으 화초도 철 따라 꽃이 지면 다시 피고. 그런데 떠난 사람, 가뿌린 사람은 와 다시 못 돌아올고……" 내 중학 시절, 줄기마다 개나리꽃이 노랗게 피는 이른 봄이나 개나리꽃이 지고 나면 진분홍색 꽃을 불꽃처럼 피워 내는 철쭉꽃 앞에서 빨래하던 어머니 모습이 떠올랐다. 그럴 때면 어머니는 혼잣소리로 가만가만 노래를 불렀다. ……꽃이 피면 같이 웃고/꽃이 지면 같이 울던/알뜰한 그 맹세에 봄날은 간다.

나는 가방에서 카메라를 꺼내어 마루에 앉아 계신, 바른 가르마 타서 넘긴 하얀 머리칼의 아담한 어머니 자태를 사진 찍었다. 선재가 오랜만에 고향 집에서 할머니와 함께 사진을 찍겠다며 나란히 앉았다. 사진을 찍고 나자 선재가 카메라를 받아 어머니와 나를 마루에 나란히 앉게 했다. 감나무에 까치 몇 마리가 날아들더니 감나무 가지에 앉아 홍시가 되기 전의 붉은 감을 부리로 쪼았다.

나는 위채, 두 칸 아래채와 그 옆에 달린 헛간채, 고샅길과 밤나무 숲에 싸인 뒷동산을 원경으로 두루 사진 찍었다. 나는 사촌 아우의 휴대폰에 전화를 걸었다. 과수원에서 일을 하다 전화를 받은 사촌은 곧 집으로 들어오겠다고 연락해왔다. 대문 밖에 승용차 한 대가 멈추어 섰다. 대구의 고모님과 고종사촌이 마당으로 들어섰다.

"성님이 먼첨 도착했네예." "이게 얼마 만인가, 대구 고모 아닌 가베." "대구 성님도 오니껴." 부엌에서 나온 숙모님까지 합쳐 세 늙은이가 반갑게 손을 잡고 서로 안부를 물었다. 숙모님은 고모님과 동년배였다. 신사복 차림에 넥타이를 맨 고종사촌은 보자기로 싼 큰 선물 상자를 들고 있었다. 바깥에 경운기 멈춰 서는 소리가 들리더니 작업모에 작업복 차림으로 사촌 아우 내외에다 조카 내외가 사과 딴 플라스틱 상자를 옮기며 집으로 들이닥쳤다. 첫애를 가진 필리핀 출신 조카며느리의 배가 도도록했다. "무리하면 안 될 낀데 서방 돕는다고 따라나섰나 보제" 하며 어머니가 조카며느리를 보고 안쓰러워했다. 자그마한 키에 눈이 크고 가무잡잡해 야무져 보이는 스무 살 전후의 조카며느리는 얼굴만 붉힐 뿐 대답이 없었다.

이번 추석 전후에 금강산에서 상봉할 아버지 이야기로 한동안 집 마당이 왁자해졌다. 집 안의 소란스런 소리를 들었는지 이웃 사람들이 들이닥쳤다. 일가붙이들이었다. 수동이 할머니도 유모차를 지팡이 삼아 밀며 들어와 할머니와 고모님의 고향 나들이를 반겼다. 때아니게 집 마당에 즐거운 함성과 웃음소리가 파다해졌다.

우리는 선산의 성묘부터 서둘렀다. 조카가 지게를 지고 나서서 삿자리와 묘 앞에 상차림 할 음식 담긴 채반을 실었다. 사촌 제수씨가 과실과 가용주 오미자 술병, 물병과 수저, 잔을 챙겼다. 조카가 성묘까지는 안 따라나서도 된다고 말했는지 그의 어린 처는 부른 배를 앞세워 대문간에서 배웅을 했다.

덕율리는 밤나무가 많아 붙여진 지명대로 뒷동산이 밤나무 숲으로 덮여 있었다. '제상에는 덕율리 밤만 올린다'는 말이 있을 정도로 밤알이 굵고 여물었다. "깊은 밤 뒷산 밤나무 숲에 소쩍새가 피맺힌 소리로 울면 그 소리가 꼭 그이가 날 부르는 소리 같았어. 그런 밤에 나는 시부모님 명주 옷감을 콩닥콩닥 다듬이질하며 소쩍새 울음소리에 「봄날은 간다」로 화답하곤 했지러." 어린 시절 나를 옆에 앉혀두고 어머니가 말했다.

선산은 집 뒤쪽 동산의 밤나무 숲을 질러 오르면 산 중턱 양지바른 곳에 있었다. 고조 대부터 아버지 대까지 조선분들이 차례로 봉분을 쓴 채 누워 있었다. 고모님과 숙모님은 아직 정정했기에 산으로 오르기에 별 무리가 없었으나 어머니 걸음으로는 산길 성묘가 힘에 부쳤다. 우리가 성묘를 마치고 올 동안 집에서 기다렸으면 좋으련만 어머니는 고향에 왔으면 삭신이 내려앉더라도 선산부터 찾아야 한다며 기어코 산을 오르시겠다고 부득부득 마당으로 나섰던 것이다. 장정들이 앞서서 길을 열면 당신은 뒤처져 쉬어가며 오르겠다고 했다. 노친네의 강고집을 꺾을 수 없어 나와 사촌 아우가 양쪽에서 어머니 손을 끌며 부축했다. 그렇게 되자 걸음이 더딜 수밖에 없었다. 주위의 오솔길에는 익은 밤송이가 터진 채 널려 있어 넘어지기라도 했다간 밤송이 가시에 무릎이나 손을 다치기 십상이었다.

"이래선 안 되겠어요. 제가 할머니를 업고 가는 게 낫겠어요."
선재가 들고 있던 제물 싼 보퉁이를 내게 넘기곤 어머니 앞에 쪼그려 앉아 넓은 등판을 내밀었다.

"우리 장손이 나를 업겠다면, 업혀서라도 가야지러." 어머니가 손자 청을 받아들였다.

선재가 어머니를 덥석 업고 큰 걸음으로 앞장섰다. 뒤따르던 고종사촌이 어머니를 업고 산으로 오르는 선재를 보곤, "꽃필 시절이 아닌데 장사익의 「꽃구경」 그대로네" 하고 중얼거렸다. 밤나무 숲이 끝나는 데서부터 길섶에는 일행을 맞이하듯 보라색, 흰색의 들국화가 무리 지어 피어 가을바람에 고갯짓을 하고 있었고 무리 지어 핀 흰 억새꽃이 햇빛에 반사되어 은빛으로 너울거렸다.

따스한 가을 햇살 아래 봉분들이 탈색한 누른 잔디를 덮고 있었다. 나는 고향을 지키며 선산을 잘 가꾸어온 사촌 보기가 부끄러웠다. 가용에 보태라며 사촌 손에 쥐여줄 안주머니에 든 돈 봉투가 생각났다. 사촌 아우가 할아버지와 그 옆에 나란히 선 할머니 묘 상석 앞에 삿자리를 깔고 갖추어온 음식을 놓았고, 내가 무릎 꿇어 술잔을 올렸다. 여자들은 절을 같이 하자는 어머니 말에 고모님과 숙모님, 사촌 제수씨가 따라나섰다. 어머니와 숙모님은 두 손을 이맛전에 올리고 큰절을 했으나 고모님은 기독교 신자라 두 손 모아 머리 조아려 묵도를 했다. 어머니의 숱 적은 뒷머리채에 꽂힌 옥비녀가 내 눈에 들어왔다. "어느 날 니 아부지가 읍내 장에서 사다 준 옥비녀가 있는데 내가 와 머리채를 신식으로 싹뚝 자르고 남들처럼 지지고 볶아야 하노." 내가 어릴 적부터 들어온 어머니의 한결같은 주장이었다. 어떤 의미에서 이제 골동품이 된 값진 그 옥비녀야말로 지아비를 떠나보내고 아들 하나 키우며 60년을 수절해온 어머니 정절의 표징이기도 했다. 내 코끝이 시큰해졌다. 다음 차례가 나와 사촌 아우, 고종사촌이었다. 고종사촌은 교회 장로였기에 역시 절은 하지 않고 묵도를 했다. 마지막으로 선재와 조카가 큰절을 올렸다.

"어무이, 눈깜으시기 전까지 그리도 보고 싶어 하시던 큰아들이 북녘 땅 어디메에 살아 계시답니더. 어무이가 새벽 별도 지기 전에 잠 깨서 우리 집 첫 우물으 정한수를 두레박질해선 장독간에 올려놓고 큰아들 무사히 집에 오게 해달라고 무르팍이 썩도록 빌어 쌓더니만……" 어머니의 웅얼거림에 이어 고모님이, "아부지 어무이, 이번 추석에 지도 옵빠 만내로 금강산에 갈 낍니더. 만내서 자슥 기다리다가 마 먼첨 떠난 아부지 어무이 기일도 알려드리겠십니더" 했다.

나와 숙모님, 사촌 아우 내외, 조카는 막내 삼촌 무덤으로 자리를 옮겨 성묘를 했다. 그동안 어머니는 선대 묏자리 아래의 영식이 묘를 둘러보며 조그만 봉분의 시든 잔디를 껴안듯 두 손으로 쓸었다.

"옹알이하며 한창 재롱 떨던 불쌍한 이것아, 내 인자 니 아부지 만내면 니 그래 마 애석하게 숨을 거뒀다고, 이 에미 잘못 만내서 이승을 떠났다는 소식을 전해주꾸마. 인자 소원 풀었으이 저세상에서 살더라도 영이나마 팬케 눈감아라."

어머니의 절절한 흐느낌에 내 마음이 아렸다. 휴게소에서 어머니께 청심환을 권했던 게 잘한 일로 여겨졌다. 막내 삼촌 묘에는 사촌 아우가 술잔을 올렸다. 성묘를 마치자 가족사진을 찍고, 할아버지 묘 앞 삿자리에 둘러앉아 노친네들은 가져온 전붙이와 사과와 감을 깎아 먹었고 남자들은 과실주로 음복을 했다. 할아버지 묘 밑

아버지 대에는 아버지가 묻힐 자리와 첫째 삼촌 자리가 빈 채, 막내 삼촌 묘만 덩그러니 만들어져 있는 게 내 눈에 아프게 박혔다.

전쟁이 난 그해 7월, 인민군이 파죽지세로 충청도와 강원도를 점령해서 내려오자 우리 집안은 소달구지와 지겟단에 덩이덩이 봇짐을 싣고 피란길에 나섰다고 했다. 어느 쪽 세상이 되든 아버지와 첫째 삼촌이 징병 해당자라 집안 어른들은 소집 영장이 나오지 않을까 마음을 졸이던 시절이었다 한다. 나 역시 피란길에 따라갔겠으나 그 시절을 기억 못 하기에 뒷날 어른들에게 들은 이야기였다. 그러나 우리 가족이 의성읍을 지났을 때, 추풍령 쪽을 넘어 김천시를 점령한 인민군 주력부대에 덜미가 잡혔다. 8·15해방 기념일 전에 나라 전체가 조선인민공화국으로 통일될 것이라는 소문이 파다했다. 피란을 더 내려가보아야 소용이 없다고들 말해, 우리 가족은 의성 읍내를 벗어나다 발길을 돌려 고향으로 되돌아왔다. 8월에 들자, 승승장구하던 인민군은 경북 왜관과 영천 어름에서 발이 묶이더니 더 이상 전진을 못 했다. 밀어붙였다간 되빼앗기는 전투로 낙동강 전선이 고착되었다. 예천군 임시 인민위원회에서 아버지 나이 또래의 청년들 앞으로 의용군 징병 영장을 보냈다. 아버지는 처자식을 둔 집안의 장자요, 폐결핵을 앓고 있었기에 징병 보류 신청서를 냈다. 스무 살이 넘는 남자가 있는 집은 한 가구 한 명씩은 의무적으로 의용군 차출이 강제되었기에, 첫째 삼촌이 의용군에 뽑힐 21세로 적령자였다. "시국이 이러이 어쩔 수 없잖습니껴. 성님 대신에 지가 나가지예. 지는 안죽 장가를 안 가서 처자식도 없는 몸이니 홀가분하잖아예. 으용군으로 나가는 집은 대문간 앞에다

'영웅전사 집'이란 팻말을 붙여주고, 전쟁이 끝난 담에는 공훈 집 안으로 대접해준다잖습니꺼." 첫째 삼촌이 의용군으로 뽑혀 집을 떠난 게 8월 초순이었다. 마을 청년 넷과 함께였다. 그들 중에는 작은집 삼촌도 끼어 있었다. 소집된 지 일주일 남짓, 첫째 삼촌은 읍내에서 제식훈련과 총기 조작 방법을 숙지하곤 곧 왜관 전투에 투입되었다. 6·25전쟁사에 가장 치열했던 전투로 알려진 다부동 전투에 총알받이로 참전한 지 보름이 채 안 되어 첫째 삼촌과 이웃집 남식이 아저씨가 전사했다는 소식이 마을에서 같이 떠난 동료에 의해 고향에 전해졌다. 장자인 아버지는 자기를 대신해서 인민군으로 참전했다 전사한 손아래 동생 탓에 주눅이 들어 막내 동생마저 징집되지 않을까 전전긍긍하며 집안 사정을 지켜볼 수밖에 없었다. 마음이 여린 분이라 그즈음 못 마시는 술을 통음하며, 내 때문에 종도가 죽었다며 괴로워했다고 한다. 9월 중순 들어 인민군이 낙동강 전선에서 퇴각할 때, 그들 속에 섞여 아버지는 집을 떠났다. 이듬해 1951년에 들어 다시 남한 땅이 된 예천에서 스무 살이 된 막내 삼촌이 징병 해당자였다. 막내 삼촌은 예천 농고를 졸업하고 집안 농사일을 돕고 있었다. "종도 성님이 인민군으로 끌려 나갔다가 죽었으이 인자 지가 국군으로 전선에 나갈 차렙니더. 그래야 실추된 집안으 명예가 회복되지 않겠십니꺼." 막내 삼촌이 입대를 자청했다. 막내 삼촌은 입대한 지 1년 만에 강원도 중부 전선 전투 중에 중상을 입고 후송되어 상이군인으로 의병 제대를 했다. 온몸에 파편으로 흠집투성이였으나 그나마 목숨은 부지하여 한쪽 다리를 저는 불구자가 되어 고향으로 돌아왔다. 첫째 삼촌 시신은 그때까지 수습하지 못한 채였다. 할아버지는 휴전을 앞두고 아들과 함께 의용군으로 출정했다 포로가 되어 거제도에서 반공 포로로 석방되어 귀환해 있던 승모 아저씨를 앞세워 왜관 다부동 전투의 유학산을 찾았다. 그러나 산자락에 묻힌 허구많은 유골 중에 어느 것이 아들 유골인지 식별해낼 수 없었다. 인민군으로 참전했기에 국군 무명 묘지에 묻힐 수도 없어 뼛조각조차 가져오지를 못했다. 상이군인이 된 막내 삼촌은 읍내의 어느 과수댁 외동딸과 선을 보아 장가를 들었다. 그해가 1957년으로 내가 국민학교 학생이었기에 덕율리에서 읍내까지 시오 리를 동네 아이들과 함께 걸어서 통학했고, 집 마당에서 치른 막내 삼촌의 구식 혼례식을 어른들 사이에 섞여 구경했던 기억이 남아 있다.

여름내 통통해진 미꾸라지가 추석 절기에는 몸보신에 좋다는 사촌 아우의 말대로, 오랜만에 먹어보는 저녁 추어탕이 별미였다. 숙모님은 물론이고 어머니와 고모님도 추어탕 한 그릇을 비워냈다. 저녁 식사를 끝내고, 남자 따로 여자 따로 마루와 마당의 평상에 나누어 앉아 인사 온 친척들, 이웃분들과 아버지의 금강산 상봉을 두고 설왕설래 담소를 나눈 뒤 그들이 제 집으로 돌아가자, 여자들은 안방으로 옮겨갔고 남자들은 앉은자리에서 술판을 벌였다. 사촌 아우가 작년에 담근 술이라며 매실주를 내왔다. 수육, 문어, 추어탕에, 깎아 내어 온 감과 사과로 안주가 푸짐했다. 술잔이 오고 갔고, 대화는 자연스럽게 아버지와 작은집 삼촌의 월북에 따른 의문으로 풀려나갔다. 아버지와 작은집 삼촌은 거기서도 자주 만나는지? 두 분은 북한 땅 어디에 사는지 모르겠다. 북한은 교통 사정이 좋지 않아 다른 지방에 떨어져 산다면 만나기가 쉽지 않을 것이다. 두 분 다 북한에서 재혼했을 텐데 자식은 몇이나 두었는지 알고 싶다. 작은집 삼촌이 이산가족 상봉 신청을 안 한 걸 보면 그새 별세했을지도 모른다. 1997년 전후 북한 경제가 아주 힘들어진 '고난의 행군' 시절 3백만 명 이상의 주민이 굶어 죽었다는데 폐병을 앓던 아버지가 여든 살 넘게 살아남은 게 용하다. 이산가족 상봉이 17차나 진행될 동안 왜 이제야 불쑥 남한 가족 만남을 신청하게 되었을까? 남에서 올라간 사람들은 늘 감시 대상이요 푸대접 신세를 못 면한다는데 생활 형편은 괜찮은지 모르겠다. 장님 코끼리 더듬듯 그런 추측이 오고 갔다.

"큰집 할배가 그 시절 진짜 공산주의자가 맞습니껴?" 조카가 내게 불쑥 물었다.

"둘째 할아버지는 의용군으로 나갔으니 제껴놓고, 저도 할아버지 월북 동기가 늘 궁금했어요. 평소에도 그쪽 사상에 경도된 분인지 어떤지 하고요." 선재가 말꼬리를 달았다.

"글쎄……" 내 대답이 망설여졌다. "나도 너무 어릴 때라 들은 말을 옮길 수밖에 없다만…… 당시의 부패한 이승만 정권에 불만을 가졌을지는 모르지만, 공산주의자는 분명히 아니었던 것 같애. 어머니 말씀으로는, 인민군이 죽령고개를 넘어오기 전이니 7월 중순껜데, 아버지가 시국이 어떻게 돌아가는지 알아본다며 하루는 읍내에 자전거 타고 나갔다가 땀을 뻘뻘 흘리며 돌아와서는, 읍내가 지금 공포 분위기라며 치를 떨더라는 게야. 보도연맹에 가입한 자, 말깨나 하던 배운 자들을 좌익 혐의로 몰아 무더기로 연행해선 백마산 골짜기로 끌고 가서 모두 총살시켜버렸다니, 이런 천인공 노할 세상이 어딨느냐며 분개하더라나. 그래서 심약한 분이라 지레 겁부터 먹곤 다시 남한 세상이 되면 경칠 일을 당하지나 않을까 싶어 그쪽 길을 선택했을지도 모르지. 세상이 조용해질 때쯤에나 집으로 돌아오겠다며."

"그럼 인민군 후퇴 길에 작은집 할아버지가 고향 집을 거쳐가게 되자 큰집 할아버지를 만난 김에 동반 월북하자고 설득하니 그길 로 따라나선 게로군요." 선재가 그럴듯한 해석을 달았다.

"그 문제를 두고 두 분이 만나 시국 문제를 두고 그런저런 상의 는 했겠지. 국군이 들어와도 어차피 수사기관에 조사받거나 잘못 하면 목숨을 잃을지 모른다고 예단해서 저쪽에 기대어 당분간 몸 을 피하고 보자며 그 길을 택한 게 아닐까 싶어. 지금 따져보면 판 단 착오였겠으나, 당시로서는 그렇게 생각했던 사람이 내 주위에 도 더러 있었어. 시국이 동서를 분별할 수 없을 정도로 갈피를 잡 을 수 없게 혼란스러웠으니깐." 고종사촌이 알은체 의견을 냈다.

"그럼 공산주의가 여기보다 살기 좋은 세상이라고 월북한 건 아 니군요?" 사촌 아우가 큰 걱정거리라도 던 듯 말했다.

"그 시절은 대부분 사람들이 사회주의 체제나 자본주의 체제를 속속들이 알지 못했고, 선전 삼아 떠드는 소리에 혹한 게지. 그래 서 내놓고 말은 안 했지만 자기 마음이 솔깃해지는 쪽에 줄을 섰다 고 봐." 내가 두루뭉술 말했다.

"어머님 말씀으로는, 예천이 적치하가 되었을 때 예천군 인민위 원회에서 외삼촌에게 군당 정치위원 후보를 맡아달라고 해서 잠시 몸담았다고 들었는데요. 그래서 예천에 국군이 들어오기 전에 후환이 두려워 저쪽으로 넘어간 게 아닐까요?" 고종사촌이 물었다.

"인공 치하 두어 달 동안 당에서 아버지가 학교 선생 출신이라 이용 가치가 있다고 판단했던지 그런 후보 제안을 했으나 며칠 못 가서 병환 중이라 사양하곤 그로부터 두문불출했대. 활동은 하지 않은 셈이지. 어머니 말씀으로는 벌레 한 마리도 못 죽일 만큼 마음이 여린 샌님이었다는데, 그런 일 맡아서 남 앞에 나설 기질도 아니었던 것 같고." 나는 그런 이야기가 더 발전되지 않기를 바랐다. 인공 시절, 장자인 자신을 대신해 아래 동생이 의용군으로 나가 전사한 게 아버지에게는 큰 부담이 되어 월북을 택하게 된 원인을 제공했을 수도 있었다. 그러나 나는 그런 설명까지 첨부하고 싶지는 않았다.

어느새 밤이 깊었다. 시나브로 떨어져 내린 감나무 잎이 평상에까지 날아오고 서늘한 야기가 목덜미에 닿았다.

"운전수들은 내일 아침 일찍이 떠나자면 잠 좀 자둬야제. 술은 그만들 마시고 어서 잠자리에 들거라." 방 안에서 고모님 숙모님과 대화를 나누던 어머니가 스웨터를 걸치며 마루로 나앉았다.

"그러네요. 이제 일어서야겠습니다." 술잔을 받아 목만 축였을 뿐 술은 별로 마시지 않은 고종사촌이 엉덩이를 일으키며 말했다.

"나는 내일 차 운전 안 하니 다들 먼저 들어가. 모처럼 고향에 오니 쉬 잠이 올 것 같지 않아." 나는 모과주 잔을 들었다.

승용차를 몰고 온 고종사촌과 선재, 조카가 그럼 먼저 일어서겠다며 건넌방으로 들어가고, 사촌 아우와 나만 남았다.

"한 잔 들게." 내가 그의 잔에 술을 쳤다. "자네와 조카가 고향집과 선산을 이렇게 지켜주니 얼마나 든든한지 몰라. 장손이라고 집안을 위해 한 일이 없으니 늘 미안한 마음이라." 나는 이때가 기회이기나 한 듯 주머니에서 돈 봉투를 꺼냈다. "이것 받아. 빈손으로 온 데다, 자주 못 내려와서 미안해. 곧 태어날 조카 애 기저귀 값이야."

"와 이러십니꺼. 그만한 돈은 지들도 다 준비해두었습니더." 사촌 아우가 손사래 치며 한사코 봉투 쥔 내 손을 밀쳤다.

나는 부득부득 봉투를 사촌 아우 손에 쥐여주었다.

할아버지가 위암으로 돌아가시기 전, 임종을 예감했던지 서울에 사는 나를 불렀다. 나는 우리 집안의 종손이라 일찍 장가를 들어, 당시 이미 슬하에 어린 남매를 두고 있었다. 나는 읍내 고등학교를 졸업하자 대구로 나가 고모님 댁에 기숙하며 낮이면 학자금을 마련하러 아르바이트로, 밤이면 4년제 대학 야간부에 적을 두었다. 재학 중 사병으로 입대해서 병역을 치렀고, 대학에 복학해서 졸업장을 쥐자 상경하여 영등포 학원가의 강사로 취업했다. 그즈음 나는 덕율리 집으로 불려 내려가 영주 출신 간호사 여자와 맞선을 보고 결혼했다. 팔순을 앞둔 연세라 앙상히 마른 할아버지는 자리보전한 채 면전에 무릎 꿇어앉은 나와 막내 삼촌을 보고 유언삼아 말씀하셨다. "우리 양주가 죽으면 이 집은 응당 맏이 차지가 되겠으나 니도 알다시피 맏이는 여태 살았는지 죽었는지 알 수 없는 자식인데, 재가를 않고 여태 우리 양주를 모셔온 맏며누리가 이집 주인이 되는 기 도리에 맞아. 그러나 며누리도 환갑 나이라 언제까지 이 집을 지킬지 알 수 없는 처지 아니냐. 따지고 보면 이 집과 얼마 안 되는 전답은 집안으 장손인 니가 물려받아야 마땅하겠지만……" 할아버지가 가쁜 숨을 멈추고 나를 넌즈시 올려다보았다. 나는 할아버지의 다음 말을 기다렸다. "그런데, 불구으 몸으로 여태 이 집을 지키며 우리 양주를 모셔온 막내 삼도가 있잖은가. 위로 두 성이 그렇게 되뿌리자 장자 몫을 대신해서 말이다. 그러이 이 집과 전답은 삼도 앞으로 넘가주는 기 옳치 않을까 하는데, 니 으견도 들을 겸 서울 생활이 바쁠 텐데 이래 불렀다. 니 어무이는 내 뜻에 따르겠다는 언질이 있었고. 이 집과 논밭 합쳐야 2천5백 평 정도으 땅마지기지만 내 죽은 후에 그 문제로 왈가왈부하는 사단이 없어야 집안 모두가 평안하겠기에 말이다. 영환이 니는 서울에서 그런대로 자리를 잡았고 어무이도 언젠가는 서울서 모셔야할 낀데, 니 생각은 어떠노?" 할아버지가 젖은 눈으로 나를 쳐다보았다. 옆에 앉은 막내 삼촌은 고개를 숙인 채 말이 없었다. 그 점에 대해서는 나도 생각한 바가 있었기에 망설임 없이 대답했다. "그러셔야지요. 위로 형님 두 분을 일찍 여의었으니 삼촌이 집안으 독자 아닙니까. 모르긴 해도 저야 고향에 내려와 살 입장이 못 되니, 누가 보더라도 이 집은 삼촌이 맡으시는 게 당연지사지요. 어머니도 언젠가는 제가 서울로 모셔가겠습니다." 막내 삼촌은 두 형님을 대신해서 국군에 입대해 상이군인이 된 몸으로 고향으로 돌아와 농사일하며 여태 조부모님을 모셔온 게 사실이었다. 내가 비록 아버지 없는 집안의 장손이지만 나는 집안 재산 문제를 두고 탐심을 가져본 적이 없었다. 막내 삼촌과 숙모님은 부모님을 잘 모신 효자였다. "니 생각이 그렇다이 고맙기 짝이 없구나." 말씀을 마치자 할아버지는 눈을 감았다. 입가에는 잔잔한 미소가 머물렀다. "조카가 그래 선한 마음을 묵었다니 정말 고맙네. 부모님 타계하신 후로도 형수님이 고향에 계실 동안은 내가 부모님 모시듯 잘 보살피겠네." 막내 삼촌이 내 손을 덥석 잡았다. "아닙니다. 그래 될 날에는 제가 어머니를 서울로 꼭 모시고 가겠습니다." 할아버지는 한 달 남짓 더 연명하다 별세하셨다. 서울에서 급거 내려온 나는 할아버지 장례식을 마치자 어머니에게, 이제부터 내가 어머니를 서울에서 모시겠다고 말했다. 어머니는, 거동이 불편하신 시어머님이 계신데 어찌 내가 매정하게 여기를 떠나겠느냐며 한사코 고향에 남으시겠다고 했다. 그때 어머니는 고향 집 텃밭에서 손수 가꾼 밭작물이며 고추, 참깨, 참기름 따위를 바리바리 꾸려 서울의 내 아파트에 여러 차례 다녀가면서도, 아파트란 궤짝 같은 집 안에 갇혀 지내자니 숨통이 막힌다며 일주일을 못 채워 하향하곤 했다. 할머니는 조석으로 어머니의 수발을 받으며 할아버지 별세 후 일곱 해를 더 사셨다. 할머니마저 별세하자 어머니는 그제야 오랜 시집살이에서 헤어나 서울의 내 아파트로 자리를 옮기셨다. 고향 집을 지키며 농사를 짓던 막내 삼촌이 별세하기는 10여 년 전으로, 고향 집과 얼마 안 되는 전답은 사촌에게 대물림되었다.

"새하얀 눈썹달이 감나무 가지에 걸렸네. 내 어린 시절 저런 달 쳐다보며 마실 아이들과, 남구는 제자리에 섰는데 달이 가나 구름이 가나 하고 내기도 했더랬제." 마루에서 달을 쳐다보며 어머니가 말했다. "서리 내릴 철이면 해마다 저래 가지가 뿐질러져라 감이

주렁주렁 열렸지러. 이맘때면 아버임이 장대로 감을 따고, 딴 감을 어무임과 내가 여게 햇살 좋은 마루에 앉아 곶감으로 만들어선 처마에 주렴처럼 내걸곤 했지러. 니 아부지가 없어진 그해도 감이 억수로 많이 열렸더랬어. 한 해가 그렇게 가고, 니 동상이 돌림병으로 마 죽어뿔고, 두 해가 시름겹게 또 가고, 가실이면 감이 또 억수로 달리고, 그 감을 장대로 거둬들이고, 낙엽마저 져버려 감나무가 헐벗는 엄동 철이면, 밤마다 감나무 가지에서 우는 센 바람에 문풍지 흔들어대는 소리가 꼭 니 아부지가 목이 메어 날 부르는 소리로 들렸다. 긴긴 겨울밤이 언제쯤이나 끝날고 하며 마음 졸이다 보면 어느새 또 새봄이 날 보란 듯 새날 같게 찾아와 산천이 푸르게 물들고 말이다. 그렇게 기다린 세월이라니……" 어머니의 한숨 소리가 평상에까지 들려오는 듯했다.

나는 감나무 가지에 걸린 초승달을 바라보았다. 감나무 가지에 달린 감에 겹쳐진 삐뚜름히 걸린 초승달의 음영이 절묘한 조화를 이루고 있었다. 바람이 불 때마다 낙엽이 맴돌며 떨어져 내렸다. 나로서는 몇 해 만에 보게 되는 고향 집의 밤 정경이었다. 아버지를 기다려온 어머니의 60년 세월이 감나무 가지에 매달려 간동대는 잎이듯 그렇게 달려 있었다. 남은 잎도 조만간 다 떨어질 터였다. 장자인 아버지를 대신해 의용군으로 입대한 첫째 삼촌의 전사, 잠시 몸을 피해야겠다며 어느 날 밤중에 집을 떠나버린 아버지, 좌익 집안이란 혐의를 대갚음하겠다며 국군으로 입대해 상이군인이 되어 돌아온 막내 삼촌, 어머니는 그런 집안의 액운을 맏며느리로서 숨죽이며 지켜보아야 했던 애젊은 새댁이었다. 김명도 한 사람

때문에 집안이 망하고 말았다는 동네 사람들의 쑤군거림을 귓가로 들으며 오직 나 하나에 정을 붙이며 살얼음판을 밟듯 살아온 세월이었다. "친정과 시댁 모다 법도를 따지는 집안이라 재가는 아예 엄두도 몬 냈으이, 젊디젊은 생과부로서 내 행실은 남 앞에서 조신이 첫째고, 둘째도 조신스런 몸가짐이었대이. 내 눈앞에서 죽지 않아 어디서든 눈 퍼렇게 뜨고 살아 있을 사람을 두고, 자식까지 둔 몸으로 재가라니? 나는 꿈에서도 그런 생각을 해본 적이 없대이. 내가 당한 액은 내가 이고 가야 한다는 마음으로, 당신들 앞서 먼저 보낸 두 자식을 오매불망 그리워하는 시부모님을 모셨지러. 우리 때는 여필종부가 대단한 자랑거리도 못 되는 시절이었고. 이 지방에 사는 여편네들은 다들 전쟁으 엄청시런 한 시절을 그렇게 넘겼으니깐." 내 중학 시절 언젠가 들려준 어머니의 말이었다. "어머니는 불과 네 해를 같이 사신 아버지의 어떤 점이 가장 생각나십니까?" 내가 물었다. "니 아부지한테 내가 잘한 것은 아들 둘을 낳아준 것밖에 없는데, 그 하나 아들마저 잃가뿔고 말았으이…… 아무것도 잘한 기 하나도 없느니라. 잘못한 것만 자꾸 생각나. 집에서 귀염받고 자라다가 열여섯 나이에 시집온 내가 뭘 제대로 알기나 알았겠노. 철없던 가시나였지. 더욱이 시부모님, 시할머님 눈치 보느라 내가 서방한테 아무것도 잘해줄 틈이 있었나. 복날 마실 사람들이 추렴하여 황구라도 잡아 개장국을 펄펄 끓여 노나 먹을 때면, 폐병에 좋다는 개장국을 한 그릇 장복 못 시킨 게 두고두고 후회되고, 가실에 햇곡으로 쌀밥을 지을 때면 쌀밥 한 그릇 못 올린 게 후회되고, 긴긴 겨울밤 말랑말랑한 곶감 먹을 때면, 어느 겨울 춥던 밤 곶감을 숨카놓았다가 내게 불쑥 내밀었던 기 생각나고. 어무이가 고뿔 들어 누워서 내가 정지에서 밤늦게 죽을 쑬 때 남자는 부엌 출입을 금했는데 너거 아부지가 살째기 햇밤을 소복히 가져와, 니는 죽도 지대로 못 먹을 텐데 얼매나 배가 고푸겠냐며 아궁이 불에 같이 꾸버 묵던 어느 가실밤이 떠오르고…… 세월이 쌓일수록 그런 따스븐 추억과, 부끄럽고 미안했던 게 생각나. 지금이라도 따뜻한 쌀밥에 고깃국 한 그릇 바쳐 올렸으면 참말로 소원이 없겠다."

"저 달이 커져서 보름달이 될 때쯤 어머니도 드디어 아버지를 만나게 될 겁니다. 60년을 기다린 보람이 있었습니다." 나는 그 말밖에 달리 할 말이 없었다.

"큰성님, 야심한데 어서 들어오이소. 감기 들리겠십니더." 숙모님이 마루로 나왔다.

"제가 일어서야 어머니도 잠자리에 드실 모양입니다." 나도 술판을 끝내기로 했다.

내 말을 알아들었던지 그동안 부엌에 있던 조카며느리가 뒤뚱거리며 마당으로 나섰다. 낯선 남의 나라 땅으로 시집와 층층시하에서 시집살이를 하는 어린 조카며느리가 마치 어머니의 새댁 시절을 보듯 마음이 찡했다.

*

금강산에서의 제17차 남북한 이산가족 상봉은 추석을 넘겨 10월

30일부터 11월 5일로 날짜가 짜였는데, 먼저 이틀 동안은 남한에서 북한 측에 상봉을 신청한 1백 명의 가족에게 만남이 배려되어 이틀에 걸쳐 남북한 가족의 상봉 행사가 이루어졌다. 남측 방문단은 유고자를 뺀 94명이었고, 북측은 부모 형제자매를 포함한 313명이었다. 그들의 만남이 끝난 다음에야 북측에서 상봉을 신청한 97명의 남측 가족들 573명의 만남이 이루어지게 일정이 짜여 있었다. 그래서 우리 가족은 11월 4일과 5일로 상봉 날짜가 잡혔다. 11월 2일에는 금강산에 갈 가족이 대한적십자사 주관으로 서울에 소집되었고, 그날 두 시간에 걸쳐 통일부와 국정원에서 나온 강사들을 통해 안보 교육과 상봉 시 주의 사항을 교육받았다. 주의 사항은, 액수를 정해주지는 않았지만 미화 1천 달러 이상은 가능한 제공하지 마라, 남북한이 체제가 다르니 쌍방의 통치 방법이나 이념 문제의 대화는 피하는 게 좋다, 선물로 옷은 무방하다, 영양제는 모를까 특정 의약품의 선물은 안 된다, 변질될 우려가 있는 식품 전달은 피하라는 따위의 일반적인 주의 사항이었다. 중환을 앓고 있거나 기력이 너무 떨어진 고령자는 별도로 국립의료원에서 간단한 건강 검진을 받았다.

늦가을로 접어들어 날씨가 쌀쌀해졌으나 더없이 쾌청한 3일 오전 일찍, 아들이 내 아파트로 승용차를 가지고 왔다. 아버지를 상봉하면 전해줄 선물 꾸러미로 바퀴 달린 여행용 큰 가방 두 개를 차 트렁크에 실었다. 어머니는 아버지를 만나면 따뜻한 쌀밥 한 그릇에 소고깃국을 끓여 올리고 싶다며 전자 밥통에 가스레인지까지 싣겠다고 고집을 부렸으나 상봉 시 취사가 불가능하다는 당국의 말이 있었기에 그런 가전제품을 싣지 못한 걸 내내 아쉬워했다.

"할머니, 교육받을 때 강사가 하는 말이, 우리 쪽이 북의 가족을 칙사 대접하듯, 북측도 최대한 성의 보여 우리를 진수성찬으로 대접할 테니 잘 먹을 거라지 않습디까. 개인 상봉 때 먹을 것도 현대아산이 경영하는 편의점에 다 갖추고 있어 별도로 구입할 수 있다잖아요. 술과 과일은 물론이고 햇반에 김밥까지 있답디다." 선재가 말했다.

상봉 첫날은 북한의 초대로 점심을 겸한 단체 상봉, 이튿날은 가족별로 야외에서 점심 식사를 하는 개별 상봉 자리가 따로 있었다.

"그래도 예전 고향 음식을 드시게 하고 싶다. 상하지 않을 음식으로 내가 다 준비할 테니 니들은 간섭하지 마" 하신 뒤, 어머니는 며느리와 손을 맞추어 명절이나 집안의 제삿날 맞이하듯 하루를 꼬박 걸려 음식을 장만했다. 밤과 생굴을 넣어 담근 김치 세 포기에, 각종 전과 소고기를 다진 산적, 문어 한 마리를 삶고 편육을 빠뜨리지 않았다.

선재가 운전하는 차에 내가 옆자리에 앉고, 뒷자리에 어머니와 고모님이 탔다. 고모님은 소풍이나 가듯 들뜬 표정으로 여러 말을 재잘거렸으나 어머니는 대꾸 없이 입을 다물고 있었다. 표정이 굳어 있어 벌써부터 긴장하고 있음이 짚었다. 차 안의 공기가 무거워지자 고모님도 입을 닫았다. 차가 영동고속도로로 들어섰다. 도로변 산을 덮은 나무들은 막바지 가을을 넘기느라 단풍이 절정이었다. 푸른 잎의 소나무들 사이로 붉게 타오르는 단풍나무, 인동 무리, 누른 잎을 한껏 펼친 떡갈나무, 상수리나무가 어우러진 차창 밖은 한 폭의 수채화였다.

"전쟁 났던 그해가 내 나이 열일곱 살 아니었겠나. 옵빠 만나도 기억이 가물가물하겠네. 사람들 사이에 섞여 있다면 얼른 못 알아 볼 것 같데이. 그새 세월이 얼만데." 오랜 침묵을 깨고 고모님이 말했다.

"고모할머니는 할아버지 만나면 첫번째 질문이 뭐예요?" 차를 몰며 선재가 물었다.

"곰곰이 생각해봤다만 그 질문이 너무 에럽다. 거게서 새장가 들었지요, 하고 물어볼까도 싶으나 옆자리에 앉았을 성님 마음 생각하니 입이 떨어질 것 같지가 않고…… 이 생각 저 생각하다가, 살아 있는 얼굴 한 번 보면 다지, 뻔한 그쪽으 에럽은 생활을 두고 입장 곤란하게 뭘 꼬치꼬치 묻겠노 싶기도 하고. 자나 깨나 장자 기다리다 눈감으신 부모님 소식 전하면 울음보가 터질 낀데 싶기도 하고…… 몇 해 정도 못 만내야 물을 끼 있제, 태어난 알라가 환갑을 맞는 장장 60년 세월이 아닌가베. 그래서 직접 보고 그때 내 입에서 떨어지는 대로 말해버리자고 마음먹으니 차라리 속이 편해다 편해."

고모님 말에 우리는 아무 말도 하지 않았다. 선재가 장가들기 전 어느 날 밤이었다. 우리 식구들이 거실에서 텔레비전을 보고 있었다. 6·25전쟁 때 처와 자식을 둔 몸으로 입대해선 전선에서 포로로 납북되었다 노년에 들어 천신만고 끝에 중국을 거쳐 남한으로 탈출해온 어느 노인의 북한 생활 회고담이었다. 때마침 선재가 직원 회식으로 한잔 걸쳤다며 불콰한 얼굴로 귀가했다. 귀환한 노인의 말이, 북한에서 새장가 들어 처와 자식 셋을 두었다는 것이다. 선재가 취중에 텔레비전을 보는 할머니에게 불쑥, "만약 할아버지가 북한에 살아 계셔 거기서 재혼했다면 할머니 심정은 어떻습니까?" 하고 물은 적이 있었다. 나도 그런 말을 묻고 싶었지만 차마 어머니의 심기를 불편하게 하고 싶지 않아 삼갔던 질문이었다. 어머니는 한참 대답이 없더니, "살아만 있다면야…… 여태 거기서 혼자 살았다면 더 좋겠지만 남자란 여자와 다르잖느냐. 여편네가 있어야 밥해주고 빨래 빨아주지러. 궁상떨며 홀아비로 평생을 어째 살아. 새장가를 갔든 말든, 난 그냥 살아 있다는 소식만이라도 듣고 싶다" 하고 오랫동안 숨겨왔던 말을 했다.

소사휴게소에서 모두 화장실을 이용한 뒤, 아들과 나는 커피 한 잔씩을 마시고, 승용차는 다시 출발했다. 차가 본격적으로 첩첩한 산과 산 사이 태백산맥 준봉을 빠져나가기 시작했다. 막바지 가을이라 우리는 차에 갇힌 채 황홀한 단풍 숲을 뚫고 한없이 빠져 들어가는 느낌이었다. 모두가 입을 닫고 차창 밖의 경치만 보고 있는데, 어머니가 실크로드 이야기를 꺼낸 게 차가 대관령휴게소를 지났을 때였다.

"서울 아들네 집으로 와서 살 때니 횟수가 제법 되었네. 언젠가 텔레비에서 중국으 대상 행렬이 낙타를 거느리고 사막을 건너 멀고 먼 서역 만 리로 길을 가는 프로였어……" 속력을 내는 차바퀴가 지면에서 붕 뜨듯, 어머니의 목소리가 들떠 있었다. 나는 다섯 차례에 걸쳐 매일 밤늦은 시간에 방영된 교양프로 실크로드 다큐멘터리의 전편은 다 보지 못한 채 두 회분인가 보았기에, 어머니가 꺼낸 실크로드 이야기를 처음 듣게 된 셈이었다. 내가 힐끗 뒤돌아보니 차창을 내다보는 어머니의 표정이 마치 서역 만 리로 길을 나선 듯 비장했다. 어머니는 60년 만에 아버지를 상봉하러 가는 지금이 아니라면 영원히 가슴에 묻어두기라도 했다는 듯 목소리가 회고조에 빠져들었다. "옛날 옛적 중국으 대상들이 낙타 등에 비단을 바리바리 실꼬 한 해 넘게 걸렸다는 그 길을 하염없이 걷고 걷는 그대로를 따라 해보는 프로였지러. 차도 없던 시절이라 한정 없이 걸어가다 보면 길을 잃을 때도 있고, 메칠 동안 물을 못 먹어 목은 타는데 야자수가 자라는 오아시스가 안 나타날 때도 있고, 강도패를 만나 도망가느라 일행이 산지사방 흩어졌다 엉뚱한 다른 고장에서 만나기도 하고, 하늘에 걸린 높디높은 벼랑길을 넘다 지쳐 쓰러지기도 하고…… 그렇게 천신만고 끝에 장화 모양으로 생긴 이태린가, 서역 그 어디메에 도착하는 여행기 말이다. 며칠에 걸쳐 방영한 그 프로를 보며, 만약 그이가 멀고 먼 서역 만 리에라도 반드시 살아 있기만 하다면야 어떤 고난을 겪더라도 나도 그 대상들 따라나설 수 있겠다는 엉뚱한 생각도 해보았제."

"다큐멘터리 실크로드를 할머니 생각으로 재해석했군요." 숙연해진 분위기를 깨고 선재가 말했다.

"그런데 말이다. 그날 밤 내가 정말 실크로든가 하는 그 꿈을 꾸었어. 하늘과 땅 사이가 온통 사막인데 그 가운데로 주황색 비단이 지평선 끝까지 쭉 깔려 있었어. 물동이 같은 거를 인 새댁인 내가 맨발로 그 비단길을 타박타박 걸어가는 게 아니겠어." 어머니의 목소리가 들떴다.

"성님, 그래서 어째 됐어요. 맨발로 비단 깔린 길을 걷고 걸어 끝장에는 꿈에서라도 옵빠를 만났십니꺼?" 고모님이 물었다.

"비단길을 하염없이 걸어가다 그만 꿈에서 깨어났어예. 그이를 만내지도 못했고. 참 이상한 꿈도 다 꿨다며 거실로 나와 보니 밖이 훤하게 밝아오는 새벽이었어예."

"맞아요. 주님이 그 텔레비 프로를 통해 성님한테 이번에 상봉이 있을 게라고 예언한 거라예. 먼지 폴폴 나는 흙길이 아니라 비단 폭이 깔린 길이란 좋은 징조로 해석해야지예. 참 성님 꿈이 신통하기도 하네." 고모님이 맞장구쳤다.

승용차가 대관령터널로 들어서자 주위의 자연 경관이 순식간에 사라지고 깜깜해졌다. 선재가 차의 전조등을 켰다.

아들이 운전하는 승용차는 강릉시 우회 도로를 빠져 동해안을 따라 북상했다. 차가 해안 도로를 달렸기에 차창으로 보이는 짙푸른 바다는 높은 파도를 타고 있었다. 첩첩한 산을 빠져나와서인지 툭 트인 바다가 시야에 시원하게 펼쳐졌다.

"난 저 파도를 볼 때마다 대지가 살아 있는 생명체라 인간들에게 온갖 먹을거리를 마련해주듯, 바다도 살아 있는 생명체 같아. 저 바다 밑에서 누가 무슨 힘으로 저 육중한 파도를 계속 만들어내게? 바로 하나님이야. 만물을 창조하신 하나님이 파도를 일으키고, 저 바다에서 온갖 물고기를 길러." 고모님이 바다를 보며 하나님의 신통력을 두고 말했으나 누구도 그 말을 받지 않았다.

나는 망망대해 그 바다가 북한과 닿아 있고, 육지처럼 철조망 같은 게 없기에 물고기들은 땅 위 하늘을 나는 새처럼 마음대로 월경이 가능하리라 생각했다. 그러나 인간은 지척인 북한을 눈앞에 두고 60년 만에야 가족 상봉을 이루어내다니. 고모님 말대로라면 분단의 세월도 하나님이 만들었을까 하는 의문이 들었다. 우리 민족이 출애굽 시대의 이스라엘 백성이 아닐진대, 하나님의 뜻치고는 너무 잔인한 형벌이었다.

"오늘로 우리도 할아버지 만나러 북한 영해로 넘어갑니다. 마음대로 가고 오는 세월이 어서 와야지요." 선재가 말했다. "어쩜 지금쯤 옵빠가 우리를 만나러 금강산에 와서 대기하고 있을지도 몰라." 고모님이 말했다.

비단길 발설 이후 어머니는 시종 아무 말이 없었다. 아버지를 만나는 데 따른 무슨 생각을 곰곰이 간추리고 있었을 것이다. 나는 내일이면 아버지를 만난다는 사실에 새삼 가슴이 두근거렸다.

승용차가 속초시 선착장 여객 터미널에 도착하기는 오후 1시 반이었다. 대한적십자사에서 마련해준 상봉 일정표에 따르면 3일 오후 3시까지 속초 선착장에 있는 여객 터미널에 도착하여 대한적십자사에서 나와 있는 안내원을 통해 입북(入北) 수속에 따른 절차를 밟아달라고 했다. 선착장 도착 시간이 점심때였고 시간적인 여유가 있어 우리는 식당을 찾아들었다. 선착장 주변에 늘어선 식당은 대부분 횟집이었다.

"당일로 북한 땅에 들어간다니 심장이 떨려 난 뭘 먹고 싶은 마음도 없다." 고모님이 말했다.

내 마음도 마찬가지였으나 끼니때니 어쨌든 빈속을 채워야 했다. 식당들이 비슷비슷한 메뉴판을 붙여놓았기에 눈에 먼저 띄는 식당으로 들어갔다. 어머니가 맵고 짠 음식을 기피했기에 맑은 국물의 대구탕을 주문했다. 어머니는 탕국에 밥을 조금 말아 드셨을 뿐, 먹는 양이 적었다. 식사를 마치고 여객 터미널 안으로 들어가자 우리 가족처럼 금강산으로 갈 상봉단 가족들로 붐볐다. 대체로 연세 든 분들로 집안 결혼식에라도 온 듯 할아버지들은 양복 차림에 넥타이를 맸고, 여자들은 양장에 코트를 걸쳤거나 한복을 차려입었다. 그들은 대형 가방이나 보퉁이로 선물 꾸러미를 잔뜩 꾸려 그 짐을 옮기는 데도 시간이 걸렸다. 대한적십자사 마크가 달린 노란색 제복에 모자를 쓰고 완장을 찬 남녀 안내원들이 접수대를 길게 차려놓고 입북할 이산가족의 신청을 받고 있었다. 접수처는 서울특별시와 각 도의 팻말이 따로 붙어 있어 우리는 서울특별시 접수처 줄에 섰다. 안내원이 각자 주민등록증을 제시해야 한다고 말했다. 우리 가족도 순서를 기다려 대한적십자사에서 마련해준 목줄 달린 신분증명서 패찰을 하나씩 받았다. 우리 가족 넷은 모두 67이란 번호가 씌어진 패찰이었다. 잠잘 때만 빼고는 귀국할 때까지 그 패찰을 늘 목에 걸고 있어야 신분이 확인된다며 분실하면 안 된다는 주의가 있었다.

북측의 가족과 상봉할 남측의 이산가족 573명과 대한적십자 실무진을 태운 여객선이 뱃고동 소리를 울리며 속초 여객 터미널 선착장을 떠나 북한 장전항으로 출발하기는 오후 4시를 넘어 설악산 쪽으로 해가 설핏 기울었을 무렵이었다. 바깥은 바닷바람이 세차 어머니와 고모님은 객실로 들어가 의자에 자리를 잡았고, 선재와 나는 바다 경치도 구경할 겸 난간에 나란히 섰다. 여객선이 바다 가운데로 천천히 미끄러지자 속초항이 시야에서 차츰 멀어졌다. 갈매기 몇 마리가 바람을 타고 끼룩거리며 여객선을 줄곧 따라왔다. 바다를 건너 북한 땅으로 아버지를 만나러 왔다는 게 비로소 실감이 났다. 여객선은 해안을 따라 곧장 북행하는 것이 아니라 공해로 나가 반원을 그리며 우회하여 북한 영해로 들어섰다.

여객선은 한 시간 반이 채 못 걸려 금강산의 외항 장전항에 입항했다. 아무런 장애 없이 단숨에 넘어올 수 있는 거리인데 분단 60여 년 휴전선은 요지부동으로 바다마저 갈라놓았다는 게 안타까웠다. 말굽꼴로 오목하게 들어앉은 천연 요새 장전항은 어촌보다는 규모가 큰, 남한의 동해안에 널린 많은 어촌 중에, 주문진 정도의 어항이었다. 외금강을 끼고 있어서인지 나지막한 해안의 밋밋한 바위산은 키 낮은 소나무가 듬성듬성 박혔고, 함석으로 지은 창고형 건물 몇 동이 보였으나 사람들은 별로 눈에 띄지 않았고 정박 중인 고깃배도 많지 않아 한산한 느낌이었다. 멀리로 톱날같이 솟은 외금강의 산세가 눈앞에 다가왔다. 여객선은 뱃고동 소리를 울리며 선착장으로 들어섰다. 여객선의 승객들이 줄을 지어 하선을 시작했다. '환영 제17차 이산가족 방문단'이 적힌 흰 띠를 두른 버스 열몇 대가 선착장의 공지에 대기하고 있었다. 버스 앞 유리창에는 몇 번부터 몇 번까지 타라는 표시가 있어 우리는 여덟번째 버스에 올랐다. 1998년부터 "남한 동포의 금강산 관광 여행이 성사된 뒤 '현대아산'이 온정리에 지은" 해금강호텔로 갈 동안 나는 두근거리는 가슴을 쓸어내리며 처음 대하는 차창 밖의 북한 산야를 내다보았다. 외금강의 바위산들이 키를 낮춘 주위의 둔덕은 소나무

만 몇 그루씩 섰을 뿐 민둥산이 이어졌고, 늦가을이라 그 아래 자드락밭은 황량했다. 포장이 안 된 2차선 도로가 가지를 칠 때마다 간이 초소가 나섰는데, 총을 멘 인민군 보초병이 지키고 있었다.

"아버지, 소년병 같잖아요? 죄 쬐끄만합니다." 내 옆자리의 아들이 조그만 소리로 말했다.

금강산은 북한이 선전하는 국제적인 관광 명소라 이 지역에 배치된 군인은 특별한 선발 과정을 거쳤을 텐데 내가 보아도 정말 중학생이 누른 군복을 입은 채 큰 총을 메고 있는 듯이 보였다. 키가 160센티미터를 넘지 않아 보였다.

버스에서 내린 이산가족 일행은 대한적십자사 안내원과 현대아산 직원의 영접을 받으며 해금강 부근에 있는 현대연회관 앞에 모두 내렸다. 안내원 말은 저녁 식사부터 하고 숙소로 이동한다고 말했다. 회관은 단층 건물인데 남한의 금강산 관광객을 받기 위해 건설된 식당으로, 웬만한 강당만큼 넓있다. 식사는 뷔페식이었다. 나는 어머니를 긴 줄 꼬리에 세워 차례를 기다리게 하지 않고 식사 자리부터 정해주었다. 뷔페 음식은 한식 먹을거리와 양식, 중국식 일부까지 고루 갖추고 있었다. 나는 어머니의 식사로 녹두죽 한 공기와 부드러운 나물 반찬과 부침개를 선택했다. 접시에 밥과 튀김, 각종 전에 갈비까지 넘치게 담아 나른 고모님은 식사를 하며, 식재료를 모두 남한에서 가져왔는지 우리 먹을거리와 똑같고 맛도 입에 맞다며 뷔페에 나온 음식 칭찬이 늘어졌다. 어머니는 아버지를 만나기 전까지는 뭘 입에 넣기도 싫고 말도 아껴야 한다는 듯, 죽만 몇 모금 넘겼을 뿐 이내 숟가락을 놓았다. 기력을 차려야 할아버지를 만날 게 아니냐며 선재가 더 들기를 권했으나, 어머니는 그런 기력은 남아 있으니 걱정 말라며 한사코 수저를 다시 들지 않았다.

식사를 마치자 상봉할 가족들은 각자 타고 온 버스에 다시 올라 고성항 가까이 바닷가에 있는 해금강호텔로 이동했다. 짧은 가을 해가 기울어 사방은 어느덧 저녁 이내가 깔리고 있었다. 연봉으로 솟은 금강산이 적막한 어스름 속에 가려지고 있었다. 이 부근 어디에 있다는 북한 방문단이 머문다는 저들의 숙소인 금강산호텔에 아버지도 고단한 여정을 풀고선 60년 전 남녘땅 고향에 두고 온 남한 가족을 만날 설렘으로 마음 부풀어 있을 터였다. 남한의 금강산 관광객 숙소로 이용하기 위해 현대아산이 지은 해금강호텔은 서울의 여느 호텔만큼 큰 9층짜리로, 현대적 시설을 갖추고 있었다. 우리는 침대가 있는 방이 아닌 온돌방을 원해 네 식구가 한방에 들었다. 이곳에서 하룻밤을 잔 뒤 내일 점심 식사 때 드디어 장소를 옮겨 금강산호텔에서 남북 이산가족의 상봉이 이루어진다고 했다. 어머니와 고모님은 화장실에서 몸을 닦은 뒤 이부자리를 펴고 일찍 잠자리에 들었다. 아들과 나는 이런저런 대화를 나누다 약속이나 한 듯 가져온 트렁크에서 슬그머니 소주 팩과 삶은 문어를 꺼내어 초장과 함께 소주 판을 벌였다. 호텔 바깥은 북한 땅으로 초소마다 인민군이 경비를 서고 있어 출타를 금지했기에 아침까지는 어차피 객실에 갇혀 배겨내야 했다. 그러자면 한잔 마셔야 쉬 잠을 이룰 것 같았다.

"내일 할아버지 상봉에 지나친 기대를 갖지 마세요. 불과 이틀 만나면 또 이별할 게 아닙니까. 기대가 크면 실망도 그만큼 큰 법이니까요." 선재가 할머니가 누운 쪽을 살피며 작은 소리로 내게 말했다.

"나보다 어머니가 걱정이야. 내일 아침 진정제와 청심환을 드시게 해야지. 나는 아버지 얼굴도 모른 채 자라 그냥 담담하게 뵐 수 있을 것 같애." 내가 그렇게 말했지만 막상 아버지를 만나면 과연 태연할 수 있을까란 의문이 들었다.

내가 철들고부터 어머니나 조부모님, 친척으로부터 들은 아버지에 관한 이야기나, 집안의 대소사 문제를 두고 선재와 두런두런 이야기를 나누다, 자정께야 잠자리 들었다. 밤중에 소변을 보기 위해 나는 잠을 깼는데, 어머니가 취침용 불빛 아래 오도카니 홀로 앉아 계셨다. 잠이 안 오시는 모양이지요, 하고 내가 묻자, 새벽 4시구나 너나 더 자둬라 하곤, 당신도 다시 자리에 누웠으나 잠에 든 것 같지는 않았다. 온갖 상념이 들끓으니 잠을 다시 자지 못할 모양이었다.

이튿날 아침에 선재와 내가 잠을 깼을 때, 어머니와 고모님은 이미 세수를 마치고 머리 손질에 가벼운 화장까지 끝낸 뒤였다.

아침 8시부터 9시 사이에 상봉 가족들은 객실을 나서서 버스 편에 현대연회관 식당으로 이동해 미역국으로 간단한 아침 식사를 했다. 어머니는 미역국에 밥을 몇 숟가락 말아 먹었다. 나는 어머니께 청심환 한 알을 권했다. 식사를 마치자 우리는 다시 해금강호텔로 돌아왔다. 11시까지는 자유 시간이었고, 11시 반에 집결하여 버스 편에 상봉 장소인 금강산호텔로 이동해 북한에서 베푼 점심 식사 자리에서 만남이 이루어지게 일정이 짜여 있었다.

어머니는 일찍 잠에서 깬 뒤부터 여태 별 말씀이 없었다.

"오늘은 가방 하나에 가져온 할아버지 옷만 담아 전달해요. 내일 나머지 것을 모두 드리기로 하고요. 사진들은 가져가도록 하시죠. 사진을 보면 대화가 자연스럽게 풀릴 테니까요." 선재가 말하곤, 여행용 가방 하나에 오늘 가져갈 물건들을 꾸렸다. 오리털 점퍼 세 벌, 겨울 내의 네 벌, 털목도리 다섯 개, 겨울용 남녀 양말 열 켤레, 털장갑 따위였다.

객실마다 설치된 안내 방송을 통해 상봉자 가족이 이동할 버스의 승차를 알렸다. 나와 선재도 아버지를 만날 때 선보일 새 양복에 넥타이를 맸다. 각자 목에다 67번 패찰을 걸었다. 선재가 여행용 가방을 끌고 먼저 객실을 나섰다. 연보라 공단 치마저고리로 치장한 고모님이 뒤따르고, 내가 연두색 한복에 토끼털로 안을 댄 색동 배자를 걸친 어머니를 부축했다.

"지금 마음이 어떠세요?" 내가 어머니께 묻고 나니 괜한 말을 꺼냈나 싶었다.

"벌써러 마음부터 할랑거리는구나. 만내기도 전에 가슴이 터지면 우짤고 그 걱정이 앞선다." 뛰는 심장을 조절하려는지 어머니가 배자 가슴께를 누르며 심호흡을 했다.

나는 급히 객실로 다시 들어가 물 한 잔과 진정제 한 알을 어머니께 권했다. 무슨 약인지 아는 듯 어머니가 말없이 약을 삼켰다.

우리는 지정된 버스에 올라 금강산호텔로 떠났다. 만남의 장소인 금강산호텔은 12층 건물이었다. 호텔 앞에 색깔 옅은 물색옷 차림의 꽃다운 북한 아가씨들이 꽃다발을 들고 나란히 서서 우리를 환영했다. 그들은 모두 북한 인공기가 그려진 배지를 달고 있었다.

"남조선 동포를 렬렬히 환영합네다" 하며, 북한 아가씨가 내민 꽃다발을 어머니가 받았다.

우리는 제복 입은 북한 남자 안내원의 안내를 받으며 붉은 양탄자가 깔린 돌식 계단을 밟고 호텔 2층 민족식당으로 올라갔다. 레드 카펫을 밟는 순간, 어머니가 꿈에서 보았다는 서역 만 리로 가는 비단길이 떠올랐고, 이 비단길을 밟기 위해 어머니가 60년을 수절하며 기다려왔나 싶었다. 위쪽은 벌써부터 왁자한 울음과 탄성이 터지고 있었다. 천장 높이 대형 샹들리에가 달렸고 뒤쪽 벽에는 탁구대보다 큰 금강산 안내판 대형 그림이 걸려 있었다. 넓은 식당은 우리보다 먼저 올라온 남측 상봉 가족과 그들을 맞는 북측 가족이 뒤섞여 혼란스러운 가운데, 극적인 상봉 장면이 이루어지는 참이었다. 나는 많은 관중이 지켜보는 무대 위로 등 떼밀려 올라선 듯 정신을 차릴 수 없있다. 둥근 식탁에는 음식의 일부가 이미 차려졌고, 정장한 안내원과 음식을 나르는 접대원 아가씨들로 북적거렸다. 흰 상보가 덮인 식탁마다 가운데에 각 가족의 번호판이 깃대처럼 세워져 있었고 그 번호판 앞에 역시 북한 국기와 번호가 씌어진 패찰을 목에 건 북한의 상봉자들이 대기하고 있음을 알았다. 하나같이 중절모 쓰고 뻣뻣한 양복에 넥타이를 맨 노인들이 남한 가족을 맞으러 기웃거렸다. 나는 그들 중에서 내 상상의 기억 속에 새겨진 아버지를 찾으러 눈을 굴리며 식탁 위의 67번 번호판부터 찾았다.

"저기 있다. 옵빠가 맞데이!" 고모님이 저쪽 어느 자리를 가리키며 손짓했다. "성님, 맞잖소. 저분."

"아이구, 저렇게 폭싹 늙어버렸어⋯⋯" 어머니 입에서 가느다란
탄식이 흘러나왔다.

나는 고모님이 가리키는 곳을 보았다. 중절모를 쓰고 지팡이를
짚은 중키의 노인이었다. 상상 속의 아버지가 맞는 것 같기도 하
고, 길거리에서 흔히 볼 수 있는, 앞으로 살아 있을 날이 그리 길
지 않은 연세에 이른 평범한 노인의 모습이기도 했다. 흰 와이셔츠
에 넥타이를 맨 적갈색 양복 차림이지만 좁고 꾸부정한 어깨에, 온
갖 고초를 이겨내며 그 나이에 이르렀다는 듯 뺨에까지 잡힌 굵은
주름, 동테 안경 안쪽의 침침해 뵈는 눈, 뭉그러진 콧날, 덤덤한 듯
보이지만 조금은 멍청해 보이는 표정이, 마치 허수아비가 서 있는
자태 같아서 여태 내가 상상해온 아버지와는 영 다른 모습이었다.
이분이 내가 평생 그리워해온 아버지의 참모습일까 싶자 실망감이
설핏 마음에 그늘을 지우는데, 곧이어 그런 아버지의 모습에서 참
을 수 없는 연민이 가슴을 채우며 밀려왔다.

"아버지⋯⋯" 이 말은 내 입안에서 궁글인 말이었지 입 밖으로
나온 소리는 아닌, 내가 여태 당신을 대면하여 불러본 적 없어 내
귀에도 어색한 울림이었다.

나는 어머니의 표정을 살폈다. 어머니는 아버지에게 시선을 고
정한 채 눈 한 번 깜박이지 않고 강력한 자석에 당김을 받은 듯, 아
니면 미혹한 무엇에 끌린 듯 식탁과 사람 들 사이를 빠져 그쪽으로
허둥지둥 걸어갔다. 완장을 찬 남측과 북측 방송국 요원들이 촬영
기를 들고 테이블을 누비며 상봉 현장을 촬영하느라 분주했고, 아

나운서는 상봉 가족 앞에 마이크를 들이대며 당사자들의 소감을 묻느라 생중계에 바빴다. 여기저기 플래시 터지는 빛과 소리로 혼란스러웠다. "왔구려." 어머니를 보고 아버지가 가래 끓는 듯한 힘없는 소리로 말했다. 손이라도 잡을 듯 앞으로 내민 팔이 힘없이 떨렸다. "안해도 가시주름 잡힌 늙은 동무가 됐구려."

어머니는, 임자가 내가 그리도 그렸던 그이가 정말 맞소 하고 묻듯 타는 눈길로 아버지를 바라보기만 할 뿐 입을 떼지 못했다.

"옵빠, 나 정순임더. 전쟁 났던 그해가 머리 땋은 열일곱 살이었잖아예." 고모님이 덥석 아버지의 손을 잡으며 울먹였다.

"정순이라. 그래, 알지. 너두 나이를 먹어 머리칼은 까만데 얼굴은 가시주름이 많게 잡혔네. 이렇게라두 만나니 반갑다."

"머리칼은 염색을 했지예. 거게도 늙은이들 염색하겠지예?"

"너이가 영환인가, 영식인가?" 아버지가 내게로 눈길을 돌렸다.

"큰아들 영환입니다. 애는 제 아들이고요." 내가 옆에 선 늠름한 선재를 지목했다.

"할아버지 큰절 받으셔요." 선재가 말하곤 내게도, "할아버지께 아버지 큰절 올립시다" 했다.

그제야 마땅히 그래야겠다는 듯 나는 엉겁결에 꽃무늬 양탄자에 무릎을 꿇어 큰절을 올렸다.

"내가 어데 너희들 절 받을 자격이나 있나." 아버지가 안경을 벗어 소매로 눈자위를 훔치며 객쩍어했다. "기다린 값이 있긴 있었구나."

"옵빠 앉으이소. 앉아서 차근차근 밀린 이야기하입시더." 고모님이 아버지의 지팡이를 받으며 의자에 앉혔다.

그럴 동안 북한의 접대원 아가씨들이 사근사근한 목소리로, 영양 좋은 북조선 음식 많이들 드시라요 하며 탁자 위로 음식 접시를 계속 날랐다. 식탁을 둘러보니 가운데 놓인 색색의 꽃으로 장식한 꽃병 주위로 음식 그릇이 가득 널렸고, 차림표 종이가 있었다. "식빵(빠다와 쨈), 떡 합성, 남씨 합성, 닭고기, 어물 합성(대합과 문어), 오이숙장졸임, 섬죽, 오곡밥, 얼러지토장국, 칠색송이구이, 소고기완자, 도마도즙, 사과에……" 대동강맥주며 산삼주, 사이다, 오차도 있었다.

"영식이는 왜 안 보여? 내가 떠날 때 첫돌을 났는데."

"둘째 애는 전쟁 난 이듬해에 홍진으로 죽었심더." 어머니가 할 말을 고모님이 대신했다.

"만나면 꼭 하구 싶었던 말이, 임자에게 미안하다구…… 평생 그 말 한마디 꼭 하구 싶었다우. 이제 내 소원이 풀렸구만." 아버지가 기침을 콜록거리며 비로소 어머니께 눈길을 돌렸다. "백수 넘기시기를 바라지는 않았으나…… 아부지 어무임은 언제 별세하셨수?"

"오매불망 소식이 올까 기다리시다가…… 아버님은 1987년 섣달 초사흘에 세상을 뜨고 어머님은 1994년 4월 보름날 별세하셨습니더. 아들 대에 와선 모두 양력을 따르기에 제사는 기일 맞춰 양력으로 모시고예." 어머니가 고개를 숙이고 외워두기라도 한 듯 조그만 소리로 대답했다.

"가난살이에 어른들 모시느라 고생이 많았겠소. 이 불효자는 할 말이 없어. 부모님 생각하며 남녘 하늘 보고 내가 흘린 눈물이사 말루 대동강 강물만큼은 될 거우." 아버지가 허공에 눈물 괸 눈을 풀어놓으며 나직이 한숨을 내쉬었다. 아버지의 와이셔츠 위로 솟은 주름진 여윈 목을 보자, 마음이 여린 분이었다는 어머니 말이 생각났다.

"막내 삼도 옵빠 죽은 것도 모르지예?" 고모님이 아버지께 말했다. "큰옵빠 집 떠나기 전 둘째 종도 옵빠가 인민군으로 나가서 전사한 줄은 알 테고…… 큰옵빠 집 떠나고 삼도 옵빠가 두 옵빠를 대신해서 국군에 입대했잖았어예. 전투에 큰 부상을 입고 제대해선 두 옵빠 대신 부모님을 모시고 살았지예. 보자, 니 작은아부지가 언제 돌아가셨노?" 고모님이 내게 물었다.

"벌써 7, 8년은 되었을걸요."

"성님이 이날 입때꺼정 옵빠 기다리며 영환이 쟈 하나 보고 독수공방해왔다우. 하나님이 그 정성을 갸륵하게 여겨 이렇게 만나는 경사를 허락하셨나 봐예." 고모님이 아버지 옆에 앉은 어머니를 힐끗 보더니 더는 참을 수 없다는 듯 기어코 그 말을 꺼냈다. "그런데 옵빠는 거게서 여태꺼정 홀애비로 사셨어예?"

"……" 입술만 떨 뿐 말을 못하는 아버지의 주름진 얼굴이 울음을 터뜨릴 듯 일그러졌다.

어머니는 아버지의 옆모습을 말끄러미 쳐다보기만 할 뿐 입을 떼지 않았다. 아버지 이야기가 나오면 4년간의 신혼 시절 추억담을 곧잘 재잘거리던 어머니가 갑자기 벙어리가 되어버리고 말았다. 말을 대신하듯 어머니는 손수건 말아 쥔 손만 식탁 위에서 떨어댔다. 어머니는 하고 싶은 말이 없어서 말하지 않는 게 아니라, 하고 싶은 말이 너무 쌓여 억장이 막혀 속울음만 삼키고 있는 게 분명했다. 나 역시 아버지께 특별히 묻고 싶은 말이 달리 없었다. 나도 어머니가 아버지 없이 나 하나를 믿고 살아온 역정의 세월을 다 말하자면 며칠이 걸려도 모자랄 것이다. 그러나 별세하실 때까지 아버지를 모시지 못할 바에야 그게 다 쓰잘데 없는 하소연이고 넋두리란 자책이 입을 무겁게 했다.

"새장가 가신 모양이구려. 그쪽에서 자식은 몇이나 두었소?"

"아들은 못 두구 딸 둘을 뒀디. 여기 사진 박아 가져왔어." 아버지가 양복 안주머니에서 사진 석 장을 꺼냈다. 한 장은 독사진, 두 장은 북한의 딸 둘, 사위, 그 아래 손자 손녀 다섯이 앞뒤로 앉고 선 가족사진이었다. 백지 한 장에는 딸과 사위 들, 손자 손녀 다섯 명의 이름과 생년월일이 연필 글씨로 또박또박 적혀 있었다. 어머니가 사진 석 장을 나란히 놓고 꼼꼼히 들여다보았다. 사진에 새어머니 얼굴은 없었다.

"제가 사진을 찍을게요. 할머니, 고모님, 할아버지 옆에 바싹 붙어 앉으세요." 선재가 카메라를 들고 뒤로 물러섰다. "할아버지, 할머니 손이라도 잡으셔야 어울리지요."

"가장 책임을 다 못 한 내가 어디 렬녀 손잡을 자격이나 있나." 아버지가 어색하게 탁자 위의 할머니 손등에 자기 손을 얹었다.

나도 아버지 뒤에 섰다. 울음을 억지로 참는 내 표정은 내가 보지 않아도 어색할 것이다.

"음식상 한번 대단하네. 옵빠 먹으면서 이야기하입시더." 고모님이 아버지께 젓가락으로 대합을 집어 손수 아버지에게 먹여주었다. "옵빠, 지금은 어데 사세요?"

"서평양 하당에서 조금 떨어진 변방이디. 큰딸 식구와 같이 살아. 둘째 집난이(시집간 딸)는 남포 부근 어촌에 살구."

"어부인도 함께요?"

"작년에 병으로 그만……"

"그래서 이제야 남한 가족에게 연락할 마음이 생긴 게로군요." 고모님이 넘겨짚었다.

그 말에 아버지는 대답 없이 안경 안쪽 눈자위를 훔쳤다. 고개를 숙이고 있던 어머니가 아버지 말에 잠시 고개를 들었는데, 나는 무심해 뵈는 어머니 눈에서 반짝이며 흘러내리는 눈물 한 방울을 보았다.

"평양 시민은 지방보다 선택받은 특별한 시민이라던데, 할아버지도 공화국에 크게 공헌하신 보양입니다." 선재가 말했다.

"그게 다 위대하신 지도자 동지님 덕분이지."

"할아버지, 북한에서 그동안 무슨 일을 하셨어요?" 선재가 물었다.

"처음은 발편잠(편안한 잠) 못 자구 개고생깨나 했으나 해방전쟁 후로는 사회안전부 지소에서 서기 일을 보았디. 아무 생각두 안 하기루 하구 맡은 일만 노력하니 세월이 기냥 가. 약두 별루 못 썼는데 그때부텀 몸두 점차 좋아졌구."

"그해 같이 넘어간 작은집 충도 옵빠는 어째 됐어예?" 고모님이 고물떡 하나를 들며 물었다.

"충도 말인감? 딴 세상으로 갔지. 51년 여름인가, 미제으 항공 폭격으루 많이들 희생됐는데 그때…… 황해남도 해주 부근인데, 남조선에서 올라온 청년들루 편성된 후방을 미제 쌕쌕이가 공습한 통에. 지금은 거기 전사들 묘에 묻혀 있어."

선재가 식사하며 보라고 가져온 사진 봉투를 꺼냈다. 고향 집 풍경과 여러 장의 가족사진이었다. 흑백사진은 오래전에 찍은 사진들이요, 컬러사진들은 찍은 날짜가 박힌 최근 사진이었다. 아버지가 사진을 한 장 한 장 안경알 너머로 꼼꼼히 볼 때마다 고모님이 설명을 달았다.

"옵빠, 봐예. 고향 우리 집. 지붕만 바뀌었을까 예전 그대로잖아예. 감나무도 그 자리 섰고예. 지금은 막내 오빠 안들(처)과 그 자슥들이 삽니더. 옵빠 눈에도 고향 집이 전쟁 난 그 시절과 하나 변하지 않았지예? 이 사진은 뒷산으 부모님 묘지입니더."

"늘 눈에 삼삼하던 그대로야. 장대 꼬챙이 끝에 자루 달아 홍시 따던 감나무두 그냥 그 자리에 섰구. 뒷동산 밤나무들도 여전히 칠칠하구먼. 여기는 해방전쟁 때 미제놈들 쌕쌕이들 무차별 폭격으루 시골도 남아난 집과 나무가 없을 정도였어. 전쟁 후 살 집을 집체 건설하느라 인민들이 허리띠 졸라매구 고생깨나 했디."

"이건 영환이 대학 졸업식 날에 찍은 사진이네. 뒤쪽에 선 애가 제 아들이라우. 지금은 중학교 교감 선생임더. 서문시장서 포목점 하던 지 서방은 3년 전에 죽었고……" 나는 아버지 잔에 맥주 한 잔을 올렸다. 아버지와 고모님과 아들이 식사를 했으나 나는 입맛을 잃어 아무것도 먹고 싶은 마음이 없었다. 젓가락 쥔 손을 조금 떨었지만 밥을 먹는 아버지의 숟가락질이 게걸스러울 정도로 아귀 찼다. 어머니는 아버지의 그런 식사 모습을 대견하다는 듯 말끄러미 바라보다가, 오곡밥을 젓가락으로 낱알을 세듯이 떠먹었다. 선재가, 북한 음식이 이렇게 성찬일 줄 몰랐다며 오곡밥에 섬죽 한 그릇까지 비워냈다. 음식이 풍성했으나 언제 만들었는지 더운 기가 없이 식어 있었고 간이 내 입에 맞지 않았다. 나는 오곡밥에 남새 합성을 반찬 삼아 몇 술을 떴다. 답답한 속을 맥주 한 잔으로 달랬다.

식사 시간은 한 시간 남짓 걸렸다. 할머니도 말씀 좀 해보시라고 선재가 몇 차례나 말했으나 어머니는 아버지의 식사 모습만 지켜볼 뿐 끝내 아무 말도 하지 않았다. 나는 그런 어머니 모습에 부아가 끓었으나, 아버지 앞에서 반편 노릇을 하기는 나도 마찬가지였다. 주위의 식탁 둘레에서는 아직도 감격을 주체 못 한 듯 흐느낌 소리, 어느 자리에서는 아리랑 합창까지 터져 나왔다. "팔놀림(춤가락에 맞추어 팔을 흔드는 모습) 한번 요란하구먼" 하며 박수를 쳐대는 북측 노인도 있었다. 연방 플래시 터지는 소리가 요란했다.

"오늘 상봉은 그만 끝내야 할 시간입니다. 이제 10분 남았습니다. 식사를 마저 끝내주십시오. 내일 또 만날 것을 기약하며 오늘은 마무리 짓겠습니다." 식당의 소란스러움을 가르고 남측 적십자 안내원의 마이크 소리가 들렸다.

그제야 선재가 옆에 놓인 여행용 가방을 아버지한테 넘기며, 가족들 옷을 몇 가지 가져왔다고 말했다. 그러자 아버지는, 위대하신 지도자 동지님께서 다 일별로 내려주시는데 이런 건 일없다고 사양했다. 지금 입고 있는 양복도 다 지도자 동지님이 내리신 전표로 양복 상점에서 맞추어 입었다고 했다.

"우리들의 자그마한 성의입니다. 가셔서 당에 바치게 되더라도 꼭 받아주세요." 아들이 강요하듯 다졌다.

아버지는 아무 말 없이 옆에 놓인 가방을 내려다보았다.

내가 어머니를 부축해서 계단을 내려올 때, 어머니는 이렇게 헤어지고 만다는 탓에 걸음을 떼기조차 힘들다는 듯 온몸을 내게 의지했다.

"애비야, 나는 아직도 내 정신이 아니대이. 시간이 어떻게 간지 모르겠고, 니 아부지를 만난 게 꿈인지 정말인지 아직도 헷갈리는구나." 어머니가 간신히 말했다.

나는 온몸에 힘이 한꺼번에 빠져나가듯 허탈했다. 이건 꼭두각시들을 불러놓고 연출하는 전시용 볼거리란 생각이 들었다. 혈연의 만남이 자기가 태어나고 자란 고향이나 각자가 살고 있는 장소가 아닌 엉뚱한 곳에서, 한정된 인원이 불과 하루에 한두 시간, 그것도 이틀로 끝내고 다시는 만나지 못할 각자의 처소로 떠난다는 게 막장 드라마를 보듯 비정하다 못해 잔인한 형벌이 아니고 무엇이냐는 분개심이 끓어올랐다.

남측 이산가족은 외금강호텔 숙소로 돌아오려 각자 타고 왔던 버스에 올랐다. 창가에 앉은 고모님이 창문을 열고 손을 내밀어 흔들며 밖에 선 아버지에게, 내일 또 만나자고 말했다. 아버지는 손을 흔들며, "냄내기(인사 차려 보내다)가 이래 섭섭할 줄이야" 하고 엉절거렸다. 어머니는 고개 숙여 손수건에 얼굴을 묻고 오열을 쏟을 뿐 차 밖에 지팡이 짚고 꾸부정하게 선 아버지 모습을 끝내 보지 않았다. 나는 아버지와의 짧은 상봉과 헤어짐에서 도무지 현실감을 느끼지 못한 멍한 상태가 되었고, 나 역시 잠시 꿈을 꾸지 않았느냐란 착각마저 들었다. "이렇게 생기롭고 설설한(성격이 탁 트여 시원함) 장손을 두어 무엇보다 반갑군. 나는 여기서 친손자를 두지 못했는데, 임자가 고생이 많았네. 다 지도자 동지님이 무언의 교시를 내린 은덕이야." 작별을 하러 계단을 내려오며 아버지가 선재 어깨를 두드리며 했던 마지막 말이 내 귀에 맴돌았다.

이튿날 이산가족의 개별 상봉은 오전 11시부터 오후 2시까지 점심 식사를 겸해 이루어진다고 했다. 번호표 50번까지 일진은 해금강 바닷가에서, 51번부터 이진은 삼일포 호수였다. 금강산 면회소에서 아침밥을 먹고 난 뒤 우리는 개별 상봉으로 점심때 먹을거리를 구입하러 구내 편의점에 들렀다. 햇반과 김밥, 막걸리 한 병, 사과, 늦가을인데도 탐스러운 온실 재배 딸기, 초콜릿이었다. 깔개가 필요할 것 같아 휴대용 돗자리도 구입했다.

"호텔에는 전자레인지가 없습데다. 이 햇반 따숩게 데워주이소." 어머니가 점원에게 말했다. 그래서 점원이 전자레인지로 데워준 햇반 네 그릇을 준비해온 겹보자기에 여며 쌌다.

이튿날 아침, 오늘이 마지막이니 하고 싶은 말 후회 안 되게 실컷 하시라는 고모님과 아들의 여러 차례 당부를 받고도 어머니는, 관격에 들린 듯 가슴이 꽉 막혀 도저히 말문이 터지지 않더라 했다. 어머니는 간밤도 제대로 잠을 이루지 못한 데다 먹는 게 시원찮으니 중병을 치른 듯 안색이 핼쑥했고 눈 주위가 부어 푸석했다.

호텔로 돌아오자 아버지에게 전해줄 물건들로 여행용 가방을 가득 채웠다. 아버지가 60년 전에 입었던, 이날까지 어머니가 장롱에 고이 간직했던 모시 바지저고리와 무명 두루마기 한 벌, 난방 시설을 제대로 갖추지 못했다는 그쪽은 얼마나 춥겠냐며 손수 마련한 솜을 두둑이 넣은 공단 바지저고리 한 벌, 남녀 각 두 개씩 손목시계 네 개, 홍삼 진액 다섯 박스, 홍삼차 세 갑, 우리 고장의 명물 곶감 두 쾌, 밤 한 되, 건삼과 말린 전복 한 꾸러미, 미역과 김 세 톳, 아스피린과 각종 상비약 따위였다. 나는 미화 1천 달러를 안주머니에 넣었다. 1백 달러 다섯 장, 50달러 열 장을 신권으로 준비했다. 아들은 등산용 가방에 집에서 장만한 먹을거리와 편의점에서 산 먹을거리를 챙겼다. 나와 아들은 양복을 벗고 소풍 가듯 등산용 파카와 바지를 입었다.

　　우리는 호텔 주차장에 대기한 버스에 올라 삼일포로 떠났다. 서늘한 바람이 불었으나 하늘은 구름 한 점 없이 쾌청했다. '심산 속의 호수'란 말대로 삼일포는 주변 경치가 절경을 이루었다. 외금강 줄기로 뻗어 내린 장군대 연화대의 멧부리들이 울근불근 솟아 호수를 싸고 있었고 등을 낮추어 물에 발치를 뻗은 거뭇한 바위산에는 소나무가 울창했다. 호수 가운데는 여러 개의 작은 섬이 빼어난 수석이듯 물 위에 그림자를 드리우고 있었다. 멀리로 산과 산 사이 호수 위에 걸쳐진 밧줄로 엮은 구름다리가 선경을 이루어, 아닌 말로 금강산이야말로 북한이 내세울 만한 명산임에 확실했다. 삼일포 주차장에 내리자, 북측 이산가족들 사이에 섞여 지팡이 짚고 멀거니 서 있는 아버지를 만날 수 있었다. 양복 위에 파카를 걸쳤고 손가방을 들고 있었다.

우리 가족은 호숫가 노송 앞 햇빛받기가 좋은 시든 잔디에 깔개를 펴고 앉았다.

"나두 말만 들었지 금강산은 처음인데 정말 천하 명산이로군. 마가을바람(한 고비를 지나 부는 가을바람)두 시원해 좋구." 아버지가 갈대 나부끼는 삼일포를 둘러보며 말했다.

서로 가져온 먹을거리를 깔개 가운데에 내놓았다. 아버지는 가방에서 감자떡, 만두가 소복히 든 찬합, 북어포와 고추장, 삶은 밤, 불로주 한 병, 맥주과자를 주섬주섬 꺼냈다. 우리가 가져온 먹을거리를 합치니 앞자리가 음식 그릇들로 푸짐했다.

"별것은 못 되지만 선물루 가져왔소. 이거 모다 집 뒤 밭에서 내가 손수 개별 생산한 것이라우. 선물은 정성이요 마음씨라 했는데……" 아버지가 손가방에서 종이 봉지 몇 개를 마저 내놓았다. "이것두 개별 생산한 강냉이 한 되, 무말랭이, 가지말랭이, 이것은 도라지와 참깨요."

어머니가 아버지 정성에 감복했다는 듯 고개를 끄덕이곤 그 봉지들을 소중히 챙겼다. 나는 어머니 입가에 처음으로 번지는 수줍은 미소를 보았다.

"우리도 이것저것 준비해왔어요. 나중에 확인하시고 할아버지가 쓸 것은 빼고 나머지는 가족분들 나누어 주십시오." 아버지의 소박한 선물에 비해 우리가 가져온 잡다한 걸 꺼내놓고 자랑하기가 민망스러웠던지 아들이 여행용 가방째 아버지 쪽으로 넘겼다.

"어제도 많게 줬는데 또 뭘 이렇게…… 지도자 동지님께서 인민들을 배려하여 윤택하게 살도록 해주시는데."

"덕율리 고향 집 뒷산에서 딴 밤도 한 되 넣었심더. 식구들과 꾸
버 먹으이소." 어머니가 말했다.

"남쪽을 선전할 어떤 것도 들어 있지 않으니 당에서 품목을 조사
받드라도 괜찮으실 겁니다. 걱정하지 마십시오." 내가 말했다. 나
는 어제 옆자리 식탁에서 하던 곁귀로 들은 말이 상기되었다. "우
리는 두 주일을 당에서 남조선 동포들 만날 때으 교양 학습을 받았
습네다" 했다.

"옵빠, 그 속에는 지가 성경책도 넣었심더. 평양에는 교회가 두
군데 있다던데, 옵빠도 예수교 신앙을 꼭 받아들이이소. 예수님을
열심히 믿으면 장차 천당에 가서 내외분이 새로 백년해로할 낍니
더. 지는 교회 권사 직분에 있고, 아들은 교회 장롭니더." 고모님이
말했다.

아버지는 그런 말을 덤덤히 받곤 딴청 부리듯 쩽하게 맑은 하늘
을 쳐다보며, "날그리(날씨) 한번 좋다"고 했다.

어머니가, 그새 식었다며 햇반 그릇의 플라스틱 뚜껑을 개봉하
고 김밥 싼 은박 종이를 풀어 아버지 앞에 가지런히 놓았다. 나는
아버지 앞에 놓인 잔에 막걸리 한 잔을 올렸다. 어제도 맥주를 한
모금밖에 드시지 않았기에 연세도 있는지라 술은 마시지 않는 듯
했다. 점심밥 드시면서 얘기하자고 고모님이 말을 꺼낸 뒤, 지난
60년 동안의 집안 대소사를 주워섬기기 시작했다. 아버지는 간간
이 덕율리에 살던 친척과 이웃들의 저간 소식을 물었다. 어제의 다
소 서먹서먹하고 뻣뻣하던 아버지가 비로소 긴장을 푼 듯했으나

말을 하다가 누가 듣기라도 하듯 주위를 둘러보곤 했다. 고모님이 미처 대답을 못할 때만 어머니가 나서서, "장출이네요? 오래전에 집안 모두가 대구로 이사를 갔십니더" 하고 보태는 말 이외는, 여전히 별로 말을 하지 않았다. 대신 아버지의 버쩍 마른 모습이 지난 세월 동안 당신이 잘 거두어 먹이지 못한 탓이기나 한 듯, "그시절에는 소고기가 귀해 명절이나 제사상에만 올렸던 산적입니더." "예전에 자셨던 우리 김치 맛이 어떤지 들어보이소." "덕율리 우리 집 감나무에서 딴 감으로 맹근 꼬감이라예. 말랑말랑한께 먹기가 좋을 껍니더." "이건 야들 고모가 대구에서 만들어온 깁니더" 하며, 먹을거리를 두고 플라스틱 접시째 아버지 앞자리로 옮겨놓았다. 우리가 동석하지 않은 자리라면 젓가락질로 손수 아버지 입에다 넣어줄 듯이 안달을 내는 어머니 모습은 내가 보기에도 안쓰러울 정도였다. 아버지는 어머니가 권유하는 대로 햇반 갑을 맛있게 다 비워냈고 반찬도 어머니가 권하는 대로 열심히 먹었다. "남조선으 김치 맛이 색깔두 곱구 건건달싹해서 좋구만" 하기도 했다. 박아 넣은 금니가 몇 개 보이긴 했으나 치아 상태가 괜찮아 아직도 여문 걸 씹을 만하고 소화력도 좋은 모양이었다. 그런 점이 팔순 중반의 아버지 건강을 지탱시켜주는 힘이 되지 않을까 싶었으나 과식을 하고 있지 않나 염려스러울 정도였다. 아니나 다를까, 그동안 얼마나 식사가 열악했으면 이렇게 달게 자실까 싶은지 어머니가 눈치 빠르게 핸드백에서 소화제 갑을 꺼냈다.

"이것 소화젭니더. 먹은 게 체할 수도 있으니 잡숴두이소."

"난 괜찮아요. 어제두 아무렇지두 않던데."

"혹시 모르니 넣어뒀다 나중에 드세요."

"남조선 음식이 참 맛다르네. 갈라진 60년 새 북남이 음식 맛두 이렇게 변했구려. 세월이 무상하우." 아버지가 바람 빠지는 풍선처럼 허탈하게 웃으며 슬그머니 소화제 갑을 받아 주머니에 챙겼다.

연세가 너무 들어 겸양이고 뭐고 다 잊은 듯 식탐하는 그런 아버지가 조금은 미련해 보여 내 상상 속의 수줍음 많이 탔다던 마음 여린 샌님과는 다른 아버지 모습으로 비쳤다. 북녘에서 보낸 60년 세월이 음식 맛만 아니라 사람의 형상까지 저렇게 바뀌게 했을까 싶자 새삼 민족의 분단이 아프게 마음을 찔렀다. 콧마루가 시큰해지고 눈물이 핑글 돌았다.

선재는 그런 식사 광경의 이모저모와 호수 주위의 아름다운 풍광을 카메라에 담느라고 바빴다.

나는 손목시계를 보았다. 어느 사이 오후 1시가 넘어서고 있었다. 쓰잘데 없는 이야기로 아까운 시간을 물 쓰듯 버리는 것이 나는 초조했다. 그러나 따지고 보면 아무리 오랜만에 가족이 만났어도 그런 이야기 이외 다른 무슨 더 중요한 이야기가 있으랴 싶기도 했다. 소시민의 평범한 기쁨이란 어쩌면 이런 사소한 데 있지 않을까 하는 서글픈 생각마저 들었다. 국정원의 강사로부터 상봉 교육을 받을 때 가능한 남북 체제나 이념 문제는 언급하지 말라는 주의가 있기도 했지만, 그때 왜 아버지가 가족을 남겨둔 채 단신 북한으로 가셨느냐고, 그 길 이외 다른 방법은 정말 없었느냐고 묻고 싶었다. 그렇지만 지금 물어서 얻어낼 수 있는 답이 무엇일까? 아버지도 60년 전 그때 일을 두고 딱 부러진 답을 말하지 못한 채 어물거리거나 위대하신 어버이 수령 동지님을 찾아서 월북했다는 판박이 말이나 앵무새처럼 읊을 게 뻔했고, 아버지가 그 어떤 대답을 하더라도, "그 말씀 한번 속 시원합니다"라고 할 만한 진심 어린 고백을 들을 수 없을 것이다. 아니, 그런 질문부터가 깨진 사기그릇을 붙이려는 헛된 시도요, 엎질러진 물을 다시 담으려는 안간힘에 다름없었다.

"남측 가족 여러분은 이제 10분 이내로 상봉을 끝내고 각자 타고 오신 버스에 승차해주시기 바랍니다. 다시 한 번 당부합니다……" 제복에 모자 쓰고 적십자 표시 완장을 찬 남측 안내원이 핸드마이크를 들고 호수 주변을 돌며 왜자겼다.

그 말에 우리 가족은 곧 헤어져야 한다는 냉엄한 현실에 갑자기 표정이 굳어진 채 말을 잃었다. "마 이래 끝나구나." 고모님이 낙담하며 핸드백을 들고 자리에서 일어섰다. 우리는 서둘러 널린 음식을 모으고 깔개를 걷어 상봉을 끝내야 했다. 어머니가 음식을 챙기기 시작했다. 우리가 가져온 것, 아버지가 꺼내놓은 것을 따로따로 꾸렸다.

"선재야, 할아버지가 들고 오신 가방에다 이것 챙겨드려라. 가서 자시게. 그리고 니 가방은 이리 도고." 어머니는 우리가 꺼내놓은 음식과 과일을 선재에게 담게 하고 아버지가 가져온 강냉이 한 되며 말린 무 따위는 선재 등산 가방에 담으며, "두고두고 생각하며 잘 먹겠십니더" 하고 당신 자신에게 말하듯 조그만 소리로 중얼거렸다.

"할아버지를 만나면 장손으로서 무슨 선물을 할까 곰곰이 생각하다가 제가 이걸 준비해 왔어요." 선재가 주머니에서 군청색 벨벳 갑 두 개를 꺼냈다. 한 돈짜리 금반지 한 쌍이었다. "남에서 유행하는 커플 반집니다. 60년 만의 재회 증표로 할아버지가 할머니 손가락에 끼워드리고, 할머니가 할아버지 손가락에 끼워드리세요."

사전 그런 언질이 없었기에 나는 어리둥절할 수밖에 없었으나 아들의 기특한 착상이 흐뭇했다. 할아버지와 할머니는 금반지를 멀거니 내려다볼 뿐 어찌할 바를 몰라 했다. 선재가 반지를 끼워주는 장면을 사진으로 찍겠다며 카메라를 들고 일어나 물러섰다.

"종손이 뜻깊은 선물을 준비했네. 뭘 그래 서먹서먹해합니꺼. 손부터 맞잡고 맞는 손가락에 끼워줘보이소." 고모님이 갑에서 금반지를 꺼내 아버지와 어머니께 나누어주었다.

아버지가 먼저 어색하게 어머니 주름진 손을 슬그머니 잡더니 왼손 셋째 손가락에 금반지를 끼웠고, 어머니도 할아버지의 가느다랗게 여윈 둘째 손가락에 반지를 끼웠다. 두 사람이 그 장면을 실현할 때는 마치 처음 만난 사람의 손가락을 우격다짐으로 잡은 듯 손을 떨었다. 선재가 그 모습을 카메라로 찍었다. 나는 어머니의 쪽 찐 머리에 꽂힌 옥비녀를 보며, 아버지가 저 옥비녀에 담긴 긴 사연을 알기나 하랴 싶었다.

이제 헤어져야 할 시간이라 깔개를 걷어 챙길 때, 아들이 파카 주머니에서 테이프 한 장을 꺼냈다.

"할아버지, 이것도 가져가세요. 할머니가 할아버지를 기다리며 평생 혼자 읊으시던 노래가 수록돼 있어요. 전쟁이 끝난 이듬해 작곡된 유행가인데 요즈음도 노래방에서 자주 불려요." 할아버지가 테이프를 받을까 말까 망설이자, 선재가 재빨리 눈치채고 덧붙였다. "당국에 테이프를 압수당해도 곧 돌려받을 겁니다. 당시 유명한 여가수가 부른, 내용이 그저 그런 「봄날은 간다」니까요."

나는 파카 안주머니에서 달러가 든 두툼한 봉투를 꺼내었다.

"미화 1천 불입니다. 요긴할 때 살림에 보태 쓰십시오." 나는 아버지 손에 봉투를 쥐여주며 말했다.

"미제 돈 1천 불?" 그 액수가 북한 돈으로 얼마인지 감이 잘 잡히지 않는다는 듯 아버지가 물었다. 그러나 곧이어, "우리 인민은 지도자 동지님의 은덕으로 잘 먹구 잘 입구 아무 부족한 것 없이 사니 이런 미제 돈은 일없어. 그냥 가져가서 남조선에서 사용하지 그래" 하고 봉투를 내게 다시 돌려주었다.

당국의 사전 교육이 있었는지는 모르지만 체면을 차리겠다는 겸양인 줄 알아채고 내가 부득불 다시 봉투를 아버지 두 손에 쥐여주었다.

"아들로서 아버지께 처음 해드리는 선물이니 전혀 부담감을 갖지 마세요. 꼭 받으십시오. 북조선식 혁명절개를 렬렬히 지켜오신 아버지 마음을 충분히 이해합니다." 나도 북한식 용어를 써보았다.

고모님이, "하나 아들으 성의를 그래 무시하면 저 애가 돌아가서 두고두고 괴로바할 끼라예" 하고 말하기도 했지만, 두 손으로 바쳐 올리는 간곡한 내 청을 더는 거절할 수 없었던지 아버지가, "그럼 절반만 쪼개서 받지 뭘" 하고 수정 제의했다.

나는 얼른 봉투에서 1백 달러짜리 다섯 장을 빼고 사용하기 편하게 50달러 열 장이 든 봉투를 아버지께 넘겼다. 아버지는 고맙게 받겠다고 했다. 나는 아버지 면전에 무릎 꿇고, 만수무강하시라며 큰절을 올렸다.

우리는 버스가 대기한 주차장으로 걸었다. 선재가 등산 가방을 메고 아버지에게 넘길 여행용 가방을 끌었다. 내가 우리 쪽 먹을거리를 담은 아버지의 가방을 들고 따랐다. 남측 이산가족들이 하나둘 버스에 올랐다. 헤어지기가 못내 섭섭한 가족의 일부가 버스에 오르기 전 버스 문 앞에서 서로 부둥켜안고 이별의 통곡을 쏟기도 했다. 먼저 버스를 탄 가족은 차창 밖으로 손을 내밀어 흔들며 작별의 설움을 쏟아냈다. 휠체어를 탄 어느 노인은 북의 남편을 끌어안고 울음보를 터뜨렸다. 나도 아버지께 가방을 넘기곤 마지막 절을 하곤, 부디 건강하시라고 한마디했다.

"할아버지 남북이 통일이 되는 날 또 만나요! 그때까지 사셔야 합니다." 선재가 가방을 할아버지에게 넘기곤 큰 소리로 말했다.

"이래 헤어지면 또 언제 다시 만낼고, 이래 짧게 만낼 바에야 아예 아니 만난 것보다 못해." 고모님이 내내 훌쩍거렸다.

"어디 첫입에 배부르랴. 섭섭한 마음이야 하늘을 넘지만 또 만날 날이 오갔디. 그때를 기약해." 아버지가 끄윽 신음을 삼키며 겨우 말했다.

어머니는 손수건에 얼굴을 묻은 채 오열을 쏟을 뿐 아무 말이 없었다.

우리가 버스에 올랐고, 기사가 출발을 알리는 시동을 걸었다. 창가에 앉았던 고모님이 창밖으로 얼굴을 내밀고 밖에 선 아버지를 향해 흐느끼며 잘 가시라는 작별의 말을 하자, 옆자리에 앉았던 어머니가 고모님을 제치며 윗몸을 창밖으로 내밀었다. 어머니가 두 팔을 내두르며 갑자기 미친 듯 울부짖었다.

"여보, 날 거기로 데려가주이소. 여생을 당신과 함께, 조석으로 따뜻한 밥 대접하며 보내고 싶심더. 제발 날 거기로 데려가주이소!"

버스가 출발하여 지팡이 짚은 아버지의 손 흔드는 자태가 사라지자, 어머니는 의자에 털썩 주저앉더니 그길로 실신하고 말았다.

*

아버지를 상봉하고 돌아온 어머니는 그 충격으로 서너 달을 통원 치료를 받아야 할 정도로 심하게 앓았다. 신체 어디에 특별한 장애가 온 것이 아니라 전신 무력증이었다. 60년 만에 아버지를 보았지만 이틀 만에 다시 생이별했고, 이제 살아생전 다시는 만날 수 없으리라는 정신적 충격 때문이었다. 노래를 부르지는 않았지만 선재가 구해준 「봄날은 간다」의 메들리 테이프 노래를 침상에서 듣곤 했다. 식음을 거의 놓다시피 하자 정신마저 혼미해지는지, 아버지가 전해준 북한에서 최근에 찍었다는 독사진과 그쪽 가족사진을 앞에 놓고 알아들을 수 없는 헛소리를 중언부언 읊었다. 몸이 무너지는 이상으로 정신 또한 흐려졌다. 그로부터 체력은 물론 정신력까지 급격히 떨어지더니 나와 처가 무엇을 물어도 말귀를 알아듣지 못한 채 초점 흐려진 멍한 눈으로 바라보기만 할 뿐 대답을 못했다. 그때부터는 「봄날은 간다」 노래도 들리지 않는지 아무런 반응이 없었다. 작은 몸이 장작개비같이 마르고 누가 부축하지 않으면 제대로 걷지를 못했다. 2013년에 들어서는 대소변마저 처의 도움을 받아야 하는 처지가 되었다. 아버지를 만나고 4년이 지나 2014년에 들어섰으나 제17차를 마지막으로 이산가족 상봉 행사는 다시 열리지 않고 있었다. 우여곡절 끝에 3년 4개월 만에 상봉 행사를 하기로 하였는데 그러나 기어코 변고가 찾아들었다. 어머니가 완전한 치매 상태로 들어간 것이다. 4년이나 지나 아버지의 생사 여부를 알 길 없는 게 기억을 상실한 어머니로서는 차라리 다행인지도 몰랐다. 정신이 나가버리면 아들인 나조차도 알아보지 못했다. 그래서 한순간에 내가 아버지로 보이고 사막의 비단길이 눈앞에 펼쳐지기라도 한 듯 아기처럼 어리광을 부리며 애원하곤 했다.

"이 길로 임자 따라나서서, 쌀밥에 고기 반찬으로 모시고 싶습니더."

기다린 세월

할머니와 어머니는 전생부터 살이 낀 듯 궁합이 잘 맞지 않았다. 우선 두 분은 외모부터가 판이했다. 할머니는 여자치고 자그마한 키에 여윈 체격이라면 어머니는 여장부 소리를 들을 만큼 키는 물론 몸집이 컸다. 할머니는, 말〔馬〕만 한 처녀가 우리 집에 간택되는 바람에 얌전하던 아들이 바람이 들어 밖으로만 나돌더니 결국 홀어미를 버리고 거리귀신이 되었다며, 며느리를 잘못 간택했다는 흉을 잡아 동네에 왜자했다. 어머니는 어머니대로, 시집 잘못 온 죄밖에 없는데 허구한 날 동네방네 며느리 험담만 하고 다니는 시어머니를 못마땅해하며, 속이 좁아터진 자린고비라고 흉을 보았다.

나는 어릴 적부터 할머니를 험담하는 어머니의 말을 듣고 컸기에 할머니에 대한 나쁜 선입관을 가지고 있었다. 어머니의 할머니에 대한 첫째 흉은, 할머니의 게으름이었다. 잠자는 시간조차 아깝다며 잠시도 손 재워놓을 틈 없게 부지런했던 어머니 눈으로 보자면 허구한 날 놀고먹는 할머니의 게으름이 눈에 시었다. 어머니의 할머니 흉보기에 따르면, 손에 물 묻히기를 싫어해 자신의 속옷조차 빨랫감을 방 안 구석에다 아무렇게나 쑤셔넣어 방치한다 했다. 자린고비처럼 사람이 잘아빠져 밥을 지으라고 뒤주에서 양식을 퍼내줄 때도 조롱박이나 바가지 한 번 쓰는 법 없이 조막손으로 쌀이든 보리쌀이든 한 주먹씩 퍼내준다고도 했다. 어머니가 뒤주에서 직접 쌀을 퍼내면 되잖느냐고 내가 대꾸하면, 네 할머니가 뒤주를 자물쇠로 채워두고 열쇠는 주머니에 차고 다녔고 잠잘 때도 허리에서 주머니끈을 풀지 않는다고 했다. 어머니의 그런 빈정거림에는, 없는 식구에 바가지로 퍼내 담아야 할 만큼 밥을 많이 짓는 것도 아니잖느냐란 할머니의 변명 또한 과히 틀린 말이 아니었다. 어쩌다 할머니가 나서서 기명 통의 그릇이라도 씻을 때도 밥풀때기가 그릇 가장자리에 그대로 붙어 있다거나, 나물을 무쳐도 거미 같은 손가락으로 건성건성 버무려 간이 고루 배지 않는다고 흉을 보았다.

어머니가 갓 시집왔을 때야 시어른이 없는 집안이었지만 시어미도 중년 아낙네였다. 그래서 어머니도 시어머니 앞에서는 맞받아 대꾸를 못하던 처지였으나, 할머니가 연세 들어 시어머니로서 영을 세우지 못할 즈음에 와서는 어머니도 할머니가 듣지 않는 자리인 우리들 앞에서는 할머니 흉을 보았다. 사람이 어떻게나 손이 잔지 평생 자기 복을 털고 살았으니 노년에 들어서도 지지리 남루를 면치 못했다는 것이다. 할머니의 담배질을 두고도 어머니는 흉을 잡았다. "내가 시집이라고 가니 야시같이 홀쭉 마른 시어미란 작자가 척하니 소매에서 마구초와 당성냥을 꺼내더니 담뱃불을 붙여 콧구녕으로 연기를 피워내더라. 그 작태를 보고 내가 얼마나 놀랐던지. 우리 마실에도 할매들이 장죽을 피워 물기도 했지만 시어미란 작자는 아직 새파란 나이인데 남 앞에서 담배를 피워." 할머니 말씀에 따르면, 담배를 피우면 앓는 횟배가 낫는다는 이웃 아낙네의 말을 좇아 담배를 배우게 되었다고 했다. 그러나 어머니는 할머니의 변명을 두고, 한갓 핑계지 아직 나이가 새파란 아녀자가 서방이 일찍 죽었다고 해서 왜 남정네 앞에서 맞담배질을 해, 그것도 엽연초로 태우는 곰방대가 아닌 값비싼 궐련만 골라서 피우니 하고 할머니를 비아냥거렸다.

"내가 시집이라고 가니 식구래야 세 식구가 모두였지. 거리귀신이 들린 네 아비가 늘 집을 비웠으니 시어머니에 어린 시누이뿐인, 두 식구가 전부야. 아침에 밥을 지어놓으면 시어머니는 늦잠 자고 일어나 반찬 투정을 고시랑거리며 고양이 밥 먹듯 젓가락으로 밥알과 반찬을 깨작거려. 맨날 한다는 소리가 입맛이 없다고 투정부리다 수저를 밥상에 소리 나게 놓아. 그길로 나들이옷으로 갈아입고 장터거리로 마실 나서면 진종일 하릴없는 여편네들과 노닥거리다 저녁 끼니때가 되어야 살랑거리며 집으로 돌아와선, 무슨 반찬을 해놓았노 하며 묻기부터 해. 시장 가라며 돈 몇 푼 내놓고는 고기 반찬만 찾아대니 살림하는 나로서는 늘 반찬 걱정부터 앞서. 평생을 그렇게 놀고먹었으니 어찌 재산 간수인들 제대로 했겠어. 시어른이 제법 많은 재산을 남겼으나 아들 학자금에다 기생집 출입하느라 곶감 빼먹듯 야금야금 빼먹었고, 장터거리 장사꾼에게 여기저기 일수로 놓은 돈마저 떼이자 몇 해를 못 가 빈털터리가 되었지. 내가 시집갔을 때는 뒷산 넘어 회계골 산비탈에 도지로 놓은 밭뙈기 몇 마지기가 전부였어."

어머니가 할머니의 게으름을 두고 비아냥거릴 때면 반드시 아버지 문제가 곁들였다. 자식 가정교육을 제대로 안 시켜 막 놓아먹이듯 키웠으니 어른이 되어서도 행실 바른 사람 구실을 못한 채 비뚤어진 인생길로 빠지게 되었다는 것이다. 아버지는 어머니와의 결혼 초년에는 동패들과 어울려 난봉을 일삼으며 마작 노름으로 지새웠고, 그 바람기가 잠잠해질 무렵부터는 그놈의 좌익 사상에 빠져 가정을 차버렸다고 했다. 할머니로서는 아버지가 외동아들이라 오냐오냐하며 응석받이로 키운 게 사실이었기에, 어머니는 시어미가 아들을 애초부터 제대로 훈육시키지 못한 걸 흉으로 잡았다.

진영 장터거리 사람들은 할머니를 언양댁이라 불렀다. 시댁이 경남 울산 지방 언양이라 해서 붙여진 택호였다. 할아버지 대의 원적지는 언양면 면사무소가 있는 소읍에서 남으로 몇십 리 들어앉은 언양면 가천리였다. 할머니는 자신이 시집오기 전의 성장 과정을 두고 말하지는 않았지만, 어머니가 대충 들려준 할머니 친정 이야기가 이러했다. "내가 들어서 아는 바로 네 할머니 친정은, 어렸을 적에 바깥어른이 일찍 세상 떠나자 청상에 과수가 된 어미가 슬하에 자매만 두었던 것 같애." 할머니의 원적지는 양산군 물금면으로, 낙동강 하구 어름의 강마을이었다. 물금은 북에서 남으로 흐르던 낙동강이 창녕 땅부터 서에서 동으로 물굽이를 바꾸다 물금 어름에 이르러서야 다시 남으로 물꼬를 틀었으니, 물금은 7백 리 낙동강의 하구에 속한다. 물금은 양안이 산으로 싸여 낙동강이 깊게 골을 파서 흘렀기에 들판이 없는 척박한 두메였는데, 경부선이 통과하여 간이역이 생기고 언양군 상남면에 이르는 도로가 뚫리자 마을이 커졌다. 물금에서 상남리까지는 1백 리 길로 하루 걸음이 빠듯한 이수인데 무슨 연고로 할머니가 물금에서 언양 상남으로 시집을 가게 되었는지 알 수 없다. 할머니는 시집을 가자 살아생전 친정 쪽과는 영 담을 쌓고 지낸 듯하다. "내가 시집가서도 네 할머니가 친정을 두고 말하는 걸 들은 적이 없느니라. 친정이 거리상으로 멀기도 했지만 네 할머니가 친정에 다니러 가거나 그쪽 사람이 내왕하지도 않았어. 내 짐작기로는, 일찍 서방을 여읜 과수댁이 딸 둘을 데리고 물금 강변에서 외롭게 살았는데 그중 큰 딸이 네 할머니였던가 봐. 네 할머니는 연세 들었어도 몸이 호리호리하고 이목구비가 여우처럼 쪽 빠진 게 곱상한 미색 아닌가. 듣기로는 집안 여자들이 죄 인물이 있어 전국을 돌며 고운 처녀를 물색하던 채홍사가 그 집안 처녀 하나를 간택해서 궁중으로 데려갔다는 소문도 있었다니, 네 할머니도 처녀 적에는 한 인물했겠지. 그래서 집안이 외롭고 궁했어도 언양 땅의 본바 있는 중농 집안에 출가를 하게 되었는지도 몰라. 그렇게 시집을 가고부터 네 할머니는 물금 쪽 친정과는 아주 등을 지고 살았지. 언젠가 낙동강 따라 오르내리는 장돌뱅이 방물장수 아낙이 우리 집에 왔기에 네 할머니가 물금 쪽 어미 소식을 좀 알아봐달라고 부탁했는데, 다음에 온 방물장수가 전한 소식이, 어미가 그새 돌아가셨다고 하데. 그 소식을 전해 듣고서야 돌아앉아 흐느끼더구나. 물금 강변에 살던 동생은 어디로 시집갔는지 알 수조차 없다고 했으니, 네 할머니는 그로서 친정이 아예 없어지고 말았어." 유장히 흐르는 강물만 보면 어릴 적 강변에서 오누이로 외롭게 자란 추억이 살아나는지 곧잘 서러워하던 할머니를 두고 어머니가 들려준 말이었다.

할아버지는 향리에서 할머니를 맞아 혼례를 올리자 언양면 면사무소 소재지로 나와 일정 초기에 갓 생긴 소방서에 취직을 했으니, 소싯적부터 국한문을 익혔기에 말단 지방 관리로 나설 수 있었던 모양이다. 할머니는 한 해 남짓 시집살이를 하다 서방 따라 딴살림을 냈다. 그로부터 할아버지는 저 남해 쪽 통영읍 소방서를 거쳐 김해 대산면 소방서 등으로 직장을 옮겨 다니다가 마지막으로 정착한 곳이 김해군 진영읍의 갓 생긴 소방서였다. 1930년대 당시 진영은 경전남부선의 주요 역이 되었고 마산과 부산을 잇는 국도가 뚫리자 금방 읍으로 승격되었다. 진영 앞 들판이 20리 밖에서 흐르는 낙동강에 이르기까지 넓은 평야를 이루어 근동의 물산 집산지였다. 보통학교도 두 군데나 생겼는데, 반도로 나와 정착한 일본인들이 많이 살아 일본인 아이들만 다니는 소학교도 있었다.

할아버지와 할머니에게는 진영 땅이 타관이다 보니 일가붙이가 없었고 슬하에는 나이 차가 많은 남매만 두어, 식구가 단출했다. 할머니 말로는 자식을 여럿 두었으나 손이 귀한 집안이 되려 그랬는지 홍진 등으로 자식들을 일찍 여의었다고 했다. 할아버지는 진영읍 소방서에서 퇴직을 하자 읍사무소 옆에 대서방을 내어 공무에 어두운 시골 사람들의 호적을 만들어주는 등 대필을 도왔다. 대서 일로 돈을 모은 할아버지는 진영 들판의 전답을 매입했는데 직접 농사는 짓지 않고 도지를 놓아, 장터거리에서는 살림살이가 넉넉한 집이란 소리를 들었다. 아들과 딸을 보통학교에 보냈는데, 아버지는 어릴 적부터 영특하다는 소리를 듣고 자라 시골 보통학교를 졸업하자 타지로 유학을 나갔다. 수재들만 입학한다는 마산상업학교였다. 진영에서 마산까지는 기차로 한 시간 거리라 아버지는 기차 편에 통학을 했다. 아버지가 상업학교를 졸업해 금융조합에 서기로 취직하자, 중신아비들이 양갓집 처녀를 앞세워 혼인 줄을 섰다. 할아버지는 낙동강 건너 밀양 땅인 영산 쪽에 집안 좋은 처녀감이 있다는 말을 듣고 그쪽으로 길을 나선 게, 객지에서 그만 병을 얻고 말았다. 사흘 만에 돌아온다던 사람이 일주일을 넘겨서야 학질에 걸려 오뉴월에 솜이불에 싸여선 달구지에 실려 진영으로 돌아왔다. 그길로 할아버지는 건강을 잃고 시름시름 앓게 되었다. 가장이 병중이다 보니 자식 혼례는 뒷전으로 밀렸다. 두어 해를 신고하다 할아버지는 끝내 아들의 성례를 못 본 채 이승을 하직했다. 그 소식을 원적지인 언양 쪽에 알리니 그제야 그쪽 시댁 어른들이 하루 걸음이 빠듯한 진영까지 와서 장례를 치르곤 시신을 고향에 운구하지 못한 채 뒷산에 묻었다. 그때 언양에서 문상 온 집안 친척이 울산에 집안 좋은 처녀가 있다며 아버지 중신아비로 나섰다.

할머니를 두고 어머니의 말이 이랬다.

"네 할머니는 갯가 울산이 아니라 울산에서 내륙으로 들어가 반나절 걸음인 언양 사람이지. 그러나 난 진영 땅 여기로 시집왔으니 멀고 먼 언양 땅은 밟아본 적이 없어. 내 시집살이? 난 시어머니 밑에 시집살이를 오래 하지 않았어. 네 아비가 공부를 더 하겠다며 집안 돈을 탈탈 털어 일본으로 나다니다가, 무슨 대학인지 학업을 제대로 마치지도 못한 채 진영으로 돌아와선 동패들과 어울려 마작질에다 바람을 피우며 딴살림을 차리자, 네 할머니도 집발이 영 붙지 않는지 딸네 집으로 가서 외손자를 돌보며 지냈으니 늘 집을 비웠지. 시누이 서방이 저 들판 건너 수리조합 서기였기에 살림을 나서 조합 사택에 따로 살았거든. 그러다 해방이 되자 바깥으로 나도는 네 아비의 바람기가 겨우 잡히긴 했는데, 이제는 그놈의 좌익 사상에 빠져 집안을 팽개쳤어. 그러자 순경이 네 아버지를 잡겠다고 눈에 불을 켜선 집 안을 들쑤셔댔지. 순경이 밤낮 가리지 않고 구둣발인 채 집 안에 들이닥쳐 분탕질을 놓자, 겁이 많은 네 할머니가 우리 집에서는 무서워서 못 살겠다며 아예 딸네 집으로 몸을 피해버렸어. 저 진영 들판 건너 10리 밖 물통걸이란 데에 수리조합 사택이 있었고 딸네가 거기 살았으니깐." 어머니는 아버지를 대신해 지서로 달려가 아버지 숨은 곳을 대라며 매타작당했다고 했다.

해방 후 한 세월을 할머니는 늘 고모님 댁에서 지냈기에 내가 국민학교에 들어가기 전 어릴 적의 할머니에 대해 남은 기억이 없다. 네댓 살 어린 나이라 기억을 저장하지 못할 연령대이기도 했다.

전쟁이 나기 이태 전이었다. 고향 땅에 발을 붙이지 못했던 아버지가 우리 가족을 서울로 불렀다. 신새벽에 도망치듯 고향 땅을 떠난 우리 가족은 상경하자 퇴계로 5가의 아버지 친구가 장만해준 한 칸 방에 정착했다. 누나는 초등학교 4학년에, 나는 2학년에 편입했다. 뒤따라 할머니도 서울로 올라왔으나 세 평 정도의 창고 같은 단칸방에서 며느리와 손자들에 섞여 잠자리를 해야 하는 데다 낯선 도시 생활을 견뎌내지 못해 고향의 딸네 집으로 내려가버렸다. 그로서 할머니는 이듬해에 닥친 전쟁의 참화를 피할 수 있었다. 전쟁이 난 그해 9월, 인천상륙작전으로 국군이 서울을 수복하자 인공 치하의 서울시당 간부로 있던 아버지는 철수팀의 마지막 잔무를 처리하자 가족을 미처 챙기지 못한 채 혼자 월북해버렸다. 그래도 전세가 뒤집혀 북쪽 군대가 다시 서울을 점령하면 아버지가 가족을 만나러 오려니 하고 어머니는 고향으로 내려갈 생각을 않고 아버지를 기다렸다. 가재도구며 남은 옷가지를 팔아 하루 한 끼로 서울 생활을 버텨냈으나 자식들이 굶어 죽을 처지에 몰리자 환고향을 결심했다. 그 시절 나와 형제들은 얼마나 굶었던지 그 배곯음은 그 후 오랫동안 잊히지 않았다.

한겨울 추위가 닥치기 직전인 그해 11월 초순, 어머니는 어린 자식 4남매를 이끌고 알거지 신세로 옛 시가 땅인 김해 진영으로 내려왔다. 그러나 아무것도 가진 게 없는 데다 이웃들로부터 서울로 도망갔다가 다시 고향 찾아 내려온 빨갱이 집안이란 쑥덕거림까지 듣게 되자 진영에서 눌러앉아 살길이 막연했다. "어디 집 한 칸이 남았나, 부쳐 먹을 논밭뙈기 한 마지기 있나. 너들 데리고 살아갈 길이 막막하더라." 제대로 먹이지를 못해 영양실조에 걸린 자식들을 보다 못해 어머니는 나만 고향의 할머니한테 떨어뜨려두곤 세 자식을 끌고 친정 쪽 친척붙이들이 살던 대구로 나갔다. 어머니의 대구 첫 생활이 자식 셋을 친척 집 문간방에 얹혀두고 나선 식모살이였다. 당시 고향의 할머니 역시 장터거리에서 문전걸식을 해야 할 만큼 형편이 어려웠다.

내가 할머니와 함께 살게 되기는 전쟁이 나자 서울에서 고향으로 역피란을 와서였으니, 국민학교 2학년인 여덟 살 때부터이다.

"우리가 서울로 솔가할 때 알량한 가산을 죄 정리해서 올라갔기에 할머니는 딸네 집의 외손자나 키워주겠다며 진영에 그대로 눌러앉았지만, 전쟁이 나고 사위가 군에 징집되어 전방으로 떠나버리자 수리조합 사택을 비워줄 수밖에. 딸네도 자식 셋을 데리고 살기가 어려워지자 농사짓던 시가로 들어가 시집살이를 하게 되었지. 그러니 네 할머니는 졸지에 거처할 데가 없는 처지로 몰렸어. 장터거리에서 이 집 저 집 허드렛일을 도우며 끼니를 해결하던 구차한 신세였는데, 너까지 떠맡게 되었으니 살기가 더욱 난감할 수밖에. 장터목에서 장날이면 국밥 장사를 하던 울산댁 바깥채의 골방 한 칸을 빌려 너와 풍로에 냄비 밥 끓여 먹었고, 양식이 떨어지면 이 집 저 집 구걸하듯 양식거리를 얻어 호구를 면했지. 내가 명절 절기 때 대구 능금이라도 팔아보려고 한 보따리 해서 이고 진영으로 내려와 장터거리 사람들 말을 들어보면, 시어머니와 너 처지가 얼마나 처량한지 내가 얼굴을 제대로 들 수가 없더라. 한 시절엔 하나 아들을 마산의 상급학교에 유학까지 보내며 부족함 없이 살았건만 언양댁 처지가 저렇게 딱하게 될 줄이야 누군들 알았겠느냐며 돌아서서 혀를 찼다더라."

그 시절에 나는 땔나무를 구하러 방과 후면 허기진 배를 안고 할머니와 함께 뒷산을 헤맨 기억이 있었다. 잔솔가지를 꺾고 낙엽 잔솔가지라도 긁어모아 조그만 나뭇단을 꾸려선 장날 나무전에 내다 팔아 호구를 면했다. 하루 한 끼를 술도가에서 얻은 술지게미로 끼니를 때울 때도 있어 술에 취한 내가 비틀걸음을 걸었고 돈짝만 한 하늘이 노랗게 보였다. 첩첩한 뒷산으로 들어가 할머니와 나무를 할 때면 남쪽 오키나와에서 발진한 폭격기 편대가 귀청 떨어져라 굉음을 내지르며 쉴 없이 하늘을 가로질러 북으로 올라갔다. 중부 전선에서는 전쟁이 계속 중이었고 날마다 엄청난 사상자가 난다는 소문을 매일 듣고 있었다.

"야야, 전쟁이 언제쯤이면 끝이 날까?" 나무를 하다 말고 할머니가 불쑥 물었다.

"전쟁하는 사람들 마음이지 그걸 제가 우예 알겠습니꺼."

"전쟁이 어서 끝나야 네 애비가 돌아올 텐데 말이다."

"아부지는 공산당 쪽이라 아매도 돌아오기 힘들걸예." 내가 학교의 상급생들한테 들은 대로 말했다.

"아무리 공산당 편이라도 에미 만나러 내려간다면 보내줄 거로."

"글쎄예……" 내 대답이 무츠름했다.

"애빈들 이 에미가 얼매나 보고 싶겠노."

나는 아무 대답도 할 수 없었다.

할머니와 내가 꾸려온 솔가지 묶음은 땔감치고는 너무 빈약했기에 푼돈밖에 되지 않았지만 나무전에 쪼그려 앉아 내다 팔았다. 그러다 보니 할머니와 내가 자는 골방은 한겨울에도 군불조차 지필 수 없었다. 냉돌 골방에 얇은 이불을 덮고 잠을 청할 때면 할머니가 나를 꼭 껴안아 서로의 체온으로 긴 겨울밤을 견뎠다. 그럴 때 할머니가 얼마나 여위었던지 정강이뼈가 내 다리를 눌러 아팠던 기억이 오래 남아 있었다.

　장날이면 장터 어귀에서 국밥과 술을 팔던 울산댁은 할머니와 비슷한 연배였는데 슬하에 자식을 두지 못해 어릴 적부터 이웃하고 살았던 고모를 친딸이듯 귀여워해주었고, 전쟁을 만나 피란 온 나 역시 부모와 떨어져 사는 불쌍한 고아라며 친손자이듯 거두었다. 그즈음 고모는 평생 농사일을 해본 적 없이 고이 자라다 시집을 갔기에 농사일이 고된 시집살이를 배겨내지 못해 장터거리에 방 한 칸을 얻어 딴살림을 났다. 그렇게 되자 할머니는 외손자를 돌보아준다는 핑계로 딸네 집으로 들어가버렸다. "네 할미는 자기 한 몸 잇속밖에 모르는 인정머리 없는 사람인 기라. 아무려면 친손자를 헌신짝 버리듯 국밥집에 넘겨주고 자기 한 몸 살겠다고 딸네 집으로 들어가버려. 훗날 자기 죽으면 제상 차려줄 장손을 어떻게 그렇게 버릴 수가 있어? 같이 굶더라도 장손만은 끼고 살아야지. 그런 소갈머리 없는 할머니에 비해, 넌 어릴 적부터 식복 하나는 타고났나 봐. 국밥집 하던 울산댁이 인정 많은 분이라 너를 불목하니로 받아들여 잔심부름 시키며 삼시 세 끼 뜨신 밥을 먹여주었으니. 이다음에 커서도 울산댁의 은공을 잊으면 사람이 아닌 기라." 훗날 어머니가 자주 내뱉던 할머니에 대한 비난이었다. 나는 잠자리도 울산댁 내외와 같이 썼다. 그 내외분은 서울에서 국민학교 2학년까지 다니다 피란 내려온 나를 읍내 학교에 편입시켜주기까지 했던 것이다. 나는 부모 없이 학교에 다녔기에 졸업할 때까지 책을 구입하지 못해 수업 시간에도 짝 책을 같이 보았고, 장터거리에서 얻은 갱지를 접어서 공책으로 썼다.

나는 국민학교를 졸업할 때까지 울산댁 내외의 보호 아래 국밥집에 얹혀살았다. 휴전 다음 해인 1954년에 향읍 국민학교를 졸업하자 나는 어머니와 형제들이 살던 대구로 나왔다. 그즈음 군에 복무 중이었던 고모부도 만기제대를 해 고향으로 돌아와 수리조합에 다시 취직해 있었다. 할머니는 여전히 고모 댁에서 외손자 셋을 돌보아주며 살았다. 고모부는 어디 입 댈 데 없는 성실하고 정직한 사람으로 장모님을 잘 모셨다.

　나는 고등학교를 졸업할 때까지 방학 때면 열흘이나 보름 정도 고모 댁으로 내려가 외사촌 동생들 학습을 지도해준다는 명목으로 고향에 머물다 돌아왔다. 말이 일시적인 외사촌 아우들 가정교사이지 내가 걔네들 학습에 도움을 줄 정도로 공부를 잘했던 모범생은 아니었다. 나는 입학시험조차 없던 따라지 고등학교에서도 성적 순위가 중간에서 맴돌던 처지였다. 바느질 일로 식구가 겨우 호구를 면했기에 어머니로서는 하나 입이라도 덜어 양식을 아낄 요량으로 방학 때면 나를 고향의 고모 댁으로 쫓아버렸던 것이다.

　"제 한 몸 자기 뜻대로 살겠다며 북으로 가버린 사상에 미친 서방이 지금 눈앞에 나타나면 빨갱이라고 당장 경찰서에 신고할 테야" 하며 허구한 날 아버지를 욕질하던 어머니는 그런 자식을 아들이라고 낳은 어미를 시어머니로 받들고 싶은 마음이 없었다. 고부간이 원수지간이듯 틈이 더 벌어진 것도 6·25전쟁 난 이후부터였다. 아니, 자식 넷을 거느리고 남의 집 문간채 사글셋방을 떠돌던 어머니로서는 시어머니까지 모실 처지가 못 되었다. "딸이 시집을 간 후로도 딸네 집이 더 편하다며 얹혀 살아온 시어미가 거기서 계속 붙어 살지 이제 와서 하나 아들도 떠나고 없는 우리 집에 왜 끼여 살아. 부모 속 엔간히 썩이던 아들이 사상에 미쳐 그렇게 사라져버릴 동안, 어디 집 한 칸 논밭 한 뙈기 물려준 게 있어? 무슨 염치로 이제 와서야 우리 집을 찾아." 어머니의 매몰찬 말씀이었다.

줄곧 고모 댁에 얹혀살던 할머니를 모시게 되기는 내가 서울에 직장을 얻어 상경했을 무렵이었다. 1970년 봄이니 군 복무를 마치고 대학을 졸업한 해였다. 그즈음에 와서 고향의 고모 댁도 형편이 말이 아니었다. 고모부는 무슨 바람이 불었는지 안정된 직장인 수리조합에 사표를 낸 뒤 읍사무소 옆에 양복점을 개업했다. 재봉 기술을 배워 시작한 게 아니라 숙련공 직공을 두었는데, 장사도 해본 사람이 한다고 소읍에 결혼을 앞둔 총각을 빼고는 새 양복 뽑아 입는 사람이 흔치 않아 양복업이 잘될 리 없었다. 몇 해를 못 가 있던 재산을 털어먹고 빚까지 지게 되자 마산으로 솔가하여 새로운 일터를 찾지 않으면 안 될 신세가 되었다. 고모네가 마산에 방 한 칸을 얻어 셋방살이를 시작했으니 그로서 고향 땅에는 피붙이가 아무도 살지 않게 되어, 내가 고향에 들르더라도 잠 잘 집이 없어지고 말았다. 마산으로 솔가한 고모네는 딸린 식구가 많은 데다 할머니까지 모실 수가 없었다. 그렇다고 원수지간으로 틈이 벌어진 고부 사이의 갈등을 아는지라 고모님도 어머니에게 할머니를 떠넘길 수가 없었다. 마침 내가 취직자리를 구해 어머니로부터 독립하여 서울로 올라갔음을 알자 고모가, 친손자 조석으로 밥도 해줄 겸 할머니를 모셔가라는 연락이 왔다. 내가 하숙 생활을 청산하고 한 칸 방을 얻을 때까지 좀 기다려달라는 말이 떨어지기가 무섭게, 사촌 동생이 할머니를 모시고 서울로 올라왔다. 부랴부랴 다니던 회사에 목돈을 가불하여 저 응암동 언덕바지에 문간채 한 칸을 전세로 얻어 할머니와 살림을 시작했다. 간단한 부엌 용구를 샀고 할머니가 풍로에 냄비 밥을 끓여주었다. 할머니는 서울이란 낯선 객지에 아무도 아는 사람이 없어 진종일 골목길에 나앉아 오가는 사람이나 구경하며 한낮을 보냈고, 저녁이면 밥해놓고 손자의 퇴근만을 기다리는 처지가 되었다. 퇴근 후 동료들과 술자리를 벌였다가도 버스 정류장 앞 어둠 속에 오두마니 쪼그려 앉자 손자를 기다릴 할머니가 눈에 밟혀 서둘러 귀가하곤 했다. 나를 기다리며 담배를 몇 개비나 피웠는지 치마 앞에는 늘 꽁초가 소복했다. 어느 날도 내가 문우들과 술을 마시고 늦게 귀가하자 할머니가 버스 정류장 앞에서 나를 맞았다.

"얘야, 남북통일 된다는 소식은 아직 없지러?" 할머니가 뜬금없이 물었다.

"남북통일이라니요?" 술이 확 깨는 느낌이었다.

"그렇게 통일이 돼야 니 애비가 돌아올 낀데 말이다."

그제야 할머니의 심사가 짚였다. 가로의 점포 앞에 내놓은 전자제품을 파는 가게의 스피커에서 유행가 「단장의 미아리고개」가 흘러나오고 있었다. '미아리 눈물 고개/님이 넘던 이별 고개/화약 연기 앞을 가려 눈 못 뜨고 헤맬 때/당신은 철사줄로 두 손 꽁꽁 묶인 채로……'란 그 유행가만 들으면 할머니에게는 아버지가 철사에 묶여 이북으로 끌려가는 장면이 연상되는 모양이었다. 그날도 퇴근길에 언덕길을 오르던 할머니가, 철사에 묶여간 아버지가 언제쯤이면 돌아오겠냐고 내게 물었다. 술에 취한 내가, 아버지는 자기 스스로 북한으로 넘어갔지 철사에 묶여 북으로 끌려가지 않았다고 말했다. 그러나 할머니는 내 말을 곧이들으려 하지 않았다. 이북이 얼마만큼 살기가 좋기에 이남에 살고 있는 처자식은 물론이고 홀 어미마저 버려둔 채 그쪽으로 올라갔겠냐는 것이다. 부모와 자식 간의 혈육을 갈라놓는 것보다 더 좋은 그 무엇이 이 세상에 있다는 것을 할머니는 믿지 않으셨다. 아니면, 그렇게 생각해야 아버지가 다시 남으로 돌아오더라도 나라로부터 처벌을 안 받겠거니 하고 여겼다.

"낙동강이 굽이쳐서 흐르는 내 고향 물금은 서리 내릴 철만 되면 철새 중에서도 몸집이 큰 고니(백조)가 무리를 지어 내려와서 월동 을 하지. 말 못 하는 새 떼들도 저 추운 북지에서 낙동강 찾아 그렇 게 내려오는데, 사람이 제 어미를 찾아 왜 못 내려오노."

"새를 어디 사람과 견줄 수 있어요. 새와 사람은 다르잖아요." 궁색한 변명을 주절거리는 내가 스스로 생각해도 답답해서 한마디 를 보태었다. "새는 날개가 있으니 하늘을 가로질러 마음대로 날아 다니지만, 사람은 어디 그래요. 철조망 쳐서 휴전선으로 막아놓고 양쪽 군대가 총을 겨누고 지키니 어디 마음대로 왕래할 수가 있겠 습니까."

"그래도 그렇지. 제 부모 만나러 내려간다는데도 못 가게 막는 군대가 어디 있냐. 저들은 어디 부모 없이 생겨났나" 하던 할머니 가 긴 한숨을 내쉬며 북쪽 하늘을 올려다보았다. 그렇게 오매불망 아들을 기다리는 할머니의 마음은 한결같았다. 할머니에게 그 자

194

식은 금지옥엽으로 키운 외동아들이었다.

어느 한가로운 일요일 오전, 쪽마루에다 무말랭이를 널고 있던 할머니에게 내가 물었다.

"할머니, 여태 살아오실 동안 가장 기뻤던 시절은 언제였어요?"

순간 할머니가 하던 동작을 멈추고 소매 사이에 넣어둔 담뱃갑을 꺼내 한 개비를 입에 물고 불을 당겼다. 마음이 심란할 때면 담배부터 피워 무는 버릇이 있었다. 할머니는 할아버지가 별세한 후 외로움을 달래는 데는 심심초가 제일이란 주위의 권유로 담배를 배웠다고 했다. 처음은 엽연초로 곰방대를 사용했으나 연기가 너무 독해 어질증이 심하자 궐련으로 바꾸었다고 했다.

"그때가 어느 시절이었나……" 생각에 잠긴 할머니가 눈을 깜박거렸다. 팔순을 넘긴 허리 굽은 꼬부장한 할머니 몸집이 마치 늙은 원숭이 같았다. "아침밥 급하게 멕여 벤또 챙겨서 그 자식을 부모가 양쪽에서 끼고 역으로 종종걸음 칠 때였지. 아들이 마산에 있는 중학교에 입학해 진영에서 기차로 통학했거든. 아들과 함께 역으로 가려 장터 마당을 질러갈 때면 동네 사람들이 공부 잘하는 아들을 두었다며 모두들 부러워들 했지. 그렇게 아침 통근 열차에 아들을 태워 보내고선 한숨 돌려 집에 와서야 우리 양주가 아침밥 먹었어. 마산서 저녁 통근 열차가 올 때면 또 역으로 마중 나가 공부하고 돌아오는 아들을 양쪽에 끼고선 집으로 데려오고. 그때는 그 애가 무럭무럭 크는 재미로 사는 보람이 있었제. 동네 사람들도 공부 잘하는 똑똑한 아들을 둬서 언양댁이 자식 복이 많다 했고. 장차 아들 덕을 크게 보게 될 테니 팔자가 늘어졌다고 부러워들 했는데…… 따지고 보니 아득한 세월 저쪽이구나."

할머니를 서울로 모셔와 함께 산 지 이태 뒤 나는 대구 출신 처녀를 맞아 결혼을 하자, 미아리 쪽 아리랑고개턱에 방 두 개짜리를 전세로 얻어 신혼 생활을 시작했다. 방 한 칸은 할머니가 쓰게 되었다. 딸애가 태어나자 할머니가 그 애를 돌보는 재미에 낙을 붙였다. 아래 아우가 직장을 구해 대구에서 상경하고, 6·25전쟁이 난 그해 4월에 태어난 막내 아우가 아기 때 너무 굶주린 나머지 영양 결핍증을 앓았는데 그게 원인이 되어 25세에 세상을 뜨자, 어머니도 대구에서 손수 밥을 끓여 먹으며 홀로 살 이유가 없었다. 주위에서도 이제 맏며느리 해주는 더운밥 먹고 수발 받으며 사시라고, 상경을 권유했다. 그즈음 나는 사흘마다 야근에 시달리며 애면글면 노력한 덕분으로 어렵사리 강북 수유리에 집 한 칸을 장만해두고 있었다. "나도 서울에 올라가서 큰애와 같이 살란다. 내 죽으면 제상 차려줄 큰애한테 살아생전에 붙어야지, 무슨 용뺄 일 있다고 나 혼자서 여기에 독불장군으로 버티랴." 어머니의 말씀이었다.

어머니가 대구 살림을 정리하고 상경하여 장남인 나와 같이 살겠다고 하자, 그 말을 들은 할머니가 바짝 긴장하기 시작했다. 범같이 무서운 며느리와 어떻게 한 지붕 밑에서 밥상 받을 수 있겠느냐는 것이다. 그러나 상경을 결정한 어머니에게, 할머니가 세상을 떠날 동안까지 대구에서 좀더 사시라고 주저앉힐 명분이 없었다. 번히 눈 뜨고 있는 사람을 두고 세상 떠날 날만 학수고대 손꼽는 짓도 피붙이로서는 못할 노릇이었다. 책과 허드레 물건을 쌓아두던 문간채 골방을 할머니에게 내어주고 상경한 어머니를 건넌방에 모시기로 했다.

어머니가 대구 살림을 정리하여 서울로 올라와 장남인 나와 함께 살게 되자, 고부 간은 가능한 마주 보고 같이 앉는 자리를 피했다. 아침밥도 어머니와 내가 겸상하여 먹고 나서 내가 출근한 뒤에야 할머니와 처가 밥상 앞에 앉았다. 어머니가 집 안에 있을 때면 할머니는 골목길에 나앉아 지나다니는 행인을 구경하며 담배질로 시간을 보내거나, 집 안에 있을 때는 며느리와 대면하지 않으려 골방 문을 닫고 지냈다. 특히 시어미가 자식 잘못 길러 한 집안을 망쳐먹었다고 퍼붓는 어머니의 지청구를 듣기 싫어해 귀를 막다시피 하고 살았다.

할머니가 어머니와 한 지붕 아래 함께 살게 되자, 그게 속병이 되었다. 원체 몸이 약한 분이라 센 바람만 불어도 날아갈까 염려스러웠는데, 식사량이 고양이 밥 먹듯 적은데도 그나마 제대로 소화를 해내지 못했다. 뜨듯 말 듯 식사를 끝내면 배가 아프다며 큰 병으로 사다 놓은 활명수 한 모금을 들이켜곤 골방을 찾아들어 자리에 옹크려 누웠다. 할머니는 눈에 띄게 나날이 쇠약해갔다. 연세로도 이미 팔순을 넘겨, 어머니 말씀처럼 노친네가 무슨 낙을 더 보겠다고 저렇게 명줄이 긴지 모르겠다고 퍼붓는 잔소리까지 견뎌내야 했다.

"늙은이라고 왜 낙이 없겠노. 하나 자식 살아서 돌아올 그날까지 살아야제. 그 자식도 살아생전에 어미가 보고 싶어 맨날 천 날 밤잠을 못 이룰 텐데. 남북통일 될 그날이 올 때까지 내가 살아야 해. 나는 반드시 살아서 돌아온 그 자식 보고서야 눈감을 테야." 할

머니는 며느리 말에 맞대놓고 대꾸하지는 않았지만 내가 들으라고
고시랑거렸다.

술에 갑북 취해 들어온 어느 날, 한밤중에 소변이 마려워 잠에서
깨어 화장실로 가려 거실로 나오니 할머니가 달빛 흐린 어두컴컴
한 바깥을 내다보며 오도카니 앉아 있었다. 할머니가 태우는 담배
연기가 실오라기처럼 피어올랐다.

"왜 주무시지 않고 나앉았어요?"

"잠을 이룰 수 없어 그렇다."

"또 아버지 생각하셨군요."

"그런데 말이다. 우리 식구가 고향 땅 떠나 객지살이 하는데, 통
일이 되더라도 네 애비가 우리 식구 못 찾을 것 아닌가? 진영으 예
전 우리 집에 가봐야 우리 식구가 살지 않고, 네 고모네도 마산으
로 이사를 나가버렸으니깐."

"읍사무소에 들러 예전 우리 집 지번으로 호적을 떼어보면, 내
애들을 호적에 올리느라 우리 가족이 어디로 이사 가서 살고 있는
지 다 나와 있어요."

"읍사무소가 빈틈없이 그런 관리를 잘하는지 모르겠다."

"야심한데 감기 들리십니다. 어서 들어가 주무셔요."

"내일 일찍 출근하자면 너나 잠 더 자둬라."

할머니는 아버지와의 지난 시절 추억을 반추하며 또 밤을 밝히
실 모양이었다.

할머니는 어머니와 합가한 뒤 이태를 더 살다 별세하셨다. 만약

어머니 상경이 좀더 늦추어졌다면 그만한 시간은 벌었을 텐데, 며느리와 한 지붕 아래 사는 부담이 속병이 되어 명을 재촉한 꼴이었다.

배가 살살 아프다던 할머니가 아침밥도 마다한 채 골방에 옹크려 눕는 걸 보고 나는 회사로 출근했다. 점심때쯤, 할머니 증세가 아무래도 이상하니 당신이 집에 들어오라는 처의 전화가 회사로 와서, 내가 조퇴를 하곤 급히 귀가했다.

할머니는 마른 새우처럼 옹크려 누운 채 골골 앓고 있었다. 내 기척에 할머니가 감고 있던 눈을 힘없이 떠서 나를 올려다보았다.

"활명수로는 안 될 것 같으다. 모진 목숨 인자 다하는 모양인데, 너 애비는 에미 찾아 여태 돌아올 줄 모르는구나."

나는 가슴이 멍멍하여 할 말이 없었다.

"야야, 마지막으로…… 동네 의원이나 한번 불러다오."

할머니의 말에 내가 언덕길을 허겁지겁 내려가 내과 병원을 찾아 의사의 왕진을 청했다. 의원이 마침 환자를 보고 있었기에, 집 위치를 설명해주고 왕진을 부탁하곤 급히 집으로 돌아왔다. 그새 할머니는 가느다란 마지막 숨을 몰아쉬고 있었다. 의사가 오기 전에 할머니의 숨길이 멈추어졌다. 병고로 여러 날을 고생하지 않은 깨끗한 죽음으로, 향년 팔십육 세였다.

울산댁

서울이 연합군에 의해 수복되고 두 달여 지난 1950년 11월 하순으로, 첫 얼음이 얼기 시작하는 절기였다. 엄마는 집 안의 쓸 만한 옷가지와 이불을 뭉쳐 이고 동대문시장으로 나갔다. 시장은 팔 물건을 들고 나온 뜨내기 장사치들로 북새통을 이루고 있었다. 엄마는 시장 모퉁이에 옷과 이불을 펼쳐놓고 호객을 시작했다. 저녁 무렵에야 거간꾼에게 그 물건을 헐값에 넘기곤 안남미 몇 되를 사 왔다. 엄마는 누나에게, 나를 데리고 먼저 고향으로 내려가라고 했다. 당신은 서울에 남았다가 다음 달쯤 아우 둘과 함께 고향으로 내려오겠다는 것이다.

기차를 타고 고향으로 내려갈 때 밤 추위를 걱정해서 엄마는 누나와 내가 입고 갈 솜 넣은 저고리와 두툼한 버선을 만들었다. 누나와 내가 서울을 떠나기 전날 밤, 엄마는 소금 간한 주먹밥 다섯 개를 뭉쳤다. 기차 안에서 누나와 내가 둘러쓰고 갈 이불 보퉁이를 엄마가 이고, 누나와 나는 새벽 별을 바라보며 서울역으로 나섰다. 배추밭이 질펀한 청량리의 문간채 방에서 걷고 걸어 서울역에 도착하니 어느 사이 해가 한참 올라 아침 무렵이었다. 전쟁이 나자 서울을 떠났던 사람들이 수복된 옛집을 찾아 상경하거나, 인공 치하를 서울에 앉아 겪어내고 국군이 수복하자 서울을 떠나는 사람들로 서울역 광장은 북새통을 이루고 있었다. 상경하는 열차에도 객차 지붕에까지 사람들이 짐 꾸러미와 함께 콩나물시루 모양으로 올라앉아 있었다.

서울역까지 따라와 누나와 나를 떠나보내던 엄마가 당부 말을 했다. 누나에게는, 고향에 도착할 때까지 철딱서니 없는 동생을 잘 돌보라 일렀고, 말썽꾸러기였던 내게는 누나가 시키는 말 잘 따라야 고향에 갈 수 있다고 당조짐을 놓았다. 고향에 가더라도 북조선 노래를 함부로 부르면 안 된다고 일렀다. 수복되고도 나는 인공 시절에 등교하여 북조선에서 내려온 여선생에게서 인민항쟁가와 북조선 동요를 배워선 이웃 아이들과 함께 부르곤 했던 것이다.

"복희야, 아이를 놓치면 안 돼. 한눈팔다 놓쳤단 쟤는 꼼다시 굶어 죽어. 낯선 땅을 혼자 떠돌다 고아원에라도 넘겨지면 다행이지만, 전쟁 통에 굶어 죽고 얼어 죽은 애들이 어디 한둘인가." 엄마가 누나에게 신신당부했다.

"그라면 엄마는 언제쯤 고향으로 내려올 겁니꺼?" 나이에 비해 총명했던 누나가 그때만은 엄마와 두 동생과 헤어진다는 게 서러운지 울먹이는 목소리로 물었다. 누나는 엄마한테 넘겨받은 이불 보퉁이를 이고 있었다.

"버틸 수 있을 때까지 좀더 기다려 봐야지러. 그때까지 소식이 없다면 내달쯤에 동생들 데리고 내려가꾸마."

엄마가 기다린다는 사람은 지난 9월 하순, 서울에서 퇴각한 북조선공화국의 후발대를 따라 북으로 가버린 아버지였다. 차를 가져와 가족을 싣고 갈 테니 집에서 기다리라 해놓곤, 미처 그럴 시간이 없었던지 소식 끊긴 아버지였다. 서울이 다시 인공 치하가 되지 않는 이상 엄마는 북으로 멀리 가버린 아버지를 만날 수 없으며, 만약 엄마가 아버지를 만나게 된다면 남한 땅 저 남도 끝까지 고향에 있을 누나와 나를 두 번 다시 볼 수 없을 터였다. 엄마가 그런 생각까지 하고 하는 말인지 어쩐지 알 수 없었다.

엄마는 전쟁이 나기 직전 5월에 태어난 막내아우를 포대기 둘러 업었고, 세 살 난 내 밑 아우는 엄마 치맛자락을 잡은 채 훌쩍이고 있었다. 세상 물정을 제대로 알지 못할 나이인데도 아우는 이제 누나와 형과 헤어져야 함을 어렴풋이 눈치챈 모양이었다. 당시 누나는 국민학교 5학년, 나는 2학년이었다.

피란 내려갈 사람들을 콩나물시루 콩나물처럼 빼꼭히 태운 채 서울역을 출발한 부산행 열차는 사람이 타는 객차가 아닌 석탄이나 통나무 따위를 운반하는, 나무 벽을 높이 쳐서 바깥을 내다볼 수 없는 무개차였다. 좌석은 물론 화장실이 있을 리 없었다. 바닥에 쪼그려 앉아 지고 온 이불을 덮고 몇 날 며칠을 견뎌야 하는 난민 신세였으나 그런 무개차라도 탈 수 있게 된 것에 감지덕지해야 할 처지였다. 기차가 언제 떠날지 모르게 늑장을 부리자, 나는 추위와 배고픔에 몸이 떨렸다. 웅크리고 앉아 훌쩍이는 나를 주위 사람들은 모른 채 버려두었기에 무릎 사이에 얼굴을 박고 계속 칭얼대다 설핏 잠이 들었다.

해가 지고 어스름이 내릴 때쯤에야, 어느 순간 기차가 털컹하고 몸을 털더니 천천히 움직이기 시작했다. 임시 부교로 가설된 한강 철교를 지날 때도 기차는 제 무게를 못 이겨 철교 아래 물 밑으로 가라앉을까 아주 천천히 건넜다.

기차는 제 속도를 내지 못한 채 가다 서다를 반복했고, 한번 정차하면 비행기 폭격으로 파괴된 철길을 응급 보수하는지 한정 없이 기다려야 했다. 그럴 때면 승객들은 차에서 내려 용변을 보거나 철로 변 마을을 찾아들어 물이며 먹을거리를 구해 왔다. 지니고 온 옷가지나 귀중품을 양식과 교환했던 것이다. 엄마가 기차 타고 내려갈 때 먹으라고 싸준 주먹밥은 따깜질로 아껴 먹었는데도 이틀만에 동이 나고 말았다. 김천을 채 못 가서였다.

경부선에는 경상남도 삼랑진역을 못 미쳐 속칭 십리굴이 있었는데, 기차가 그 굴을 채 빠져나오지 못한 채 또 멈추어버렸다. 30여분이 지나도 기차는 석탄 때는 매연만 뿜어댈 뿐 움직일 줄 몰랐다. 깜깜한 굴 안이라 매캐한 연기가 가득 찼다. 매연을 참아내지 못한 늙은이들은 기침 끝에 실신하기도 했다. 승객들 중론이, 아무래도 시간이 더 걸리겠다며 우선 걸어서라도 굴을 빠져나가는 게 상책이라고 했다. 여기에서 삼랑진은 그리 멀지 않은 거리니 걸어갈 수도 있다는 것이다. 사람들이 가재도구를 이고 진 채 기차에서 내려 깜깜한 통로를 빠져나가기 시작했다.

"이 기차는 부산으로 곧장 가는데, 우리는 삼랑진에서 마산과 진주로 가는 기차로 갈아타야 하잖아요. 그러니 삼랑진에서 마산 쪽으로 갈 사람들은 어차피 차를 바꿔 타야 해." 어떤 어른이 말했다.

"삼랑진역까지 우리도 걸어서 가자." 누나가 말했다.

누나와 나는 일행에 섞여 철길을 걷기 시작했다. 5리 남짓 걷자 배낭을 진 내 걸음이 처졌다.

"누부야, 배고프고 다리 아파 더 몬 걷겠다."

"그라면 나 혼자 가마. 누나와 떨어져 혼자 가고 싶으면 알아서 해라." 누나가 냉담하게 말하곤 앞장을 섰다.

"안 돼, 따라갈 테야." 나는 누나를 쫓았다.

누나가 내 손을 잡아끌어 우리는 다른 사람들에 섞여 어두운 굴을 빠져나왔다.

일행을 따라 삼랑진역까지 오자 누나가 역원에게 뭘 물어보고 오더니, 전시라 부산에서 마산 쪽으로 가는 군용열차가 아닌 일반 승객이 타는 기차는 하루에 두 번뿐인데 오후에 떠나는 기차는 저녁이 되어야 부산을 출발해 밤에 삼랑진역에 도착할 거라고 했다. 우리 남매는 차비조차 없었고, 쫄쫄 굶고 있었다. 마산과 진주 쪽으로 갈 사람들은 마냥 기차 오기만을 기다릴 게 아니라 삼랑진까지는 그리 멀지 않으니 걸어서 가자고 말했다. 마산 쪽으로 갈 사람은 우리 남매 말고도 여럿이었다. 배도 고픈데 얼마나 걸어야 하냐고 누나에게 물었다. 누나가 역원에게 듣고 온 말에 따르면, 삼랑진역에서 한림정역만 거치면 진영역이니 50리 남짓 될 거라고 했다. 나는 50리가 얼마 정도의 거리인지 몰랐으나 길 가다가 동네를 만나면 찐 옥수수며 삶은 감자를 얻어먹을 수 있다는 누나 말이 솔깃했다.

"전쟁 터졌을 때 북조선 군대가 여게까지는 쳐들어오지 않았대." 누나는 아는 게 많았다.

누나와 나는 걷기로 작정하고 역을 떠났으나 처음부터 난관에 봉착했다. 마산 쪽으로 가자면 낙동강 철교를 건너야 하는데 총을 멘 미군이 다리 입구를 지키고 다리를 건너지 못하게 했다. 교량을 폭파할 적병이 민간인 복장으로 끼어 있는지 모르므로 관할 기관에서 발행한 통행증이 없으면 아무도 다리를 건네주지 않는다는 것이다. 강변 마을에 들르면 강을 건네줄 나룻배나 낚싯배가 있다고 했다.

날이 저물어 마을에서 하룻밤을 났다. 어린 남매를 불쌍하게 여긴 주인집이 잠자리를 마련해주고 밥까지 먹여주었던 것이다. 이튿날 새벽에 누나와 나는 나룻배로 낙동강을 건넜다. 누나와 나는 걷고 또 걸었다. 우리는 저녁 무렵에야 고향 진영에 도착할 수 있었고, 먼저 찾아든 집이 읍내 장터거리 입구에 있던 울산댁 집이었다.

울산댁은 나의 친할머니가 아닐뿐더러, 촌수를 따져보면 엄마 친정 쪽과 먼 친척이 될 뿐, 가까운 혈연관계는 아니었다. 그러나 울산댁은 내게 친할머니 이상으로 전생(竝生)에 각별한 인연을 맺은 분이다. 친할머니 나이뻘인 울산댁이 첫 기억으로 남기는 내 나이 만 여덟 살 때로, 6·25전쟁 직후 누나와 함께 고향으로 역피란을 내려왔을 그때였다. 6·25전쟁 이태 전, 우리 가족은 아버지의 부름을 받아 상경했고, 2년 남짓을 서울 남산 밑 묵정동에서 살다 전쟁을 만난 그해 11월에 누나와 내가 먼저 서울을 떠나 고향 땅을 밟았을 때, 처음 들른 곳이 장터거리 울산댁 주점이었다. 고모님이 고향에 살았고 할머니가 고모 댁에서 지냈으나 읍내에서 들판을 질러 5리 밖 주호리에 고모님 시댁이 있다는 말만 들었을 뿐 할머니의 거처나 고모님이 사는 데를 몰랐기에 아쉬운 대로 찾아든 집이 역에서 가까운 장터거리 초입에 있던 울산댁 주점이었다. 주점이 장터와 면한 옥호 없는 바깥채라면 안채는 울산댁 살림집이었다.

우리 남매를 보자 안채 마루에서 저녁밥을 먹던 울산댁이 선걸음에 달려 나와 삽짝 안으로 쭈빗거리며 들어선 우리 남매를 보았다.

"아이구, 야들이 누군고? 서울로 이사 간 강정때기 자슥들 아인가. 전쟁 만나서 너그 남매만 이래 내려왔구나. 피란 오면서 얼마나 고생했으모 얼굴이 까마구가 다 됐네." 우리 남매가 서울을 떠난 뒤 며칠째 세수조차 못 했기에 누나와 내 얼굴이 숯 검둥이라 울산댁이 그렇게 말했던 것이다.

"삼랑진서부텀 걸어왔습니더." 누나가 조그맣게 대답했다.

"우짜다가 너거 남매만 이래 내려왔노?"

"어무이하고 동생은 아직 서울에 남았심더. 조만간 내려올 끼라예." 누나는 서울에서 이태를 살았지만 아직도 남도 사투리에 더 익숙했다.

"너거 식구가 아부지 찾아서 서울로 올라가지 않았느냐? 아부지는 우째 됐고?"

"전쟁 나고부텀은 소식을 모릅니더."

그날부터 나는 울산댁에 얹혀살게 되었다(울산댁은 택호이기도 했

지만 장날 국밥과 막걸리를 팔던 옥호로 불리기도 했다). 울산댁 내외
는 택호 그대로 출신이 울산이었는데, 당시로서는 진영에서 울산
까지는 가까운 거리가 아니었다. 울산과 진영이 경상남도에 속해
있고 직선 거리상으로는 과히 멀지 않지만, 동해안에 위치한 포구
울산에서 기차 편에 부산으로 내려와선 부산에서 마산이나 진주로
가는 기차나 버스를 타야 반나절 걸려 도착하는 작은 읍이 진영이
었다. 만약 새벽에 울산을 나선다면 깜깜한 저녁은 되어야 겨우 도
착할 수 있는 이수였다. 진영은 김해읍과 더불어 1930년대 중반에
면에서 읍으로 승격되었지만, 예로부터 있어온 마을이 아니었다.
고풍스런 골기와집은 한 채도 없었고 야산 비탈을 타고 판잣집 같
은 초가나 도단집이 다닥다닥 붙은 새 동네였다. 기차역이 세워지
고 부산과 마산을 잇는 국도가 진영을 동서로 가르며 뚫리자, 북으
로 펼쳐진 진영평야를 배경으로 마을이 급속히 커졌던 것이다. 진
영은 국내에서 단감을 처음 재배한 지방으로 알려졌는데 읍내를
내려다보는 1백 미터 채 안 되는 나지막한 뒷산에는 1920년대 후반
에 반도로 나온 일본인이 진영에 정착하며 우리나라 최초로 단감
묘목을 가져와 심었다고 알려졌다. 진영은 김해 쪽으로 시오 리 밖
에 있던 설창리란 마을에 오일장이 섰는데 역이 생기자 오일장이
진영으로 옮겨오기가 그즈음이었다.

　울산댁 내외가 무슨 연고로 고향인 울산 땅을 떠나 낯선 고장 진
영 장터에까지 흘러들어와 정착하게 되었는지 그 연유를 아는 사
람이 없었다. 진영 장터에 눌러앉아 붙박여 살게 된 사람들 역시
등짐장사나 방물장수를 하다 주저앉은 타지 사람들이라, 진영은

재래의 집성촌과는 달리 산지사방에서 모여든 각성바지들이 이웃 사촌으로 눌러앉아 살게 된 읍이었다. 한마디로 장돌뱅이들이 장터를 터 삼아 주저앉아선 주위 들판에 널린 마을 사람들이 오일장을 보러 나오면 순박한 그들의 주머니를 털어먹고 살았다. 그래서 장터거리에는 영악한 장돌림들이 많았다.

1930년대에 들어 진영이란 마을이 읍으로 승격되기 전, 설창에 있던 오일장이 진영으로 옮겨왔을 즈음에 울산댁 내외가 장터거리에 정착했다. 젊은 내외가 입을 살려 시작한 일거리가 국밥과 술을 파는 주점이었다. 울산댁 내외는 울산에 있었던 시절에도 소작을 내줄 정도의 중농 출신이라 그때도 직접 농사는 짓지 않았다고 했다. 고향을 떠나 허둥지둥 도망 나와 진영 땅에서 터를 잡다 보니 번듯한 옥호를 내걸 처지가 아니었다.

내 첫 기억에 남은 울산댁 나이는 환갑에 들었을 즈음이었다. 울산댁은 인정이 많은 후덕한 주모였다. 새댁 시절에 울산 지방에서 진영까지 흘러들어왔다는 사실만 알려져 택호가 울산댁으로 불렸지만, 당시 젊은 내외가 왜 고향을 떠나 진영이란 낯선 지방까지 흘러들어와 객지살이를 시작하게 되었는지에 대해 그 연유를 아는 사람은 없었다. 당시만 해도 아녀자는 혼례 올려 시집가면 시가 담장 안에서 아기 낳아 키워선 성례시키고, 평생을 시가 동네에서 살았지 타지로 나가본다는 것은 생각조차 못 한 채 한평생을 마치던 시절이었다. 그러므로 젊은 부부가 야반도주하듯 고향을 떠나 객지살이를 하게 되기까지는 그럴 만한 사연이 있었을 것이다. 그러나 부부가 그 연유에 대해 함구하는 이상 구체적인 사연을 알 길

없고, 그럴싸한 추측이 장터거리의 늙은이들 입을 통해 회자되고 있을 뿐이었다. 내외가 촌수를 따질 만큼 가까운 인척 관계라 사통이 집안 어른들에게 들키자 고향에서는 살 수가 없어 야반도주를 해서 진영까지 흘러들어와 울산댁이 주점을 열어 정착했다는 것이다. 다른 추측으로는, 울산댁의 미모에 혹한 마을 청년이 서방 출타를 틈타 새댁 방을 덮치려 하자 마침 삽짝에 들어서서 이를 목격한 서방이 낫으로 외간 남자를 자상한 뒤 후환이 두려워 처를 달고 고향을 등졌다는 것이다.

우리 남매가 어렵사리 고향에 도착한 한 달 뒤, 추위가 닥치기 직전에 엄마가 두 동생을 데리고 초주검이 되어 진영에 도착했다. 그러나 고향에서는 우리 식구가 거처할 집은 물론 논밭 한 뙈기 없었기에 살아갈 길이 막막했다. "진영 장터에서 자슥들 데리고 묵고 살자면 무슨 장사든 장사를 해야 하는데 장사 밑천 할 돈도 없었고, 나는 당최 뭘 사라고 외치는 호객을 못 하겠더라. 입이 얼어붙어 목청이 터지지 않아. 장사도 할 사람이 따로 있나 봐. 거기에다 빨갱이 여편네가 자식들 데리고 서울로 줄행랑쳤다가 전쟁을 만나자 거지꼴이 되어 고향에 나타났다고 장터거리 사람들이 입방아를 찧어댔으니……" 그 시절의 어려움을 두고 훗날 엄마가 했던 말이다. 엄마는 누나와 동생들을 데리고 대구로 나가 외가 쪽 친척 집 문간채 한 칸을 빌려선 바느질 일을 시작해 자리를 잡았다.

울산댁은 친할머니 나이뻘로 슬하에 자식이 없어 이웃에 살던 고모를 어릴 적부터 친딸 키우듯 귀여워해주었고, 전쟁을 만나 피란 내려온 나를 부모 정 모른 채 고향 장터에 버려졌다 하여 친손자인듯 받아들여 거두었다. 울산댁의 부군 이인택 씨는 군자풍의 점잖은 어른이었다. 그분은, 한창 커가는 아이를 그대로 내버려뒀 단 닳아빠진 장돌뱅이밖에 더 되겠냐며 학교에까지 다니게 해주었 다. 이인택 씨는 처가 장거리의 국밥집 겸한 옥호 없는 주점을 열 고 있었으나 술청에 드나들거나 처의 장사 일에 나서지 않았다. 안 채에 들어앉은 채 처가 하는 일에는 일체 간섭하지 않고, 평소에도 말을 아꼈다. 바지저고리에 조끼를 단정히 입었고 백고 친 알머리 에 늘 근엄한 표정이었다. 그분은 말이 없는 과묵한 분이었으나 한 번 화를 내면 성미가 불같아 장터 사람들이 울산댁에게 대놓고 언 성을 높이지 못했다. 이인택 씨는 닳아빠진 장터거리 장사치들과 어울리지 않았고, 오일장에 나온 근동 선비를 맞거나 앞산 아래 있 던 활터 출입 외에는 활이며 화살을 조이고 닦는 일로 소일하며 지 냈다. 울산댁은 과묵한 그런 서방을 하늘같이 모셔, 장날에 전을 걷고 전대를 풀어놓으면 이인택 씨가 처의 하루 벌이를 꼼꼼하게 셈했다. 울산댁은 그 돈을 서방에게 맡긴 채 쓸 돈을 타내어 썼다.

나는 이인택 씨를 할아버지라 부르며 따랐는데, 저렇게 점잖고 아는 게 많은 분의 이름이 왜 교과서에 실리지 않는지 의아하게 생 각했다. 그분의 인상이 어린 내게 너무 인상 깊었던 나머지 나는 소설가가 된 뒤 그분을, 또는 그분과 유사한 인물을 형상화하기도 했다.

울산댁은 몸이 비대했는데, 손을 떠는 수전증이 있어 손님 잔에 술을 칠 때도 넘치기가 일쑤였다. 담배를 즐겨 장죽을 늘 입에 물 고 있었다. 울산댁은 마음씨 넉넉한 주모로서 단골손님을 벗하여 잘 어울렸고, 권하는 막걸리나 소주를 받아 넙죽넙죽 잘 마시는 여걸풍의 주모였다. 그런 울산댁의 사교술을 서방인 이인택 씨는 무념하게 넘겼고 처의 장사 일에는 일절 간섭하지 않았다. 술 취한 장돌뱅이가 울산댁에게 시비를 걸어도 나서지 않다가 말다툼이 주먹다짐 일보 직전까지 번져 고성이 오고 가면 그때야 바깥채로 나와 시비꾼을 맡아 상대했다. 재판관처럼 공명정대하게 사리를 잘 따졌고, 억지를 부리는 시비꾼은 지서에 통기해 순경을 불러 해결을 보았다.

안채 대청에는 사진관에서 박은 울산댁 내외의 독사진이 나란히 걸려 있었고, 울산댁 내외가 안방을 썼다. 건넌방은 작은울산댁 가족이 거주했다. 작은울산댁은 울산댁 여동생으로 장날이면 내외가 주점 앞에 가마니 부대를 헐어 소금을 팔아 생계를 유지했다. 울산댁이 진영에 정착하여 자리 잡자 동기 간이 그리워 울산에서 소작붙이로 힘들게 살던 누이네 부부를 진영으로 불렀고 소금 장수 밑천을 대어주었던 것이다. 작은울산댁에게는 딸이 둘 있었는데, 혼기가 찬 정자 누나와 내 또래 금자였다. 정자 누나는 학교를 다니지 않아 한글을 깨치지 못했으나 복스럽게 생긴 순박한 처녀로 공동 우물터에서 물을 길어 날랐고 울산댁 주점의 부엌일을 도왔다. 내 또래 금자는 공부를 못해 꼴찌에서 맴돌았으나 운동회 때는 달리기 선수로 뽑히는 덜렁이였다. 울산댁 집 구조는 가게로 쓰는 바깥채가 보통 방 세 개 크기의 삿자리 여섯 장을 깐 방으로 장날이면 그 방이 술청이었다. 진영 닷새장은 4일과 9일이었는데, 진영 장날 하루 전 시오 리 밖 가술장에서 장사를 마친 장사꾼들이 밤길

을 걸어 늦은 밤중에 진영 장터에 도착하면 지고 온 등짐을 울산댁
헛간에 부려두고 바깥채 삿자리 깐 방을 숙소로 썼다. 나는 그들이
담배 연기 자욱한 속에 발 고린내를 풍기며 술 내기 화투 놀음 하
는 광경을 자주 보았고, 그들이 바깥세상 이야기를 풀어놓으면 솔
깃하게 귀 기울였다. 당시는 중부 전선이 전쟁터라 뺏고 빼앗기는
전투 이야기가 많았고, 지리산 공비 토벌 과정의 빨치산 도생 이야
기도 흥미로웠다. 울산댁은 바깥채에서 하룻밤을 묵는 장사꾼들에
게 숙식비를 셈해 받지 않았고, 그들이 이튿날 아침밥부터 저녁밥
까지 울산댁 주점에서 해결하는 것으로 상쇄했다.

　오일장 장날은 새벽부터 이인택 씨를 빼고 모두가 바빴다. 정자
누나는 집에서 3백 미터 정도 떨어진 공동 우물터에서 양동이로 물
을 길어 날랐고, 장사꾼들의 아침상 차리기에서부터 점심때 받을
손님용 밥 짓기와 국밥용 국 끓이는 데 나서야 하기 때문이었다.
울산댁은 요리 솜씨가 있었다. 사람들은 "울산댁의 음식 솜씨야말
로 진영 바닥서 알아줘야 해" 하고 칭찬했다. 오동통한 작은 손으
로 나물을 뿔짝뿔짝 무칠 때는 보는 이의 군침을 돌게 했다. 국밥
은 소고기에 선지, 천엽 따위의 소 내장에 무, 콩나물, 대파를 넣어
육개장으로 벌겋게 끓여냈다. 가게는 바깥채에 긴 식탁 세 개를 디
귿 자로 놓아 객을 받았다. 바깥채 밖은 비 피할 지붕만 올린 가가
(假家)였는데 거기에도 평상이 있어 겨울 한 철을 빼곤 긴 상을 놓
아 손을 받았다.

　장날이면 울산댁이 서 말치 큰솥 앞에 버티고 앉아 객의 주문을
받아 국밥을 퍼 담고 막걸리나 소주를 팔았다. 술안주로는 가오리

찜이나 편육이 있었는데, 술만 청하고 안주를 시키지 않는 손에게는 입가심용 술국이 딸려 나왔다. 장날이면 동냥질에 나선 거지가 장터를 누비며 구걸했는데, 그들이 점심때면 울산댁 국밥집을 기웃거리며 동냥을 청했다. 그러면 인심 좋은 울산댁이 그들 바리때에 밥과 국을 한 주걱씩 퍼 담아주며, 사람이 배고픈 것보다 서러운 게 없느니라 하며 선심을 썼다. 장날이면 나도 학교가 파하는 대로 귀가해 울산댁의 심부름을 하거나 솥 아궁이 앞에 쪼그려 앉아 국이 식지 않게 불을 보았다. 한여름에도 국 끓이는 솥은 설설 끓어야 했기 때문이다.

"야야, 빠작빠작 땀 흘리며 고생한다. 니도 한 그릇 먹거라." 울산댁 말에 나도 기름 동동 뜨는 국밥을 얻어먹을 수 있었다.

장날 해가 지면 가게 여러 곳에 호롱불을 밝혔다. 그을음 낀 호롱 안에 작은 손을 밀어 넣어 물걸레질로 닦는 일, 호롱에 석유를 붓고 심지에 불을 댕기는 일도 내 몫이었다. 성냥불을 켜는 데 익숙하지 못해 손을 덴 적도 여러 번이었다. 그렇게 장터에 어둠이 내리면 장사꾼은 전 자리를 걷고 울산댁 가게로 와서 동패들과 저녁 끼니를 때우며 낮 동안 호객하느라 쉰 목을 막걸리로 풀었다.

잠을 잘 때도 나는 안방 울산댁 내외 사이에 끼어서 잤다. 잠자리에 들면 전등불을 끌 때까지 장거리에서 구한 낡은 지리부도를 보며 상상의 세계 여행에 빠져들곤 했다. 그럴 때면 울산댁이 이제 불 끄고 자야 한다며 내 사추리에 손을 넣어, "니는 커서 장가가면 자슥 많이 놓고 오래 살거라" 하며 불알을 조몰락거렸다.

나는 고향 울산댁 내외의 그늘 아래에서 학교를 다녔다. 공부를 채근하는 부모가 없다 보니 막 놓아 먹이는 망아지 꼴이었다. 책과 공책조차 제대로 갖추지를 못했고, 학교 공부에도 흥미가 없었다, 장터거리 아이들과 노는 데만 열중했다. 엄마가 서너 달에 한 번 대구에서 능금 한 자루를 이고 와 장날 내다 팔 겸 나를 보러 왔다. 엄마는 장터거리 이웃에게 내 행실을 귀동냥하고는 당신의 한까지 실어 자식을 실컷 매질하곤 대구로 돌아갔다. 그래서 엄마가 고향에 내려올 때면 당할 매질로 나는 겁에 질려 떨었다.

울산댁 가게에 얹혀서 고향에서 생활한 지 1년 남짓, 국민학교 5학년 여름방학 때였다. 할아버지가 갑자기 세상을 떠났다. 그 죽음의 원인을 따지면 내 행실 탓이었다. 그날도 저녁밥 먹는 걸 깜박 잊은 채 장터거리 아이들과 술래잡기하고 놀다 해가 진 뒤에야 안채로 들어섰다. 할아버지가 방문을 열어놓은 채 독상을 받아 밥을 먹고 있었다.

"금자가 저녁밥 먹으라고 부르고 댕겼는데 와 인자 들어와?" 울산댁이 숭늉 그릇을 받쳐 들고 방으로 들어가다 말했다.

나는 머리를 긁적거리며 변명 삼아, 동네 애들과 놀다 금자 말을 까먹었다고 변명했다. 할아버지는 나를 나무라지 않고 손 씻고 들어와 밥 먹으라 했다. 나는 늘 할아버지와 겸상했던 것이다.

그때 마당에서 눈에 쌍심지를 켜고 나를 보던 작은울산댁이, "형부는 친손자도 아닌데 갸를 어지간히도 거두네. 한 끼 굶는다고 죽지는 않습니더" 하고 볼멘소리를 했다.

그 말에 이인택 씨가, 형부한테 무슨 버릇없는 소리를 하냐며 격노해선, 마루로 나섰다.

"내가 어데 그른 소리 했습니껴? 형부는 갸가 친손자라도 되는교?"

"누구 앞이라고, 이제 못 하는 소리가 없군!" 큰소리로 꾸짖던 이인택 씨가 갑자기 이마를 짚더니, 비명을 질렀다. 뇌출혈을 일으켜 정신을 잃고 쓰러졌다. 읍사무소 옆 내과 병원으로 정자 누나 아버지가 이인택 씨를 업고 달렸다. 그새 이인택 씨의 헐떡이던 숨길이 잦아들더니 멈춰버렸다. 병원에 도착해 의사가 맥을 짚었으나 숨을 거둔 뒤라 인공호흡을 해도 소용이 없었다. 환갑 연세도 되기 전에 갑자기 맞은 허망한 죽음이었다.

이인택 씨의 시신은 안방 윗목에 안치되고 그 앞에 병풍이 쳐졌다. 그날 밤부터 여름 장마가 시작되었다. 미처 장지가 마련되지 않아 장터거리 풍수잡이가 빗속에서 장지를 구하느라 동분서주했다.

이인택 씨의 장례는 울산에까지 그 소식을 알려야 했기에 오일장으로 결정되었다. 문상객을 대접할 음식을 만드느라 안채 부엌은 아궁이에 불이 꺼지지 않았다. 자연 안방 온돌이 후끈하게 달구어졌다. 이인택 씨가 별세한 지 사흘째부터 병풍 뒤의 시신이 맡기 고약한 심한 냄새를 풍겼다. 훌륭한 사람도 죽을 때는 보통 사람처럼 죽으며, 한번 죽어 몸이 식으면 악취를 풍긴다는 사실을 처음 알았다.

시름시름 내리는 빗속에서 갖가지 색깔의 종이꽃으로 치장한 상여가 장터거리를 떠나던 날, 나는 상여 뒤를 훌쩍거리며 따라갔는데 단강 앞에 놓인 이인택 씨의 흑백사진이 상여 꽃물에 젖어드는 광경을 보았고, 그 장면은 훗날까지 잊히지 않았다. 그 사진은 안

방 앞마루에 울산댁의 독사진과 함께 나란히 걸렸던 사진이었다.

이인택 할아버지의 죽음을 두고 작은울산댁은 집안에 새끼 악귀가 들어와 형부를 잡아먹었다고 장터거리에 소문을 냈지만, 울산댁은 서방의 죽음에 내가 결부되었음에도 나를 한 번도 원망하지 않았다.

울산댁은 내가 고향의 국민학교를 졸업하고 엄마와 형제가 살던 대구로 떠날 때까지 내 공납금을 대주었다. 잠을 잘 때 나를 끼고 잤으며 친손자인 듯 아끼고 사랑해주었다. 저녁밥을 먹을 때 반주로 소주 몇 잔을 걸치면 장죽에 담배 연기를 날리며, "서방이 있나 자슥이 있나, 내 죽으모 누가 이년 제사를 지내줄꼬? 일이 니가 우리 서방하고 내 제사 지내줄래?" 하고 되뇌며 넋두리를 늘어놓았다. 그러다 옆에 앉아 술 그만 드시라는 내게, "니가 제사 지내주모 내가 저승서도 고맙게 생각하고 니 잘되라고 축수하꾸마" 하고 넋두리를 풀어놓았다.

내가 국민학교를 졸업하고 대구로 나온 뒤, 나는 방학 때를 이용해 고향의 고모 집으로 내려가곤 했다. 그럴 때 울산댁 가게에 들르면 울산댁은 변함없이 나를 반겨 맞았다.

"니가 할매 찾아 이래 왔으이 내 퍼뜩 시장에 댕겨오꾸마. 우리 손자늠 왔으니 한 상 걸직하게 채려줘야제" 하며 뚱뚱한 몸을 흔들며 부리나케 삽짝을 나섰다.

울산댁은 예전처럼 여전히 장날이면 국밥과 술을 팔았으나 장사가 예전만 못했다. 장터거리에도 젊고 힘찬 여편네들이 새로 주막을 열고 눈웃음 헤프게 날리며 소매 걷어붙이고 나섰던 것이다. 정자 누나도 울산의 상처한 자리 후살이로 시집가버렸고, 금자도 이웃 마을 청년에게 시집가선 장날이면 울산댁의 부엌일을 도왔다. 금자 신랑은 별 직업이 없는 모주꾼으로 건달이었다. 금자는 울산댁에게 후사가 없음을 아는지라 울산댁이 이승을 뜨면 안채와 가게를 물려받을 꿍심으로 시집가기 전처럼 울산댁 아랫방에 더부살이하며 서방과 함께 장날 가게 일을 도왔다. 울산댁도 나이를 먹자 손을 더욱 심하게 떨었다. 주량도 늘어 해가 지면 술 없이는 저녁밥도 넘어가지 않는다고 했다.

"객지에서 니는 공부 잘하제? 부디 열심히 공부해서 네 어미으 한을 풀어드려라. 해방되고부텀 니 애비가 사상운동에 나섰기 때문에 네 에미가 지서며 서청(서북청년단)에 끌려댕기며 죽을 고생을 했다. 망해버린 너그 집안을 니가 일으켜 세워야제. 예전에 너거 아부지 핵교에 댕길 때는 진영 바닥에서는 똑똑한 인물로 소문깨나 났느니라." 울산댁이 술에 취해 이런 말을 했다.

1960년대 말, 서울에 살던 내가 대구 처녀를 맞아 결혼을 하자 신혼여행으로 부산에 갔다. 부산에서 돌아오는 길에 처와 함께 진영에 들렀다. 고모네마저 서울로 솔가해 고향의 장터거리에 들러도 울산댁 가게밖에 갈 곳이 없었다. 모처럼 남도 걸음이라 나는 겨울용 속내의 한 벌과 정종 한 병을 들고 진영 장터거리 울산댁을 찾았다.

"니가 이래 커서 장가를 가디이. 시월이 빠르기도 하다. 듣자 하니 할머이는 니가 서울로 모셔갔다 카던데, 언양때기도 잘 있제?" 울산댁이 할머니 안부를 물었다. 울산댁은 여전히 손을 심하게 떨었고 연방 장죽의 담배 연기를 빨아댔다.

"지금도 술 많이 드십니까?"

"인자 장사도 손 놓았고, 자슥이 있나, 손자가 있나. 이 늙은이가 무슨 낙으로 살겠노. 술 힘으로 살지러."

"연세도 있는데 술은 줄이셔야죠."

나는 사온 정종 한 잔을 잔에 따라 울산댁에게 올렸다. 울산댁이 김치를 안주 삼아 한 잔을 단숨에 비워냈다.

이듬해, 고향 시댁에 혼사가 있어 다녀온 고모님 말씀이 그새 울산댁이 이승을 하직해서 이인택 씨 묘지 옆에 나란히 묻혔다는 소식을 알려주었다. 울산댁 장례는 금자가 치렀고, 장례를 마치자 금자가 주막의 바깥채와 안채를 처분하곤 마산으로 솔가해버렸다고 했다.

아버지의 나라

평소에 존경해온 대한적십자사 총재로부터 한 통의 전화를 받기는 9월 중순이었다. 전할 말이 있으니 자네를 한번 봤으면 싶다고 했다. 나는 총재와의 약속한 날짜에 남산 오르는 길목에 있는 대한적십자사 총재실을 찾았다.

"자네 날 따라 북한에 다시 한 번 안 가보려나?" 총재의 말에, 기회가 된다면 총재님을 모시고 싶다고 말했다. "아버지 소식도 다시 알아볼 겸 말이네. 자네는 남북 분단문제를 열심히 써온 작가니깐, 견문을 넓힐 괜찮은 기회가 될걸세."

총재 자제분이 문학평론가로 평소 나와 가깝게 지내는 사이라 내 가정 소사를 잘 알고 있었다. 6·25전쟁 때 가족을 미처 챙길 겨를 없이 단신 월북한 아버지가 1976년 7월에 62세로 북한에서 사망했다는 소식을 중앙정보부 요원으로부터 메모를 건네 받아 알게 되었으나 정확한 별세 날짜를 몰랐기에 추모 예배조차 모시지 못

함을 두고 어느 자리에서 평론가에게 토로한 적이 있었다. 아들로 부터 내 말을 전해 들은 총재가 내게 금강산의 이산가족 방문에 이 어 두번째로 방북 동행을 제의했던 것이다. 이번은 북한의 심장부 평양이었다.

"자네가 기독교인이니 손정도 목사란 분의 성함은 들어보았겠 지. 그분은 목사이기 이전 남북한에서 공히 존경받는 독립운동가 라네. '손정도 목사 기념사업회' 주관으로 다음 달 평양에서 남북 한 학자들이 모여 기념회 설립 학술토론회를 열기로 했는데, 내가 주선할 테니 자네도 옵서버 자격으로 끼이게." 총재의 배려였다.

나는 내 몫의 여행 경비를 대고 그 학술토론회에 참가하기로 결 정했다. 내가 평양의 학술토론회에서 해야 할 역할은 아무것도 없 었으나 이번 기회에 6·25 때 월북한 아버지의 북한에서의 행적과 별세 날짜를 다시 추적해보고 싶었다. 북한에서의 아버지 발자취 를 확인한다는 게 그 가능성이 희박한 줄은 알고 있었으나, 북한 땅은 아무나 갈 수 있는 나라가 아니었다. 더욱 나는 작가였기에 북한 땅을 밟아볼 기회가 있다면 이를 마다하지 않고 그쪽 주민의 삶을 직접 보고 싶기도 했다.

나는 손정도 목사가 어떤 분인지 그 이력을 자세히 알지 못했기 에 대한적십자사에서 집으로 돌아온 즉시 인터넷을 통해 그분의 이력을 검색했다. 손정도 목사는 1872년 평안남도 강서군 출생으 로 1931년 북만주 길림성에서 59세로 타개할 때까지 독립운동가로, 기독교 목사로 남북한에서 두루 인정을 받은 인물이었다. 그분이 활동한 무대는 출생지인 평안도 일대, 서울, 중국 상해, 북만주 길림성에 이르기까지 민족의 독립과 기독교 선교 활동에 바친 생애가 약여했다. 손 목사는 그런 공적으로 1962년 대한민국 정부로부터 건국 공로훈장을 받았고, 북조선에서는 북만주 길림성 시절 김일성 일가를 물심양면으로 도와주었기에 훗날 김일성으로부터 '친아버지처럼 따랐고 존경했다'는 고백을 듣기도 했다. 체제가 다른 남한과 북한에서 동시에 존경의 대상이 된 보기 드문 사례였다. 남한에서는 한국 해군 창설의 주역인 손원일 제독이 그분 장남이기도 했다.

10월 10일, 나는 '손정도 목사의 독립운동과 사상'이란 주제 아래 개최될 남북한 학술토론회의 남한 측 참가자 열 명에 섞여 평양으로 떠났다. 남한 측 발표자와 토론에 참여할 교수들은 대체로 손 목사가 일제하에 다녔던 감리교 신학대학교 교수와 한국 근대사 중 일제하 독립운동사가 전공인 젊은 역사학 교수들이었다. 토론회의 남측 발표자 중의 한 사람인 최형도는 평소 문인들과도 친분 관계가 있던 젊은 역사학 교수라, 내게는 지원군이 되었다. 최교수는 일제하 3·1운동 전후 독립운동사에 관한 두 권의 저서를 낸바 있었다. 그중 한 권이 중국 만주 지방 조선인 독립운동이었는데, 길림성에서 선교사로 활동한 손정도 목사의 선교 활동과 김일성 일가와의 친분 관계도 한 장(章)으로 다루고 있었다.

대한적십자사 총재가 우리 일행의 단장 자격으로, 한편 손 목사 기념사업회의 남한 측 회장으로 피선된 모 대학 학장도 동행했다. 손정도 목사가 1922년에 적십자사 총재를 지냈다는 인연도 있었지만, 대한적십자사는 남북한 이산가족 상봉을 주관하는 단체였기에 총재는 그 상봉 협의차 여러 차례 북한을 방문한 바 있었고, 나 역시 총재의 주선으로 3년 전 남북 이산가족 상봉 때 남한 방문단 가족에 섞여 진행 요원 자격으로 금강산을 방문하기도 했다. 그때도 나는 북한 적십자사를 통해 아버지의 북한 행적을 수소문했으나 실패한 채 귀국한 적이 있었다.

남한 측의 방문단 일행은 대한항공 편에 먼저 중국 만주 선양으로 갔다. 선양에서 북한이 경영하는 장백산호텔에서 일박했는데, 북한에서 나온 종업원이 경영하는 호텔 식당에서 저녁과 이튿날 아침 식사를 했다. 11일 낮에 방문단 일행은 선양공항에서 북한의 고려항공에 탑승하여 평양 근교 순안공항으로 들어갔다. 고려항공은 중국의 북경공항과 선양공항에만 정기 항로가 열려 있었고, 두 공항을 통해서만 고려항공이 승객을 자국으로 실어 날랐다. 우리 일행과 같이 평양으로 들어가는 승객은 서양인 관광객들과 재일 동포로 보이는 여러 쌍과 무역업에 종사할 법한 중국인들이 타고 있었다. 고려항공은 40여 분 만에 평양 순안공항에 닿았다.

공항 청사에서는 꽃다발을 든 환영단 네 사람이 우리 일행을 맞았다. 둘은 중년 치요, 둘은 젊은이였는데 똑같이 인민복 가슴 한쪽에 김일성 배지를 달고 있었다. 방문단 일행은 소지품이 든 트렁크와 함께 24인용 승합차 편에 시내로 들어갔다. 그 승합차는 남한 측 일행이 북한 땅을 벗어날 닷새 동안 날마다 호텔 앞에 와서 대기하다 우리 일행을 그날 일정에 따라 약속된 장소로 실어 날랐다.

10월 중순인데도 북한의 북녘 땅은 이미 가을이 깊어 날씨가 서늘했다. 평양 시내로 들어가는 길 좌우의 논은 벼 베기가 반쯤 진행 중이었고 농부들이 다문다문 흩어져 수작업으로 벼를 거둬들이고 있었다. 한길에는 소가 끄는 달구지가 볏단을 실어 나르기도 해서, 나는 어릴 적 고향의 가을걷이 전경을 떠올렸다. 단풍 든 가로수가 시나브로 낙엽을 지워, 인적 드문 들판의 황량함이 맑은 햇살 아래 쓸쓸한 가을 정취를 자아냈다. 수확의 계절인데도 북한이란 선입관 탓인지 내게는 왠지 병든 가을처럼 여윈 풍경이었다. 노면이 좋지 않아 엉덩이가 들썩거리는 불편함과 버스 안의 고즈넉한 침묵도 그런 느낌에 일조를 했다. 북한의 현관에 비유될 순안공항에서 평양 시내로 들어가는 길이 그렇듯, 북한에서의 닷새 동안 다녀본 모든 길이 가운데 찻길만 포장되었을 뿐 개·보수를 하지 않아 누더기가 된 형편이었다.

남한의 방문단 일행은 평양 시내 중심부에서 남쪽에 위치한 쌍둥이 빌딩으로 고려호텔에 여장을 풀었다. 고려호텔은 평양역이 가까웠고 부근에는 평양역전 백화점이 있었다. 우리를 안내한 북한 환영 단원은 호텔 로비에서, 각자 객실에 짐을 풀고 잠시 쉬시다 30분 후에 여기에서 다시 만나자고 했다. 점심 식사 후 김일성 생가 방문으로 우리들의 첫 일정이 잡혀 있었다.

"북조선인민공화국으로 들어오면 먼저 위대한 령도자님의 성역부터 경배함이 원칙이디요. 남조선도 남으 집을 방문했을 때 그 집 어른부터 먼저 뵈옵고 경배드리디 않습네까." 가장 연장자로 보이는 북한 측 인사가 미소를 띠며 말했다.

승강기 앞에는 치마저고리 차림의 여성 안내원이 배치되어 백을 승강기 안으로 옮겨주고 8층 버튼을 눌러주었다. 내가 닷새 동안 거주할 방은 일인용 침대에 화장실, 창가에는 소박한 나무탁자와 의자 한 쌍이 있을 뿐 소박했다. 나는 닷새 동안의 스케줄이 적힌 메모부터 읽었다. 내일은 오전 10시부터 '손정도 목사의 독립운동과 사상' 학술토론회가 예정되어 있었다. 남한 측과 북한 측의 주제 발표가 있고, 오후에는 시내 관광과 남포 서해갑문 시찰이 있었다. 사흘째는 오전에 남한 측의 주제 발표가 있고, 오후에는 6·25전쟁 당시 미군이 저지른 민간인 학살 참상을 전시한 황해도 신천박물관 시찰이 있었다. 나흘째는 종합 토론으로 학술토론회를 마치고, 오후에는 대동강에 정박 중인 푸에블로호 시찰, 김일성종합대학 방문, 어린이궁전 방문 등으로 일정이 짜여 있었다. 마지막 날은 중국 선양을 거쳐 귀국 길에 올랐다. 스케줄이 그렇게 타이트하게 짜여 있다 보니 하루를 온전하게 북한에서 머무는 날은 사흘에 불과했다.

나는 창문을 통해 호텔의 뒷면 쪽 바깥을 내다보았다. 창문 유리가 떨어져나갔는지 비닐로 가름막을 한 6층짜리 아파트가 건너다보였다. 아파트는 언제 페인트칠을 했는지 군데군데 페인트칠이 벗겨져 얼룩이 심했다. 낙엽을 지운 떨기나무 몇 그루가 섰는 아파트 흙 마당에 아이들이 공기놀이를 하며 놀고 있었다. 아이들 뒤 아파트 담벼락 밑 양달에 담배질하며 소일하는 노인네 몇이 보였다. 무엇이 들었는지 배가 부른 보퉁이를 짊은 아낙네 몇이 종종걸음으로 마당을 질러갔다. 서민들의 평범한 하루 일상은 남한과 다름없는 풍경이었다. 다만 시대를 거슬러 내가 젊은 시절에 살았던 1970년대의 사당동 언덕배기 마을과 흡사했다. 그 6층짜리 아파트는 우리가 평양을 떠날 일주일 동안 창문으로 비치는 전등 불빛을 보기는 초저녁 두어 시간이 전부였다. 그렇다면 그 외 시간은 6층까지 엘리베이터가 가동되지 않아 입주민이 걸어서 오르내릴 게 분명했다. 가정마다 상수도가 없는지 아낙네와 아이들이 물통을 들고 아파트 계단을 분주히 오르내리는 모습도 볼 수 있었다. 그렇다면 화장실의 변기 세척에 필요한 물은? 그 점까지는 알 수 없었고 물어볼 데도 없었다. 인분이 작물 생산에 유일한 비료이기에 북한은 인분 모으기에 경쟁이 붙어, 적정량을 채우지 못하는 집은 어디서든 인분을 사야 하기에 돈으로 거래된다는 말을 들은 터라 층마다 공동 화장실쯤은 있어 남한의 공동 주택에서 전기 사용량처럼 인분 또한 가구마다 그 양이 나누어질 터였다.

세수를 하곤 나는 호텔 로비로 내려왔다. 간편한 외출복 차림으로 나선 남한 측 일행이 로비 의자에 앉아 쉬거나 홀을 서성거리고 있었다.

"호텔 바깥을 잠시 구경할까 하고 무심코 현관을 나섰다가 밖에서 지키는 수위에게 제지를 당했어요. 개별적으로 행동할 수는 없으니 호텔 안에서 쉬시라고 말립디다. 말투는 친절하지만 은근한 압력이 느껴졌어요." 몸집이 큰 최 교수가 내게 소곤거렸다. 그가, 우리는 이제 꼼짝없이 호텔 안에 갇히고 말았어요, 하며 너털웃음을 웃었다. 그의 말대로 남한 측 일행은 평양에 머무는 닷새 동안 그들이 안내하는 곳을 방문하는 외 일체의 개별적인 행동이 금지되었다. 남한 측 일행이 인형극 놀이에 동원된 인형처럼 걷고, 보고, 듣는 데는, 이를 조종하는 손이 따로 있었다. 남한 측 일행은

'손정도 목사 학술토론회' 참가자라는 목에 걸 수 있는 신분 확인
명찰을 넘겨받았다. 각자의 이름이 새겨져 있었다.

"각자의 이름표는 앞으로 북조선공화국에 계실 동안에는 꼭 목
에 착용해주십시오." 북한 측 젊은 안내원이 말했다.

약속한 시간이 되자 일행은 환영단 네 명의 인솔 아래 공항에서
타고 왔던 승합차에 올라 만경대 구역에 있는 김일성 생가로 향했
다. 평양의 정비 잘된 넓은 중심 거리는 차량의 통행이 없어 한적한
가운데, 육중하게 자리한 직사각형 관공서 건물들이 거리 곳곳을
장식하고 있었다. 여기저기 거대한 혁명 전적 기념비, 우뚝 선 지도
자 동상, 격렬한 혁명 구호가 적힌 붉은 현수막이 차창을 스쳐 사회
주의 공화국의 위용을 과시했다. 러시아와 동구권 사회를 견문했을
때의 디자인이 전혀 고려되지 않은 육중한 시멘트 건물은 북한도
예외가 아니었다. 인도에는 사람들이 통행했으나 일과 시간인 탓인
지 그 수가 많지 않았다. 무궤도전차가 승객들을 빼곡히 태우고 지
나갔다. 승합차가 교외로 벗어나 숲길로 달리기 잠시, 차창 밖 인도
로 줄지어 가는 초등학생들이 보였다. 남학생은 소매 긴 흰 셔츠에
검은 바지였고 여학생은 흰 저고리에 검정 치마 차림이었는데, 모
두 붉은색 스카프를 목에 두르고 있었다.

일행은 김일성 생가 앞 주차장에서 하차했다. 지방에서 온 여러
대의 버스가 대기했고, 자기네 나라를 건국한 위대한 지도자의 생
가를 참배하러 온 일단의 학생들과 한 무리의 어른을 볼 수 있었
다. 새해를 맞아 웃어른 집을 찾아 인사차 온 듯 모두의 차림새가
깔끔했다. 그들은 인솔자의 지시에 따라 질서 있게 정렬하여 순번

을 기다리고 있었다. 우리 일행은 그들 사이를 헤쳐 특별한 손님으로 대접 받아 나지막한 생가 울타리 안으로 먼저 입장했다. 김일성 생가뿐만 아니라 우리들은 북한 땅을 떠날 때까지 그들이 안내하는 여러 곳을 참관했는데, 그럴 때마다 그곳을 견학왔거나 경배하러 온 북한 주민과 학생 들을 만났고, 특별 배려를 받아 줄 꼬리에 서지 않고 먼저 입장하는 우선권이 주어졌다. 학생들은 한결같은 교복 차림이었다. 어른들은 우리나라 1950년대 시골 사람들이 그렇듯 대체로 몸집이 작고 볕에 그을려 탄 얼굴에 바싹 여위어, 자기네와는 생김새와 차림이 다른 우리를 보고는 순서 양보가 당연하다는 듯 인솔자의 지시대로 줄 맞추어 서서 무표정한 얼굴로 힐끔거렸다. 우리 일행을 일본에서 온 조총련 교포쯤으로 여기는 눈치였다. 남조선에서 온 사람들이 위대한 김일성 수령의 생가를 방문한다는 사실을 그들은 상상할 수 없을 터였다.

김일성 생가는 1950년대 남한의 중농 가옥 정도의 초가로, 깔끔하게 단장되어 정갈했다. 나는 한복 차림의 김일성 부친 김형직과 모친 강반석, 인민복을 입은 김일성의 젊은 시절과 소년기, 김일성과 함께 빨치산 투쟁을 했다고 알려진 김일성의 본처 김정숙의 흑백 액자 사진이 걸린 안방을 관람객들 사이로 넘겨다보았다. 안방은 우리나라 재래식 농촌 가옥이 그렇듯 여섯 평이 못 되게 협소했으나 방 한쪽에는 반닫이와 문갑 따위가 놓여 있었다. 김일성이 태어났다는 방과 아래채와 한 번도 쓰지 않은 새 농기구가 전시된 광 따위를 대충 둘러보고 나는 먼저 생가를 빠져나왔다. 관람에 따른 특별한 감회는 없었고 남한의 민속촌을 둘러본 느낌이었다.

일행이 숙소로 돌아오자 저녁 식사 때까지는 시간적인 여유가 많았는데, 호텔 바깥으로는 자유로이 개인 행동을 할 수 없었지만 호텔 안에서의 자유 시간은 주어졌다. 누군가 호텔 2층에 서점이 있다기에 일행은 무슨 책들이 있나 둘러보기로 했다. 호텔 구석 자리에 배치된 서점은 어두컴컴했고, 진열된 도서 중에 특별히 주목을 끌 만한 책은 없었다. 대부분이 김일성과 김정일의 정치사상을 선전하는 책이었다. 경장본에 본문 용지도 누런 갱지여서 북한의 종이 사정이 여의치 못함을 알았다. 몇 년 전 중국 연변에 갔을 때 헌책을 취급하는 조선족 서점에서 이기영이 누구에겐가 서명하여 기증한 양장본 장편소설로, 그가 월북 후에 북한 토지개혁 과정을 소설로 쓴 『땅』을 입수한 바 있었는데, 그때는 양장본에 본문 용지가 모조지였다. 마침 경장본으로 이기영의 『땅』이 있었다. 본문이 갱지로, 십몇 년 사이 북의 악화된 경제 사정이 책 지질에도 영향을 미침을 알 수 있었다. 초판본과 개정판본 내용이 어떻게 달라졌나도 알 겸 『땅』을 구입하기로 했다. 저들이 사회주의 사상보다 한 걸음 앞섰다고 주장하는 『김정일 주체철학에 대하여』란 사륙판 양장본이 눈에 띄었다. 141쪽짜리로 본문 용지는 역시 갱지였고, 인쇄 사정이 나빠 글자가 흐렸으나 객실에서 심심할 때 들추어보기로 하고 구입했다. 호텔 안에서는 미화 달러가 통용되었고, 이튿날부터 그들이 안내한 다른 곳에서도 우리가 사용한 달러는 북한 화폐로 계산되었다.

저녁 식사 시간은 6시였다. 일행이 1층 홀에 집합하여 2층에 있는 식당으로 갔다. 거기에는 이미 내일부터 시작될 학술토론회에 참가할 북한 측 대표단이 먼저 도착해 있었다. 북한 대표단의 단장 격인 북조선 적십자사 총재가, 가운데 자리에 모신 머리칼 새하얀 나이 든 부부부터 먼저 소개했다.

"손정도 목사님의 둘째 아드님이신 손원태 선생님 내외분입네 다. 손원태 선생님은 미국에서 의사로 지내시다 은퇴하셨는데, 한 달 전 위대하신 령도자님의 초청으로 북조선공화국에 들어오셔서 특각에서 휴양하고 계십네다. 이번 학술토론회에도 참석하실 겝니 다."

꾸부정한 자세로 의자에서 일어선 자그마한 키에 백발이 성성한 손원태 선생이, 당국의 배려로 여기서 잘 지낸다는 짤막한 인사를 했다. 구순을 앞둔 연세에 비해 목소리가 분명했고 아직은 근력이 있어 보였다. 두루마기 차림의 그의 부인 역시 뚱뚱한 체격에 머리 칼만 새하얬을 뿐 정정한 모습이었다. 식사가 시작되기 전 우리 측 일행이 북한 측 일행과 상견례를 겸한 개인별 인사가 있었다. 먼저 남한 측 인사가 끝나자, 북한 측 인사 차례였다. 나이 지긋한 몇 분 가운데 김일성종합대학 교수도 있었고 북조선 현대사 연구원이라 고 자기소개를 하기도 했다. 뒷줄에 앉은 김일성 배지를 단 젊은이 둘이, 앞으로 남조선에서 온 선생들의 시찰을 안내할 지도원이라 고 자기소개를 했다. 그중 한 사람은 남한 측 일행에 명찰을 나누 어준 젊은이였다. 내가 보기에 그 둘은 학술토론회에 참관하여 남 한 측 사람들의 일거수일투족을 윗선에 보고할 정보원 같았다. 마 지막으로 내 맞은편에 앉은 회색 모직 한복을 입은 수수한 차림의 아주머니 한 분이, "저는 북조선공화국 작가 동맹에서 온 소설가

리분희입네다" 하며 살풋 고개를 숙였다. 참석자 중 유일한 여성이었다. 내가 남조선 작가로 소개되었기에 내 파트너로 할당된 게 분명했다.

식당 여종업원에 의해 순서대로 옮겨진 음식은 진수성찬이었다. 입쌀밥에 쇠고기 무국은 물론, 각종 나물 반찬, 생선찌개에 불고기, 양념하여 통째 쪄낸 큰 잉어가 먹음직했다. "남조선에서 오신 여러 선생들을 환영하여 우리가 대접하는 만찬입네다. 유쾌히 많이들 드시라요." 북조선 적십자사 총재가 룡성맥주로 건배를 제의하며 말했다.

모두들 식사를 하며 내일부터 시작될 손 목사 학술토론회의 일정에 관해 서로의 의견을 교환했다. 나는 열외자라 별로 할 말이 없었고, 리분희 여사도 조용히 먹기에만 열중했다. 식사는 한 시간 남짓 만에 끝났다.

각자 객실로 올라가 잠을 자기에는 이른 시간이었다. "최 선생, 1층에 카페 같은 데가 있습디다. 입가심으로 맥주나 한잔하지요." 내가 최 교수에게 권했다.

최 교수와 나는 1층 현관 옆에 있는 휴게소로 갔다. 휴게소는 호텔에 숙식하는 자와 외부에서 온 객이 만날 때 차나 음료수, 맥주를 마실 수 있게 긴 카운터가 있고 홀에는 식탁이 여러 개 배치되어 있었다. 감리교 신학대학 교수들도 차를 마시겠다며 따라와 다른 테이블을 차지했다.

병맥주에 명태포 안주를 시켰다. 최 교수와 나는 맥주를 마시며 손정도 목사가 1919년 3·1만세운동 이후 중국 상해로 망명하여

1924년 북만주 길림성으로 선교 활동 무대를 옮길 동안까지의, 임시정부 국무원 교통 총장으로 독립운동에 헌신한 일화를 두고 이야기를 나누었다. 최 교수가 학술토론회에서 발표할 강연 제목도 「손정도 목사의 길림성에서의 선교 활동과 독립운동」이었다.

"아까 뵌 손원태 선생 연세가 김일성보다 두 살 아래이니 올해로 여든아홉 살이지요. 김일성의 친부 김형직이 사망하기 직전인 1926년, 평양 시절 친구인 손정도 목사에게 아들을 맡아 거두어달라고 부탁하자, 손 목사가 길림성으로 온 김일성을 둘째 아들 원태 씨와 함께 길림 육문중학교에 공부시키며 물심양면으로 돌보았고, 훗날 김일성이 만주 군벌에게 잡혀 감옥에 있을 때 그를 구해주었이요. 그래서 김일성이 자신의 회고록 『세기와 더불어』에서 '손정도 목사는 아버지처럼 따르며 존경한, 생명의 은인'으로 칭했고, 임종 시에는 손 목사 가족을 잘 돌보아주라는 유훈을 남겼다지 않아요." 김일성과 손정도 목사와의 관계에는 일가견이 있는 최 교수의 설명이었다. 그가 김일성 주석을 경칭 없이 언급할 때는 주위에 누가 듣지 않나 싶은지 윗몸을 내 쪽으로 기울여 목소리를 낮추었다. 다행히도 우리 옆 테이블에는 사람이 없었다.

최 교수와 나는 맥주 두 병을 비우며 평양의 첫 인상을 두고 여러 이야기를 나누었다. 호텔 밖으로 자유롭게 나가 장마당이라도 둘러보며 주민들 사이에 섞여보아야 북한에 대한 무슨 감이라도 올 텐데 답답하다는 말이 오고 갔다. 최 교수가, 평양에 들어온 뒤 물이 달라져서 그런지 배탈이 났다며 자기는 객실로 올라가 쉬겠다고 했다. 다른 테이블을 차지했던 신학대학 교수들도 휴게실에

서 떠나고 없었다. 나는 최 교수를 더 붙잡을 수 없어 객실로 올려
보내고, 테이블을 혼자 차지하고 있기가 무엇해 남은 술병과 잔,
안주 그릇을 들고 카운터로 자리를 옮겼다. 한복 차림의 접대원 아
가씨 둘이 카운터와 매장을 담당하고 있었다.

"말 좀 물어봅시다." 내가 접대원에게 말을 붙였다. "강원도 해
금강 아래쪽 고성군에 있다는 서광사요양소라고 들어보았습니
까?"

내 물음에 접대원이, 금강산 위쪽에 그런 요양소가 있다는 말을
들었다고 했다.

"어떤 환자들이 휴양하는 곳입니까?"

접대원이, 서광사란 요양소가 동해안에 있다는 사실만 알 뿐 자
세한 것은 모르겠다고 했다. 맥주 한 잔을 받을 수 있느냐고 내가
권하자, 접대원이 우리는 여기서 술을 마시면 안 된다고 상냥하게
사양했다. 나는 묵묵히 혼자 맥주잔을 기울였다. 동해안 서광사요
양소에서 삶을 마감했다는 아버지 마지막 생이 떠올랐다. 내가 전
해들은 메모에 따르면, 아버지는 1973년부터 지병의 악화로 모든
공직에서 물러난 뒤 서광사요양소로 들어갔는데, 그곳에서 정양
중 1976년 7월에 별세했다고 했다. 병명은 젊었을 때도 앓아 마산
결핵요양소에 입원한 적이 있었던 폐결핵의 재발에 따른 전신 쇠
약으로, 어쩌면 영양실조에 따른 노환이었다.

'김 씨(아버지)가 요양소 생활을 오래하자 가족들도 강원도로 와
서 요양소 근처에서 살았다. 당시 고성군 인민위원회 부위원장이
김해 사람이었는데, 북에 오기 전부터 잘 아는 사이라 이 사람이

서광사요양소 근처에 집을 얻어주고 여러 가지를 배려해주었다. 북에서 재혼한 여자는 개풍 출신으로, 1955년과 1958년에 출생한 아들과 딸을 두고 있었다.' 아버지의 신상 자료의 메모 말미에 기록된 내용이었다.

1950년 6·25전쟁이 터지자 사흘 만에 서울을 점령한 인민군 선발대가 서대문형무소부터 들이쳐서 좌익 사상범부터 구출해냈다. 그때 처형을 면한 채 구사일생으로 구출된 아버지는 곧 서울 성동구 임시 인민위원장을 거쳐, 서울시 청사에서 업무를 시작한 서울시 인민위원회 간부로 복직되었다. 그해 9월 인천상륙작전으로 유엔군과 국군의 서울 입성을 앞두었을 즈음 서울 사수 전투지휘 후방부 부책임자(책임자는 서울시당 위원장 김응빈)로 있던 아버지가 단신 월북했을 때 내 나이 여덟 살로 초등학교 3학년이었다. 그러므로 아버지에 대한 기억은 단편적인 몇 토막 외 남아 있는 게 없다. 아버지는 바깥일로 늘 집을 비웠기에 얼굴 보기가 힘들기도 했다. 아버지는 일제 때부터 공산주의 운동에 목숨을 걸고 뛰어 가정을 돌볼 겨를이 없었고, 월북하기 전까지 사상범으로 검거되어 여러 차례 옥살이를 겪기도 했다. 아버지는 월북한 뒤 북한에서 재혼했고, 금강산 쪽 동해안에서 투병 중 환갑 연세를 갓 넘겨서 생을 마감했다. 아버지가 북으로 가버린 뒤 우리 가족이 남한에서 겪어야 했던 애옥살이 세월은 접어두더라도, 북에서의 아버지 삶도 사회주의 운동에 바쳐온 당신의 고난에 찬 세월에 상응할 만한 합당한 대접을 받지 못했음이 사실이다. 북에서의 남로당 청산 과정에서 보여주었듯 많은 당원이 반혁명분자로 찍혀 숙청당했고, 겨우 살아남은 남로당원들도 장기간에 걸쳐 사상 검열을 받은 뒤 겨우 살아남아 복권되는 등, 면면히 목숨을 이어왔다. 아버지 역시 여러 차례 사상 검열을 받고 변방으로 강등되는 고초를 겪었고, 어렵사리 복권되면 주로 연락부 지도원으로 지냈다. 연락부 지도원 직책이, 대남 간첩 교관이었다. 중앙정보부에서 조사를 받던 남한 출신 북한 간첩이 남파되기 전 북에 있을 때 아버지와 교우가 있었기에 그의 말을 빌린 메모에 따르면, 김 씨가 북에서 가장 높은 자리에 있었을 때가 1968년 무렵 해운총국 간부라고 했다. 어쨌든 아버지와 같이 사회주의 사상에 헌신한 이들의 고난에 찬 투쟁으로 오늘의 북조선인민공화국이 그 초석을 닦았을 것이다.

*

이튿날, 오전 10시부터 손정도 목사 학술토론회가 시작되었다. 장소는 남한 측 일행이 묵는 호텔의 소강당이었다. 남과 북의 적십자사 총재를 비롯해 손원태 선생 부부가 참석했다. 방청객이 따로 없다 보니 청중 수는 서른 명이 채 안 되었다. 내 파트너인 작가동맹 소속 여성 작가도 한 자리를 차지해 강연을 메모해가며 경청했다. 여성 작가는 내게 인사만 건넸을 뿐 별다른 말을 걸어오지 않았고, 나도 달리 묻고 싶은 말이 없었다. 내가 학술토론회에 있으나 마나 한 들러리 역할이라면, 여성 작가는 작가동맹의 훈령을 받아 김 주석과 손 목사의 관계를 소설로 엮기 위해 열심히 취재를 하고 있는지도 몰랐다. 북한에 가면 필요할 것 같아 남한 담배 몇 보루와 여자용 스타킹을 몇 벌을 챙겨왔기에 적당한 기회가 오면 여성 작가에게 스타킹을 선물하며, 소설감으로 취재가 잘되느냐고 물어볼 작정이었다.

강연회의 첫 발표자는 머리칼 희끗한 나이 든 북한 역사학자였다. 그의 강연은 「1920년대 혁혁한 전공을 세우신 위대하신 김일성 수령님의 항일무장투쟁과 손정도 목사」란 긴 제목이었다. 손 목사와 김 주석과의 인연은, 김일성의 부친 김형직이 신병이 악화되어 사망하기 직전인 1926년, 아들 김성주(김일성)를 북만주 길림성에서 선교 활동 중이던 손 목사에게 보내며 자식의 후견인이 되어달라고 부탁하면서부터였다. 김형직과 손 목사는 청소했던 평양 시절에 기독교인으로 가깝게 지낸 인연이 있었다. 김성주의 모친 강반석이 독실한 기독교 집안 출신이었다. 김성주가 길림성으로 올 당시 나이가 14세였는데, 손 목사는 김형직의 부탁으로 김성주를 받아들여 길림 육문중학교에 편입시켜 둘째 아들 손원태와 함께 공부하게 했다. 김성주는 그때부터 손 목사가 시무하던 교회에 다니며 손 목사를 친아버지처럼 따랐다. 1929년에는 김성주가 반일 공산주의 활동으로 중국 군벌에 체포되어 감옥에 갇혀 10년 형을 살게 되었을 때, 손 목사가 백방으로 손을 써서 열 달째 구금 중이던 그를 석방시켜 소련령으로 탈출하게 주선해주었다. 그때부터 김성주는 이름을 김일성으로 개명하고 조선공산청년회를 조직하여 본격적인 항일투쟁에 나섰다. 훗날 김 주석은 손 목사를 두고, "나와는 비록 사상이 달랐지만 손 목사는 한생을 목사로서 항일 성업에 바쳐온 지조 굳고 양심적인 독립운동가요, 이름난 애국

지사였다"고 회상하며, 그를 '생명의 은인'으로 존경했다. 1990년대에 예술영화 「조선의 별」 1, 2부에서 손 목사를 자세히 소개했고, 김 주석의 살아생전인 1991년 미국 네브래스카 주 오마하에 살던 손 목사의 둘째 아들 손원태 선생 부부를 초청하여 평양 교외 철봉리의 특각을 선물하며 80회 생일을 성대하게 차려주어 육문중학교 시절의 친구로서 성의를 다했다. 그런데 북한 역사학자의 강연 요지는 만주 길림성에서의 손 목사와 김 주석과의 인간적인 관계보다, 김성주의 초기 조선공산청년회 조직과 항일무장투쟁을 중점적으로 소개하는 데 그쳐 아쉬움을 주었다.

40분간의 북한 측 발표가 끝나고 10분간의 휴식 시간을 거쳐 두 번째 강연 연사는 남한 측 감리교 신학대학교의 종교학 담당 박 교수가 나섰다. 강연 제목은 「손정도 목사의 상해 임시정부 활동과 선교」였다. 손 목사는 1910년 협성신학교(감리교 신학대학 전신)를 졸업하자 이듬해 목사 안수를 받고 진남포(남포)교회 목사로 부임했다. 1915년부터 1918년까지는 감리교 최초의 교회인 서울 정동교회(현 정동제일교회) 담임 목사로 목회했는데 당시 2천3백 명이 출석하는 큰 교회로 부흥시켰다. 그는 일제하의 민족혼을 일깨우려 '나라 사랑과 하나님의 사랑'을 강조하는 설교를 주로 했는데 이에 큰 감화를 받은 교인 중에 이화학당에 다니던 유관순이 있었다. 손 목사는 1919년 33인과 함께 3·1만세운동을 주도한 뒤 상해로 망명하여 임시정부 조직 추진에 실무를 맡았고, 이동녕 후임으로 제2대 임시의정원 의장이 되었다. 1920년에 그는 무장 독립운동 단체인 의용단(義勇團)을 조직했고, 이듬해 대한야소교 진정회

(陳情會)를 조직하고 회장이 되어 국내외 각 교회에 우리나라 독립을 원조해줄 것을 청하는 진정서를 발송했다. 한편, 하와이에 있던 이승만이 상해로 오기를 거부하자 서신으로 그를 설득하여 상해로 오게 했다. 1922년에 대한적십자사 총재가 되었으며, 교회 활동과 교육 활동에도 참여하여 미선학원 인성학교 교장을 맡기도 했다. 이듬해 북만주 길림성에 선교사로 파송되기 전까지 손 목사가 상해임시정부를 중심으로 활동한 독립운동과 선교 활동은 그 공적이 약여했다. 박 교수의 강연은 배포한 유인물에서도 드러났지만, 고증에 충실한 잘 짜인 학술 논문이었다.

남과 북의 학술토론회 논문 발표가 끝나자, 시간은 정오였다. 방청객 앞 좌석에 앉아 학술토론회를 지켜보았던 남한 측 적십자사 총재가 뒷줄에 앉았던 나를 불렀다. 내가 총재 쪽으로 가자, 오늘 오후 일정에서 자기와 단장은 빠져 북조선 최고인민회의 김영남 위원장과 점심 식사 약속이 잡혔다며, 그때 자네 부친에 관한 메모를 그쪽에 전달하겠다고 말했다. 메모란, 아버지의 본적, 남한의 가족 관계, 아버지의 북에서 활동, 북의 가족 관계를 간략히 밝히고, 동해안 서광사요양소에서 폐결핵으로 별세했다는 1976년 7월의 정확한 날짜를 알고 싶다는 내용이었다. 덧붙여서 북조선에 생존해 있을 이복동생 둘의 소재를 알고 싶다는 말도 달았다. 중앙정보부 요원이 내게 전달한 아버지에 관한 메모 내용이 이러했다.

'1973년도 말에 대남 임명 간부(북한은 통일을 대비하여 1960년대 후반에 남한의 각 군 단위까지 간부를 내정해놓았다. 남한의 평남지사나 북쪽 지역의 군수를 임명하는 것과 같은 경우이다)들을 소환해 교육을 진행했는데 김 씨(아버지)가 소환 대상이었는데도 오지 않았다. 그래서 담당자에게 물어보니 병중이라 오지 못했다고 했다. 강원도 서광사요양소에 있다는 말을 들었다. 1976년 6월에 손님을 모시고 금강산에 가는 길에 요양소에 들러 김 씨를 만났다. 바짝 말라 있었다. 병명을 물으니 폐결핵이라고 했다. 당시 김 씨는 자기가 그동안 억울하게 겪은 일을 하소연했다. 그렇게 고생했는데 통일을 보지 못하고 죽을 것 같다는 유언 비슷한 말을 하기도 했다. 요양소 소장에게, 김 씨 약을 좀 잘 써달라고 부탁하고 나왔다. 한달 후인 7월에 금강산에 있던 손님을 데리러 가며, 다시 요양소에 들렀다. 김 씨는 병세가 악화되어 거의 움직이지 못하는 상태였다. 그 후 7월 말에 담당자로부터 며칠 전에 김 씨가 사망했다는 말을 전해 들었다.'

그렇게 고생했다는 아버지의 회고 중에는, 1년 6개월에 걸친 생사의 고비를 넘나들던 빨치산 생활도 포함되어 있었다. 1950년 9월 26일 서울 지도부가 서울을 비우고 마지막으로 후퇴할 때 북상한 김웅빈 부대는 춘천 지역에서 남로당 부책임자였던 이승엽을 만나, 남한으로 되돌아가서 김일성 장군이 일제하에 그랬듯 빨치산 활동에 나서라는 지령을 받았다. 김웅빈 부대는 후퇴하던 남한 출신 병력을 흡수하여 6지대로 편성하고 남하하여 적진 속에서 빨치산 활동으로 들어갔다. 지대 병력은 6백여 명이었고, 아버지는 부대의 부책임자였다. 6지대는 태백산맥의 오대산, 일월산 일대에서 남한의 공비토벌대와 수없는 전투를 치렀고, 추위와 굶주림의 삼중고와 싸우며 이태 동안 악전고투의 유격 생활을 버티어냈다. 결국 1952년 3월에 6지대는 대부분의 병력을 손실당한 채 태백산맥을 따라 북상하는 월북의 길을 택했다.

"김정일 주석과의 면담은 그분 현지 지도 일정이 너무 바빠 아무래도 힘들겠다고 하니 차선책으로 북한의 서열 2인자인 김영남 위원장과의 면담이 성사된 셈이야. 손원태 선생이 힘을 써주었어. 손선생 내외분도 합석할 게야. 물론 그쪽에서도 비서나 보좌관이 동석할 테지. 기회를 보아 보좌관에게 자네 메모를 전해주며 잘 알아봐달라고 부탁해봄세." 총재가 말했다.

"이번 기회에 꼭 좀 부친이 별세한 날짜라도 알았으면 싶군요." 나의 방북 목적이 거기에 있는 만큼 힘주어 말했다. 그러며 속으로, 내게 아버지란 어떤 존재이기에 이렇게 그분의 생사 문제에 매달릴까를 되짚어보자, 목울대로 무엇인가 울컥 치받혔다. 나는 문단에 나온 초기부터 아버지의 험난한 생애를 유추하며 당신의 곡진한 삶을 다루어보겠다고 애면글면 애써온 셈이었다. 한마디로 아버지야말로 내 문학의 풀리지 않는 화두였다.

"우리 체류 기간이 너무 짧단 말이야." 총재가 혀를 차더니, 우리가 귀국할 때까지 최선을 다해보겠다는 언질을 받았다고 말했다.

그길로 남한 측 적십자사 총재와 단장, 북한 측 적십자사 총재는 김 위원장과의 약속 장소로 떠났고, 나머지 학술토론회에 참가했던 남북한 참석자들은 각자의 식성에 따른 선택으로 두 군데 식당으로 나뉘었다. 냉면을 먹을 쪽은 평양냉면의 원조로 알려진 옥류관, 단고기(보신탕)를 먹는 쪽은 옥류관에서 가까운 대동각으로 결정되었다. 나는 단고기 쪽을 선택했다. 평양냉면은 만주 연변의 북한 식당, 러시아 모스크바의 북한 식당에서 먹어본 경험이 있었기에 북한에서는 직접 먹어보지 못한 북한식 단고기는 어떤가가 궁금했던 것이다. 냉면 쪽을 선호한 이들이 압도적으로 많았고, 단고기 쪽은 북한 측 몇 명과 남한 측은 최 교수와 나뿐이었다. 손원태 선생 내외가 우리 쪽에 합류했다. "단고기는 청소했던 예전 길림성 시절에 먹어봤수다. 여름철에 조선인들이 특히 즐겼지요. 미국에서는 개를 잡을 수도 없지만 그런 식당도 전무합니다. 몰래 잡아먹겠다는 생각조차 어림없습니다. 만약 단고기를 먹는다면 식인종과 동일하게 취급되어 처벌받습니다." 손원태 선생이 말했다. 손 선생 부인은 대동각이 단고기만 취급하지 않고 조선식 밥과 나물도 있다기에 그걸 선택하겠다며 남편을 따라나섰다. 리분희 여성 작가도 단고기 쪽을 택했다. 토론회 참가자들은 호텔 현관을 나서서 대기 중인 승합차에 올랐다. 옥류관은 호텔에서 불과 5분 남짓한 거리로, 식당답지 않게 웅장하게 지어진 기와집이었다. 차는 옥류관 입구에다 승객 대부분을 내려놓았고, 거기에서 지척 간에 있는 대동각으로 옮겨가서 나머지 일행을 부려놓았다.

끼니때라 서른 평 정도의 식당 내부는 반쯤 객들이 차지하고 있었다. 우리 일행은 예약된 별실로 안내되었다. 음식이 나오기를 기다릴 동안 머리칼 희끗한 김일성종합대학 교수의 북한식 단고기 자랑이 늘어졌다. 음식은 각 국가마다 좋아하는 기호 식품이 있는데 서양이 단고기를 두고 혐오 식품으로 폄하함을 두고 비판했다. "불란서 사람이 달팽이요리를 먹는 것과 뭣이 다릅네까? 우린 애완용 개와 식용 개를 구별합네다. 소화가 잘되는 고단백질은 단고기를 당할 류고기가 없습네다. 또한 손님상에 오를 동안 철저히 위생적으로 취급하디요." 김일성종합대학 교수의 말이었다. 그 말에 이어 최 교수가 손원태 선생에게, 김 주석님과 육문중학교 시절 이야기를 들려달라고 말했다.

"김 주석보단 두 살 아래라 내가 형이라 부르며 어디든 같이 싸다녔지요. 이웃이라 김 주석께서도 우리 집을 무상출입했구. 그때 이미 주석은 훗날의 수령감으로, 동무들 사이에서 유별나게 우뚝했지요. 크게 될 나무는 종자부터 남다르다구, 담차고 명민했습니다. 그즈음 북만주까지 청년들 사이에서 광풍같이 몰아쳤던 마르크스와 레닌 사상에 심취하더니 공산청년단 조직에 앞장을 섰으니깐요." 손원태 선생이 말했다. 나는 미국에서 오랫동안 기독교 장로로 봉직했다는 손 선생의 종교관과 그분 형인 손원일 해군 제독을 떠올리며, 김일성의 청소한 시절을 두고 덕담하는 그의 말에서 묘한 이질감을 느꼈다. 1980년 남한의 현충원에 묻힌 손원일 해군 제독과는 달리 손원태 선생은 선친의 학술대회가 있은 이듬해까지 평양 교외 철봉리 특각에서 부인과 함께 지내다 90세로 사망하자 (2004년) 평양 교외 애국열사 능에 묻혔다. 형제는 죽어서도 남한과 북한의 국립묘지에 헤어져 안장된 셈이었다.

한참을 기다려 단고기수육 접시가 먼저 나오고 이어 탕과 밥이 따라 나왔다. 단고기수육 한 점을 소금에 찍어 먹어보니 살이 부드럽고 맛이 담백했다. 북한식 소주 격인 들쭉주가 나왔다. 내가 들쭉주 한 잔을 따라 올리려 했으나 손 선생이 술은 마시지 않는다며 사양했다. 그 연세에 낮술이 무리이기도 했다. 오후에는 토론회가 없었기에 최 교수가 들쭉주로 입가심하며 단고기수육을 포식할 수 있었다. 술기가 얼근하게 오르니 나는 여기가 평양이라는 사실도 잊을 만큼 마음이 느긋해졌다.

"리 선생이 작가동맹 소속이라면, 단편소설로 치면 1년에 몇 편 정도 발표합니까?" 내가 리분희 씨에게 물었다.

"짧은 소설은 한두 편 발표할 때도 있구 긴 소설일 경우는 몇 해 동안 발표 못할 때두 있지요."

"몇 해 작품 발표를 못해도 국가에서 의식주를 해결해주니 북한의 작가들은 행복하겠습니다." 내가 듣기 좋은 말로 치살렸다.

"북조선에서는 예술가들이 어느 직업보다 존경을 받습네다."

"리 선생은 집에서 집필합니까, 아니면 따로 집필 장소가 있습니까?"

"집에서도 글을 쓰고 작가동맹 집필실로 나가서도 씁니다. 어떤 때는 동해안이나 서해안 휴양소의 특각을 한 달씩 리용하기도 합네다."

리분희 씨의 대답이 막힘없이 자연스러웠기에 나는 수꿀한 마음이 들어 더 물을 말이 없었다.

오후 1시를 조금 넘겨서, 밖에서 차가 기다린다는 전갈이 왔다. 식사가 대충 끝나 오미자차로 입가심을 하고 있었기에 일행이 자리 털고 일어나 밖으로 나갔다. 승합차에는 냉면을 먹고 나온 일행이 먼저 타고 있었다. 식후라 소화도 시킬 겸 가까운 대동강 변의 경관이 좋은 모란봉 을밀대로 산책을 나가기로 했다는 것이다. 점심 식사 때인지 큰길 인도에는 통행인이 많았다. 고관이나 외국에서 온 귀빈이 타고 있는지 검정색 벤츠 차 몇 대가 앞질러 지나갔다. 승합차는 1백 미터가 채 못 되는 을밀대 사허정(四虛亭)까지 곧장 올라가 일행을 부려놓았다. 사허정에서 강 남쪽을 조망하니 평양 중심부가 한눈에 들어왔다. 시내에는 빌딩이 우뚝우뚝 서 있고 군데군데 자리한 공원은 수목이 우거져, 원경으로 보는 평양시는 도시 정비가 잘된 어느 외국 대도시 못지않은 풍경이었다.

사허정 옆 잔디밭의 나무 그늘에 스무 명 정도의 열 살 전후 제복 차림 소년 소녀들이 여선생의 인솔로 소풍을 나와 점심밥을 먹고 있었다. 북한 측 젊은 지도원이 소풍 나온 어린이들 쪽으로 갔다. 남한 측 신학대학 교수들이 그들의 먹을거리가 무엇인지 구경하려 그쪽으로 걸음을 돌렸다. 대동강 남쪽 시가지를 조망하며 말을 나누던 나와 최 교수도 뒤따라갔다. 학생들이 동그랗게 둘러앉아 도시락밥과 찬을 펼쳐놓은 채 여선생의 훈시를 듣고 있었다. 잔디밭에 펼쳐놓은 밥과 찬이 의외로 풍성했다. 밥은 뽀얀 쌀밥이었고, 소고기볶음에 통닭, 김치와 나물 반찬도 구색을 갖추었다. 내가 반찬 그릇을 자세히 보았는데, 분명 소고기볶음 접시 서너 개에 반쯤 뜯다 남긴 기름에 튀긴 통닭이 여러 마리였다.

"인민학교 4학년 소년 동무들이 소풍 나왔습네다." 인솔 교사가 남한 측 일행을 보고 말했다.

"어린이 동무, 너들 중에 누가 노래 한 곡 불러보라우." 남한 측 일행을 안내한 북한 측 젊은 지도원이 말했다.

그 말에 여선생 턱 밑에 앉아 있던 한 소년이 벌떡 일어서더니 꼿꼿한 차렷 자세로 노래를 불렀다. 위대하신 수령님의 하늘 같은 은혜로 우리들 새싹은 무럭무럭 자란다는 김 주석 찬양가였다. 그런데 소년의 노래 솜씨가 독창회에 나선 선수처럼 예사롭지 않았다. 노래가 끝나자 남한 측 교수가 미화 50달러를 학용품 사는 데 쓰라며 건넸다. 소년 옆에 섰던 여선생이 황급히 나서더니, "관두시라요. 우리 학생들은 주석님이 보내주신 학용품을 모두 갖추고 있어요" 하고 손사래 치며 완곡하게 사양했다. 젊은 지도원도, 그런 돈을 받으면 어린이 교육상 좋지 않다고 말했다. 돈을 꺼냈던 교수는 머쓱해지고 말았다.

아래쪽에서는 치마저고리 차림의 중년 아낙네 예닐곱 명이 모란봉에 놀이를 나와 아리랑 곡조에 맞추어 원을 그리며 춤을 추고 있었다. 남한 측 일행이 그쪽으로 내려가보려 하자 젊은 지도원이 손목시계를 보더니, 미안하지만 시간이 없다며 차에 오르시라고 말했다. 평양 근교 남포항 어귀에 있는 북조선이 자랑하는 서해갑문 시찰이 예정되어 있다는 것이다. 남한 측 일행이 승합차에 오를 때, 나는 조금 전에 보았던 소풍 나온 초등학생들의 도시락을 떠올리며 한 가지 의문에 사로잡혔다. 평양 시민들이 소풍 나온 어린이들처럼 쌀밥에 고기반찬을 먹으며 여유롭게 사는지, 다른 학생들도 그렇게 노래를 썩 잘 부르는지, 그게 아니라면 연출된 각본의 한 장면을 보았는지를 분별할 수 없었다. 만약 남한 측 일행의 모란봉 방문 시간에 맞추어 소풍 나온 어린이들의 점심 식사를 당국이 연출하고, 어른들의 소풍놀이 역시 예정된 각본에 의해 꾸며졌다는 추측은, 상상 자체만으로 그 치밀한 연극 각본이 소름 끼칠 만한 작태였다. 그러나 나는 곧 다른 지방은 모르지만 혜택받은 평양 시민은 그

정도 먹고살 만하다며, 내가 색안경을 끼고 보았다고 스스로를 반성했다. 그렇게 마음을 고쳐먹어야 속이 편할 것 같았다.

평양에서 서해 광양만 어귀에 있는 남포까지는 1백 리 길이었다. 승합차는 능수버들 가로수가 병렬한 2차선 도로를 내달았다. 가을걷이가 끝난 들은 황량했고, 멀리로 열차식으로 지어진 일자 주택을 보았을 뿐 다른 구경거리는 없었다. 1960년대 남한의 탄광촌 사택 같았고, 유리가 없는 컴컴한 들창이 인상적이었다. 가마니부대를 덩이덩이 실은 소달구지와 무엇인가 잔뜩 짊어진 채 걷는 지게꾼을 차창으로 보았을 뿐이었다.

승합차가 서해갑문 입구에 있는 거대한 화강암에 글자를 새긴 김일성 친필 기념비 앞에 도착하자, 이미 서해갑문 안내자가 브리핑차 나와 대기하고 있었다. 차에서 내리니 바닷바람이 차가웠다. 그곳에도 아니나 다를까 북한 전국 곳곳에서 모아왔을 단체 관광객들 수백 명이 줄을 서서 입장을 기다리고 있었다. 어른도 있고 학생들도 있었다. 그들이 모두 차편을 이용해 왔는지 보도로 왔는지가 궁금했다.

우리 일행이 기념비 앞에 서자 인민복 차림에 모택동모를 쓴 관리인이 지휘봉을 들고 청산유수로 설명을 시작했다. "서해갑문은 평안남도 남포시 령남리와 황해남도 은율군 송관리 사이의 대동강 하구에 위치해 있습네다. 전 세계, 전 인류가 이 토목공사의 성공을 기려 마지않는 이 세계적인 토목공사야말로 위대하신 김일성 주석님의 용단으로 1981년 5월에 착공하여, 수십 년에 걸쳐서도 성과를 내기 힘든데 공사를 불과 5년 만인 1986년 6월에 완공했습네다. 1개 군단 병력과 전국 각지에서 자발적으로 참여한 수만 명의 애국 열성 노동자 인민들이 이 공사 현장에서 충성을 다 바쳤습네다. 위대하신 김일성 주석님, 경애하는 김정일 수령님께서 공사 기간 중에 네 차례나 친히 현지 방문하셔서 노동자들을 지도 편달했습네다. 총 공사비는 거금 60억 달러가 들었습니다. 자, 그러면 서해갑문을 시찰하며 더 자세한 설명을 드리도록 하겠습니다." 안내자는 팔을 앞으로 뻗은 노동자들 군상과 그 뒤로 높다랗게 기념물을 세운 서해갑문 기념탑 쪽으로 걸음을 옮겼다. "중국의 만리장성보다 위대한 이 토목공사는 27억 톤의 담수 능력을 지닌 인공호수를 조성하였으며, 남포항의 접안 능력을 2만 톤에서 5만 톤으로 향상시켰으며, 서해안에 새로 조성된 총 30만 정보의 간석지 가운데 평남과 황남의 20만 정보의 농업용수 공급을 비롯하여 남포 공업지구 공업용수 확보에⋯⋯" 관광객들 앞에서 이미 수천 번도 더 읊었을 관리인의 막힘이 없는 설명이 끝없이 이어졌다.

내 옆을 따라오던 최 교수가 작은 소리로 말했다. "자기네는 선전 삼아 보여주고 싶은 것만 보여줄 뿐, 우리들이 보고 싶은 것은 따로 있는데 볼 수가 없으니, 이게 무슨 시찰입니까."

"자랑 삼아 무엇인가 보여주겠다니 가상히 여겨야지요. 저들은 공적인 성과물을 보여주려 애쓰고, 우리는 사적인 것을 보고 싶어 한다는 점이 다를 뿐이지요." 내가 말했다. 북한이 대내외에 자랑하고 싶어 하는 만큼, 댐의 공사 규모는 한눈에 보아도 대단했다. 안내자의 숫자 자랑은 그 감이 잘 잡히지 않았으나, 이곳의 임시 숙소에서 닷새 동안 숙식하며 공사에 열과 성을 바쳤을 수만 명의 인민들의 피땀이 암암하게 떠올랐다. 모든 공정은 기계 장비에 의존하기보다 그들의 육체적 노동으로 때웠을 터였다.

서해갑문 시찰을 마치니 어느덧 해가 서쪽으로 기울어져 있었다. 담수호 물 이랑 위로 넓게 그늘이 내렸다. 승합차는 서둘러 평양 귀경길에 올랐다. 평양 시내로 들어오자 해질 무렵이었다. 차는 시내 중심부 주체사상탑 거리에 멎었다. 퇴근 시간이어서 통행인이 많았다. 주로 걷는 사람들이지만 자전거를 탄 남녀, 짐을 싣는 뒷자리를 빼곡히 메운 트럭도 검은 매연을 뿜으며 내달렸다. 사람들로 만원을 이룬 전차와 버스도 보였다. 우리는 남새상점과 미용·리발실 간판이 붙은 업소를 지나 주체상점이란 간판이 붙은 이층집으로 들어갔다.

"남조선 동포들을 열렬히 환영합니다!" 한 무리의 고운 한복을 차려입은 아가씨들이 일행을 맞았다. 외국인 전용 상점이었다. "좋은 물건이 많습네다. 구경하시고 많이들 사시레요. 미제 달러도 받습네다."

나는 상점을 둘러보았다. 각종 술병이 먼저 눈에 띄었고, 수예품 옷, 신발과 모자, 과자 봉지, 지갑과 핸드백과 허리띠, 화장품, 사기그릇들, 완구, 꿀병…… 없는 게 없었다. 아가씨들은 남한 측 한 사람마다 따라다니며 친절한 설명을 아끼지 않았다. 대체로 물건이 조잡해 구입하고 싶은 게 없었으나 안내를 맡은 점원 아가씨들의 판매 권유가 집요했다. 무엇이든 한 가지를 사주지 않으면 어디서 먹게 될지 모를 저녁밥도 못 얻어걸릴 것 같았고, 따라붙는 점원으로부터 벗어나기 위해서도 무엇이든 한 가지는 구입해야 할 것 같았다. 앞서 걷던 최 교수는 송이버섯이 담긴 술이 마음에 들었던지 병을 만지작거리고 있었다. 유리판 안에 진열된 은수저가 눈에 띄었다. 나는 은수저 한 벌을 사기로 했다. 은수저야말로 어느 집에서나 필요했고 남한에 돌아와 선물로 주어도 될 것 같았다.

"순수한 은으로 만들었습네다. 공화국이 품질을 보장하지요. 부인 동무 것도 한 벌 구입하시디요?" 점원이 말했다. 장사 수완이 자본주의 시장 뺨칠 만했다. 나는 은수저 한 벌만 들고 판매대로 가서 달러로 지불했다. "2층 식당으로 올라가세요." 판매원이 말했다. 나에 앞서 계단을 오르던 신학대학교 교수가 지팡이를 들어 보이며, "묘향산 박달나무로 만들었답디다" 했다.

2층 문을 열자 요란한 음악이 쏟아져 나왔다. 넓은 홀 한쪽에서 아코디언과 기타를 멘 청바지 차림의 아가씨 둘이 북한의 유행곡 「휘파람」을 몸까지 흔들어대며 연주하고 있었다. 한쪽에는 먼저 도착한 적십자사 총재가 나를 보더니 손을 흔들었다.

"북한도 있을 건 다 있군. 노래를 들으며 식사를 할 수 있다니." 총재가 말했다. 홀 안쪽을 보니 식탁이 차려져 있고 뒷문을 통해 종업원들이 열심히 음식 접시를 쟁반으로 나르고 있었다.

"남조선에서 오신 선생님들을 환영하는 뜻에서 노래 한 곡을 불러 올리겠습네다." 기타를 멘 아가씨가 말하곤 남한 여가수 최진희의 「사랑의 미로」를 낭랑한 목소리로 부르기 시작했다. 나는 여기가 북한 땅인지 남한 땅인지 얼른 구별이 가지 않았다.

"자네 메모는 김영남 위원장을 모시고 온 당 비서에게 넘겼네. 빠른 시간 안에 조회를 해서 별세한 날짜를 알려달라고 부탁했어.

여기가 잘 짜인 조직 사회이니 서광사에 조회를 하면 자네 부친 소식쯤은 알 수 있겠지. 호텔 내 방 전화번호도 함께 주었네." 총재가 말했다.

"총재님께 번거로운 일을 부탁드려 죄송합니다."

"잘 알겠다며, 기다려보라더군. 귀국하자면 앞으로 사흘이 남았잖은가. 나도 그쪽 연락처를 알아두었네." 총재가 일어섰다. "그럼 식사하러 감세."

감사하다고 말하곤 나는 자리를 떴다. 1층에서 올라온 남한 측 일행이 긴 식탁이 놓인 쪽으로 옮겨가고 있었다.

나는 리분회 여성 작가의 옆자리에 자리에 잡았다. 음식이 차례대로 나오기 시작했다. 나는 자연스럽게 리분회 씨에게 말을 붙였다.

"죄송하지만 제 메모지를 잠시 읽어주시겠습니까?"

"무슨 메모인데요?" 내가 건네주는 A4 용지를 한 장을 받으며 리 여사가 물었다. 순간, 리 여사가 젊은 지도원 둘이 앉은자리를 흘깃 곁눈질했다. 그들은 맨 끝자리 앉은 채 무슨 말인가 주고받고 있었다.

"제 부친에 대해 간략하게 적은 메모입니다." 아버지의 본적, 북에서의 결혼 관계, 북에서의 아버지 직업, 서광사요양소의 입소 경위와 사망한 연도와 달만을 요약하여 적은 메모였다.

냉채에 이어 밥과 국, 불고기 접시가 종업원에 의해 배달되었다. 김치 두 종류와 콩자반, 멸치조림이 기본으로 차려져 있었다. 리분회 여사의 메모 읽기가 끝나자 내가 말했다.

"여기서 동해안 서광사까지는 길만 좋다면 반나절 만에 갈 수 있는데, 저는 북조선에 있을 동안 다른 일정에는 빠지더라도 꼭 거기를 한 번 다녀오고 싶습니다. 서광사에 가면 부친의 별세 일자를 알 수 있을 테니깐요. 서광사 부근에 이복동생이 살고 있을는지도 모릅니다."

"평양 체류가 닷새 아닙니까. 그럴 만한 시간은 없을 것 같습니다." 리분희 여사는 말도 안 되는 소리란 듯 냉담하게 말했다.

"교통편은 어떻게 됩니까? 평양에서 그쪽으로 가는 장거리 버스가 있을 게 아닙니까."

"차편이 어떠렇게 되었든, 우선 개별적인 행동이 안 될 겁니다. 또한 동해안까디는 하루 만에 댕겨올 수 있는 거리가 아닙네다."

"택시를 대절하여 간다면 제가 왕복 택시비를 지불할 수도 있습니다. 다른 비용까지도요." 나는 어거지로 떼를 썼다.

"김 선생님, 생각해보십시오. 누구에게 허락을 받아서 평양을 떠나며, 어떠렇게 차편을 마련하며, 누가 안내를 맡으며, 려행 동안 숙식을 어떠렇게 하며, 서광사에서 누구를 만나며, 그쪽 동무가 마음대로 그런 걸 공개할 수 있겠습네까? 그중 하나라도 수속을 밟는 데는 시간이 오래 걸립니다. 사회주의 사회가 록록지 않습네다. 여기는 남조선이 아니구요." 리분희 여사가 나를 보고 살풋 웃었다. "김 선생님의 간절한 마음은 알겠으나 남과 북의 자유로운 왕래가 가능한, 더 좋은 세월이 올 때까지 기둘러셔야죠."

*

　방북 사흘째는 남한 측만이 학술 논문 발표를 했다. 발표는 10시 반부터였고 강연자는 최형도 교수였다. 최 교수의 강연 제목은 「손정도 목사의 길림성에서의 선교 활동과 독립운동」이었다. 손 목사는 1923년에 상해를 떠나 가족과 함께 북만주 길림성으로 활동 무대를 옮겨 선교 활동과 독립운동에 헌신했다. 그곳에서도 그는 독립운동가들과 연락을 계속했는데, 국민대표자회의가 강제로 해산될 무렵 안창호의 설득에 감화되어 흥사단에 입단했고 안창호와 의논하여 이상촌 건설을 추진했다. 액목현 지역에 동생 손경도의 명의로 경박호 일대에 50향의 땅을 사서 농민호조사(農民互助社)를 설립했다. 국내에서 이주해온 동포들에게 그 땅을 나누며 이상촌 건설을 추진했고, 왜경의 눈을 피해 러시아 땅 하바롭스크까지 두루 돌아다니며 선교와 독립운동을 병행했다. 1927년에는 만주 지방 교민들의 복지를 위해 농민호조사를 결성하려 준비위원으로 활동하기도 했는데, 그 전후 김일성 집안과 인연을 맺었다. 1931년 손 목사는 왜경으로부터 받은 고문 후유증, 격무에 따른 과로가 원인이 되어 동포 집에서 피를 토하고 쓰러져 사망했다. 나이 59세였다.

　최 교수의 강연은 손 목사의 만주 길림성을 중심으로 한 기독교 선교 활동과 독립운동 과정을 고르게 안배했는데, 손 목사의 길림성 행적을 상세히 조사 분석했다는 느낌을 주었다. 그는 몇 해 전

북만주 길림성으로 손정도 목사의 행적을 취재할 목적으로 다녀온 적도 있었다.

최 교수의 강연 발표가 끝나고 점심 식사를 한 뒤, 일행은 호텔 밖에 대기 중이던 승합차에 올라 평양을 벗어났다. 남한 측 적십자사 총재는 다른 일정이 있는지 황해도 신천박물관 시찰에는 빠졌다. 신천군은 황해도 안악군으로 거쳐, 도 북서부에 위치한 군청 소재지였다. 승합차는 개성으로 가는 1번 국도에 올랐다. 대동강을 건너 시가지가 끝나자, 차량 통행이 없는 가로수 늘어선 한적한 포장도로가 곧게 뻗어 있었다. 옆으로는 전봇대를 낀 철길이었으나 다니는 기차는 없었다. 승합차는 중화를 거쳐 황해도로 들어섰다. 창밖으로 나무가 별로 없는 나지막한 야산이 보였고 가을걷이가 끝난 텅 빈 들이 이어졌다. 이따끔 마을이 스쳤는데 삼사 층짜리 집단주택들이 이채로웠다. 집 앞에 나선 사람들 자태가 멀리로 보였다.

사리원쯤에서 신작로 옆 철길에서 기차를 처음 보았다. 승객들이 빼곡히 타다 못해 기차 지붕에까지 보퉁이를 늘어놓은 사람들 모습이 인상적이었다. 맞바람을 피하느라 모두 수건을 머리에 둘렀거나 벙거지를 쓰고 있었다. 삼강이란 작은 마을에서 신작로가 해주가 아닌 재령 쪽으로 갈라졌다. 문득 차창 밖으로 마을 앞마당이 보였는데 사람들이 모여, 한쪽에서는 수작업으로 연탄을 찧어내고 일부의 사람들은 찧은 연탄을 나란히 늘어놓아 말리고 있었다. 그 옆에서 놀던 아이들이 우리가 탄 차를 보고 손을 흔들었다. 평양에서 황해도 신천까지는 두 시간 정도의 시간이 걸렸다.

신천박물관은 박물관이란 이름을 달기에는 생각보다 규모가 작았다. 남한의 유치원 터만한 마당이 있고, 들어선 2층 건물도 유치원 규모였다. 일행은 박물관 마당에서 하차했다. 전국 각지에서 답사하러 온 관광객들이 좁은 마당을 가득 메우고 있었다. 남녀 어른들에, 교복 차림의 학생들도 섞여 있었다. 신천박물관은 6·25전쟁 때 미군이 저지른 천인공노할 만행을 국내외에 선전하려는 목적으로 북한이 만든 박물관이었다.

6·25전쟁 당시인 1950년 10월, 삼팔선을 넘어 북진하던 연합군이 황해도 신천군을 해방시킨 뒤, 중공군 참전으로 후퇴할 때까지 52일간 점령했다. 북한 당국은 그 점령 기간 동안 신천군 인구의 4분의 1에 해당되는 3만 5,382명의 인민을 미군이 학살했다고 주장하며 그 죄악상을 알리는 목적으로 전시관을 개설했다. 여기에는 공산주의자인 화가 피카소가 한국전쟁 당시에 그린 「한국에서의 학살」이란 그림도 일조를 했다. 파리의 피카소미술관에 전시되어 있는 이 그림(110×210센티미터)은 중세식 갑옷으로 중무장한 일단의 병사들이 나체의 여인과 어린이 들에게 총과 칼을 겨눈 그림으로, 군인을 미군으로, 나체의 여인과 어린이는 북조선 민간인으로 비유했던 것이다. 이 그림은 세계 화단에 큰 파문을 일으켰고, 이 그림이야말로 미군에 의해 자행된 신안군 민간인 학살 그자체로 선전되었던 것이다. 그러나 황석영의 소설 『손님』(2001)에서도 그 실상이 자세히 밝혀져 있듯, 그해 연합군이 신천을 점령하기 직전인 10월 13일 우익 반공 학생과 청년 수백 명이 무장봉기하여 인공 치하에서 당한 박해의 복수로 공산주의자들을 무차별 학

살했다. 한국전쟁 와중에 남북한 점령지 어디에서나 볼 수 있었듯, 좌우익 민간인 간에 상대편을 적으로 몰아 죽이는 보복성 집단 학살이 지방마다 자행되었던 것이다.

나는 신천박물관 1, 2층으로 두루 돌아보았다. 전시실에는 당시의 참상 사진이 '학살 증거물'들과 함께 전시실마다 유리 진열장에 담겨 전시되고 있었다. 그러나 미군이 학살하는 장면을 찍은 사진은 한 장도 볼 수 없었다. 학살 현장의 실제 장면을 사진으로 찍어 남길 수 없었다면 그에 걸맞은 증거물이라도 있어야 했는데, 내가 샅샅이 살폈으나 미군 것이라고 보이는 학살 증거물은 한 점도 없었다. 구덩이를 파서 묻은 시체들을 민간인들이 발굴해내는 사진, 땅바닥에 일렬로 늘어놓은 시신들 사진이 있었으나 미군 철모나 총, 미군 것이라 짐작되는 군복 같은 것은 보이지 않았다. 미군이 민간인을 잔혹하게 학살하는 대형 그림만 여기저기 걸려 섬뜩함을 주었다. 물론 미군이 민간인 학살에 전혀 가담하지 않았다고 단정할 수는 없으나, 신천군 민간인 학살을 전적으로 미군의 만행으로 단정 지을 근거 또한 희박해 보였다. 티끌이라도 잡는 심정으로 이유를 끌어대자면, 전쟁의 작전권이 미국에 있었으므로 미군의 묵인 아래 학살이 저질러졌다는 혐의는 인정할 만했다. 그러므로 '신천 학살 사건'을 폭넓게 해석하자면, 전쟁 와중에서 우익에 의해 좌익이 희생된 대표적인 민간인 학살의 한 사례로 꼽을 만했다.

"보십시오. 미제국주의자들이 저지른 만행을. 조국해방전쟁에 끼어든 미국 군대는 무장하지 않은 인민을 총칼로 무자비하게 죽였습니다. 우리는 이 신천군에 시도한 만행을 잊지 말고 기억에 똑똑히 새겨두어야 하며, 위대한 지도자 동지를 결사적으로 옹위하여 원쑤 미제의 박멸에 나서야 할 것입니다." 단체 관광을 온 사람들에게 반미 의식을 심어주는 안내원의 목소리가 곳곳에서 들렸다. 신천박물관이 반미 교육장으로서의 활용 가치는 충분해보였다.

신천박물관 시찰을 40분 정도로 마치자, 일행은 곧 승합차에 올라 평양 귀환길에 올랐다.

"이게 뭡니까. 겨우 황당한 그것 보여주겠다고 왕복 네 시간을 길에서 허비하다니." 내 옆자리에 앉은 최 교수가 볼멘소리로 속달거렸다. 보위부 지도원이 맨 뒷자리에 앉아 있어 다행이었다. "휴게소라도 있어 커피라도 한잔했으면 좋으련만 오줌까지 계속 참아야 한다니. 이건 코뚜레 꿴 소와 다름없습니다."

내 마음도 같았기에 나는 아무 말도 않았다. 회색 보퉁이에 무엇인가 잔뜩 짐을 진 아낙네가 여자아이와 함께 걷는 모습이 차창 밖을 지나쳤다. 어디서부터 얼마를 걸어왔는지 모르지만 남루한 입성의 모녀 걸음걸이가 지쳐 보였다.

평양 시내로 들어오자 땅거미가 지고 있었다. 식사는 우리가 묵는 호텔에서 뷔페로 진행되었다. 적십자사 총재가 식당에 먼저 와서 우리를 기다리고 있었다. 나는 총재에게 다가가 당국으로부터 무슨 연락이 있었느냐고, 아버지에 관한 소식을 물었다.

"연락이 없었어. 내가 전화를 내어볼까 했으나 우리가 평양을 떠나기까지는 이틀이 남았잖은가. 저쪽도 수십 년 전에 별세한 춘부장 별세 자료를 찾아내려면 시간이 걸릴 테지. 조금 느긋이 기다려봄세." 총재가 격려차 내 어깨를 다독거리며 말했다.

*

평양에서의 닷새째 되는 날 오전에는 학술 세미나의 종합 토론이 있었다. 그동안 발표 기회가 없었던 남한 측 교수들은 이제야말로 발언할 기회가 왔다는 듯 준비한 원고를 토론이라기보다 논문 발표에 가깝게 한번 마이크를 잡으면 놓을 줄 몰랐다. 그에 비해 북한 측 학자들은 침묵으로 일관했다. 토론회가 예상보다 길어져 오후 1시를 넘기자, 사회자가 발언을 막아야 할 형편이었다. "작가 선생도 한 말씀 하시지요" 하고 남한 측 사회자가 나를 지목했으나, 특별히 할 말이 없다고 나는 사양했다. 사실 할 말이 없기도 했다.

호텔 식당에서 갈비탕으로 간단히 점심을 때우자, 일행은 대동강에 정박 중인 미제 간첩선 푸에블로호 시찰에 나섰다. 손원태 선생 부부와 남한 측 적십자사 총재와 단장은 일행에서 빠졌다.

1968년 1월 23일 원산 앞바다에서 북한이 미 해군정보수집함인 푸에블로호를 나포한 사건이 있었다. 원산 해안 기점 12마일 지점에 있던 푸에블로호를 북한 초계정 4척과 미그기 2대로 위협하여 원산항으로 나포했던 것이다. 그 과정에서 미 해군 1명이 사망하고 13명이 부상을 입었다. 미국은 푸에블로호가 공해상에 있었다고 주장했고 북한 당국은 영해를 침범했다고 맞섰다. 협상 끝에 미국은 영해 침범을 인정하는 조건으로 승무원 82명과 유해 1구를 인계받고 사건을 매듭지었다. 북한은 푸에블로호를 조선조 말기 대원군 시절인 1866년 미국 셔먼호를 격침시킨 대동강 변으로 옮겨다 놓고, 어느 누구도 우리의 국토를 침범할 때는 이런 꼴을 당한다며 본때를 보여주는 선전용으로 활용하고 있었다.

남한 측 일행은 대동강 변에 정박 중인 푸에블로호에 승선하여 함대의 선실을 두루 구경하며, 당시 푸에블로호 나포에 직접 참여한 바 있던, 이제 노령에 이른 예비역 해군으로부터 당시의 나포 과정을 브리핑 받았다. 그의 장황한 무용담은 무성영화 시절의 변사같이 유창했다. "이 거대한 무쇠덩어리 푸에블로호를 동해안에서 어떻게 대동강까지 옮겨왔을 것 같습네까? 내래 숙제를 내디요. 절대로 조각조각 분해를 해서 옮겨오디는 않았습네다." 그의 숙달된 말솜씨에 아무도 선뜻 대답하지 못했다. "저 남조선의 제주도 남쪽 바다를 둘러 서해안을 거텨서 옮겨왔습네다. 그렇게 옮겨올 동안 남조선은 깜쪽같이 몰랐디요. 그만큼 국방 경계가 허술하디 않았갔습네까. 우리가 영해까디 들어온 미제 간첩선을 발견 즉시 나포한 것과는 비교가 안 되디요." 노병의 자랑 말에 남한 쪽 일행은 묵묵부답일 수밖에 없었다.

다음 차례가 김일성종합대학 방문이었다. 학생들이 공부하고 있는 도서관과, 편을 갈라 농구 게임을 하고 있는 체육관을 둘러보았다. 여러 동물과 각종 새들의 박제품이 전시된 교실을 구경했다. 교실마다 교탁이 있는 앞쪽 벽 가운데에 김일성과 김정일의 초상화가 걸려 있었다. 어느 교실 앞에서 안내원이 걸음을 멈추고, 이 방이 위대하신 김정일 위원장님께서 학창 시절 강의를 들었던 교실이라고 일러주었다. 교실 문 앞에는 김정일 장군님이 공부하신

방이란 큼지막한 팻말이 붙어 있었다. 빈 교실이었다. 교정에서 학생들을 많이 만났으나 그들과 몇 마디 대화를 나눌 수 있는 기회조차 허락되지 않았다.

일행은 다음 차례로 어린이궁전을 방문했다. 건물 복도며 교실에 설치되었을 전등을 모두 꺼버려 창으로 들어온 외광에만 의지했기에 어두컴컴한 복도를 걷는 데 답답한 느낌을 주었다. 어린이들이 아코디언을 켜며 노래를 부르는 교실을 둘러보았다. 기타를 치며 노래를 부르는 교실, 소년 소녀들이 율동을 익히고 있는 무용실, 한 무리의 아이들이 수영복을 입고 물놀이를 하고 있는 수영장을 둘러보았다. 공연이 없어 텅 빈 대형 강당을 구경했다. 역시 창으로 들어온 외광뿐이라 강당 안이 어두웠다. 호텔로 돌아올 때는 평양 지하철을 타보게 되었다.

"남조선해방전쟁 때 미제의 항공 폭격이 얼마나 극심했습네까. 평양을 접수했던 놈들이 도망치듯 철수할 때, 평양 시내를 아주 잿더미로 만들어버렸디요. 오늘의 평양은 전쟁 후 인민이 견결한 투쟁으로 몇 년간에 걸쳐 복구했습네다. 평양 지하철을 건설할 때도 앞으로 미제가 어떠런 폭격, 이를테면 원자폭탄이 떨어진대도 안전하게끔 아주 깊숙이 땅을 팠습네다. 남조선 동무들도 내려가보면 놀랄 겝니다." 안내를 맡은 젊은 지도원이 말했다.

일행이 에스컬레이터를 타고 지하철 승강장으로 내려가는데, 정말 한정 없이 빠져드는 느낌이었다. 지하 1백 미터가 넘는 깊이라고 했다. 벽면을 그림과 구호로 장식한 지하철의 승강장도 많은 사람들이 피신할 수 있게 방공호처럼 넓었다. 단점이라면 역시 조명

시설이 열악하다는 점이었다. 전철이 승강장으로 들어오자 일행이 한 칸에 올랐는데, 먼저 타고 있던 열 명 남짓한 승객들이 우리를 힐끔거리더니 모두 다른 칸으로 슬금슬금 빠져나갔다. 다른 나라 사람들과는 일절 대화를 나누어서는 안 된다는 평소의 교육이 있었던지, 명찰을 목에 건 사람들은 외국인이니 접근하지 마라는 교육을 받았는지, 젊은 지도원 둘이 북한 주민들에게 다른 칸으로 자리를 피하라고 눈짓했는지 궁금했으나 누구에게 물어볼 수도 없었다. 우리들만이 지하철 한 칸을 점령한 채 두 정거장 거칠 동안 승차했고, 고려호텔 부근에서 지하도를 빠져나왔다.

이튿날 오전 10시, 남한 측 일행 열 명이 순안공항으로 가려고 고려호텔 숙소를 나설 때까지 당국에서 아버지에 대한 어떤 연락도 해오지 않았다. 서운해하는 내 눈치를 알아챈 적십자사 총재가, "김 군, 다음 차례를 기약해봄세" 하며 나를 위로했다.

'비단길'을 향해 꿈꾸는 아린 소망

— 김원일의 『비단길』에 부쳐

김병익

    김원일이 자신의 문단 데뷔 50년을 맞아 창작집 『비단길』을 엮는
다. 75세의 두터이 쌓인 나이, 그리고 한 주에 세 번씩 투석을 받아
야 하는 병중에도, 아니, 보다 정직하게 말하면, 그러기 때문에,
그는 '비단길'의 아름다운 환상을 품는다. 거기서 보드랍고 포근하
고 호사스러운 '비단', 그 비단결처럼 화사한, 그러나 거기에 '길'이
붙어 '실크로드'의 낙타를 떠올려주는 비단길을 걸어가는 거칠고
고독한 한 삶의 모습이 그려진다. 환상적인 비단을 찾아, 외롭고 지
루하고, 목마르고 힘든 길을 타박타박 걸어 몇천 리 뜨거운 사막을
걸어야 하는 피로의 여로. 그 고단한 모습에 어울리는 이야기들을
그는 일곱 편의 이야기로 모으고 있다. 제목은 아름답고 포근한 '비
단'이지만 그리로 향하는 '길'은, 그리고 그 길을 걷는 이야기들은
한없이 너른 사막 모래밭에 끈질기게 남겨지는 발자국들처럼 단조
롭고 또렷하면서도 아득하다. 그래서 여기에는 어떤 장식도, 아무

런 과장이나 비유도 더할 필요가 없다. 그가 '작가의 말'에서 밝힌 것처럼, "근래에 와서는 상상력 대신 내가 겪었던 지난날"을 떠올리며 그대로 검소한 마음으로 회상하고 있을 뿐이다. 그래, 그래서 그 글들은 그가 살아온 한평생에 걸친 기록이고 그때마다 느껴 밝히고 싶은 고백이며 이야기 뒤로 숨기고 싶은 깊은 심중이기도 하다.

그 일곱 가지 이야기는 자신이 몸소 겪은 것이기도 하고 그 근처에서 보고 건져 얻은 남의 일이기도 하며 그것들이 서로 엉겨 새로 만든 '상상'의, 그러나 그런 자리라면 마땅히 그럼직하게 있을 사건이기도 하다. 그럼에도 이 모두는 '가족'이라는 가장 작고 그래서 진한 전통적 사회 단위인 혈연 공동체 속에서 이루어진다. 그리고 그 가족은 우리가 '한국전쟁'이라는 무감각한 이름으로보다는 '6·25'라는 가슴 아리고 더운 숨결로 돌이켜 다시 느끼는 그 안타까운 시절을 살아야 했던, 60여 년을 넘겨도 지울 수 없는 아픔으로 그 시절을 되돌아보아야 하는, 전쟁과 피란과 배고픔과 헤어짐이라는, 사람 사회에서 가장 절절한 서러움으로 접힌 시절을 치러내야 했던 사람들이다. 그래서 이 이야기들은 무덤덤한 것으로 보이는 글체에도 불구하고 그 안에 도사린 슬픔을 안타까이 바라보게 하고 별스러운 치장 없이 맨입으로 뱉는 무심한 말투에도 그 깊이에 서린 안쓰러운 정서로 젖어들게 한다. 그것은 이른바 '리얼리즘'이라고 까다롭게 부르기보다 그저 아무런 가식 없이 무뚝뚝하고 무심하게 늘어놓는 회포 같은 일상의 담화로 서술되고 있지만, 그 뒤에는 우리 민족사에 가장 고통스러웠던, 현대 세계사에서도 그 보기를 찾기 힘들게 착잡했던 우리 자신의 쓰라린 서사적 비극과 정서적 비애가 도사려 있다. 이르는 바의 작가 김원일이 그럴 수 있었던 것은 그가 겪어야 했던 어린 시절부터의 고생, 그럼에도 결코 놓치지 않은 글쓰기에의 집념, 그리고 이제 고희를 넘기도록 한결같이 창작에 집념한 장인 정신 덕분일 것이다. 그래, 한없는 이야기는 그 줄거리의 줄기로 단순화되고 그 이야기들을 속 깊이 쟁여둔 나이의 두께는 섬세하지만 잔소리로 그 뜻을 탕진하지 않는 관록을 지니고 있다. 그것이 "칠십대 중반에" 들어 "앞으로 몇 편의 글을 더 보태게 될지 알 수 없으나, 여기에 이르기까지가 다행스럽다"는 작가의 말로 안타깝게 귓가에 맴돈다. 우리는 결국 이 자위의 말을 듣는 것으로나마 그의 풍요로운 문학적 존재성을 다행과 감사의 표지로 받아들여야 할 것인가.

이번 이야기들 가운데 여러 것은 이미 그의 다른 서사에서 숱하게 보거나 들은 것이기도 하다. 가령 「기다린 세월」 속 두 고부의 모습은 앙숙처럼 서로 미워하고 욕하는, 그러나 결국 같은 한의 설움을 견뎌내야 하는 아픔으로 손을 맞잡는 「미망」(1981)의 되새김이고 「울산댁」의 노부부는 내가 한국 근대사의 소설적 형상화에 성공한 대표작 중 하나로 꼽는 장편 『바람과 강』(1985)을 비롯한, 그의 소년기를 주제로 한 단편 이곳저곳에 출몰한 바 있으며 학생 시절에는 수재였고 젊을 때는 바람둥이였다가 해방되면서 좌익 운동가가 된 「비단길」 「난민」 그리고 「아버지의 나라」의 '아버지'는 그의 문학 세계를 확보해준 「어둠의 혼」(1973) 이후 장편 『노을』

(1978)『불의 제전』(1997)에 소설적으로 변주되었다가『아들의 아버지』(2013)에는 아예 논픽션의 실제 인물로 추적된다. 그런 문제적 아버지 때문에 고난과 궁핍과 단련으로 거친 세상 살아가기와 자식 기르기를 힘들여 감당해야 했던 어머니의 이야기는 이전의 『마당깊은 집』(1988)과 「미망」의 이전 모습에서, 다시 여기의 「난민」「비단길」「아버지의 나라」에서 젊어지기도 하고 변형되기도 하며 여전히 강인한 여인상으로 등장한다. 그러니까 6·25와 분단, 그 고난의 역사를 겪어야 했던 가족 이야기들은 그의 평생의 주제가 되어 작은 단편과 큰 장편, 옛날의 회상과 현재 진행의 서사, 이런 주제와 저런 주제로 끊임없이 거미줄처럼 얽히며 되풀이 묘사되고 새로이 변형하며 이어져온 것이다. 「어둠의 혼」을『문학과지성』에 재수록하기 위해 처음 그와 만나면서부터 사귀기 시작한 이후 40여 년 동안 나는 집요하게 그와 그의 작품들을 따라가며 익혔고 그런 작품들에 대한 내 나름의 글을 여러 편 쓰기도 했다. 그 곁가지 많은 전날의 이야기들은 대체로 대하소설『불의 제전』에 같은 인물, 비슷한 이야기로 자상하게 형상화되어 있어 내게는 꽤 낯이 익다. 그의 숱한 전날의 장·단편 작품들과, 마침내 참지 못하고 드디어 전기적 구성으로 재현하여 그에게 뒤늦은 대산문학상을 안긴 『아들의 아버지』에서 자신의 아버지의 생애가 조서처럼 차분히 기록되기까지에 이르는데, 마침 거기 소개되는 것처럼 그와 내가 같은 함창 김씨로 본이 같다는 것도 속임 없이 밝혀야겠다. 좀 늦게 알았지만 계파가 다른 대로 따져보면 그는 내 조부 항렬인데, 몇 해 위인 내게 그는 늘 '형'이라고 불렀다. 그러고도 우리는, 매주의

모임에 만나 자리를 함께하며 여행길에는 룸메이트가 되어 바둑도 참 많이 두었지만, 그의 신상에 얽힌 이런저런 이야기도 무심한 듯 툭 뱉는 말로 자주 들었다. 전방의 졸병으로 사역 중 우연히 발견하여 실컷 먹은 물 밴 더덕 덕분에 자신의 건강이 유지되는 것 같다는 이야기도 끼었던바 그 사연이 이번 「일등병 시절」에 회고되고 있다. 그 대신 나도 내 중학 시절 전방의 보병 장교로 참전 중이던 큰형이 처음 나온 휴가의 짧은 참에 멀리 고향에 아우 둘을 데리고 내려가 달은 환하게 비추이고 눈 덮인 들판은 참으로 아름답던 길을 걸으며 조부모님을 뵙고 일선으로 귀대한 지 두 달도 못 되어 전사한 이야기를 해주며 '자신도 알 수 없던 운명에의 예감'을 운운했는데 나의 그 회고가 서두의 단편 「형과 함께 간 길」로 형상화되고 있다. 그런저런 탓들에 나는 이 글을 쓰는 데 비평적 해설보다 감상적 에세이풍으로 이끌리고 있는 듯하다.

『비단길』에 수록된 일곱 편의 작품 중 나는 그 표제작과 마지막의 수록작 「아버지의 나라」 두 편에 특히 생각이 깊이 담긴다. 둘 다 '후일담'이라고 불려야 어울릴 것이지만, 그럼에도 이 두 긴 단편 속에서 그의 한 많은 어머니의 간곡한 소망과, 기일조차 알 수 없는 아버지의 행적을 찾는 작가의 추적이 사실적으로 서술되고 있어 오늘날 김원일 작가의 소행을 볼 수 있기 때문이다. 사실적인 서술이란 말을 썼는데, 「아버지의 나라」는 아마 그 자신이 북한에서 열린 세미나 참석차 평양을 방문하며 보고 겪은 기행보고문으로 여겨지며, 「비단길」도 그 못지않게, 나 자신 역시 속을 정도로 철저한 실제 상황으로 읽혔지만 거기 그려진 이야기들은 기록이 아니라 그의 취재와 상상이 얽힌 픽션이다. 그 출원이 어디 있든 이 두 편은 아버지의 행적을 찾는 북행길에서 발견한 '아버지의 나라'에 대한 작가의 관찰과 지아비를 그리로 떠나보내고 평생을 서럽게 살아야 했던 어머니가 뜻밖에 영원한 남편을 재회하고 사흘간이라는 눈 깜박할 정도의 잠시 후에 다시 이별해야 하는 애틋한 장면으로 오늘의 남북한 인민의 삶을 실상으로 그려주고 있다. 남북의 그 두 모습은 물론 대조적이다. 식탐을 하는 아버지에게서 "조금은 미련해 보여 내 상상 속의 수줍음 많이 탔다던 마음 여린 샌님과는 다른" 모습을 보고 "북녘에서 보낸 60년 세월이 음식 맛만 아니라 사람의 형상까지 저렇게 바뀌게 했을까"(p. 170) 하며 가슴 아프게 생각해야 할 정도이다. 작가는 아버지의 만년의 행적과 기일을 알기 위해 연줄을 타고 평양의 세미나에 참석해 닷새 동안 북쪽의 안내를 따라 학술 회의에, 회식에, '세계가 놀라야 할' 서해 갑문 현장과 '미군의 대학살을 추념하는' 신천박물관을 관람하면서도 아버지가 '이상향'으로 찾았던 북한의 실상에 실망을 감추지 못한다. 북의 안내원은 호텔 밖의 산책을 금했고 거리는 한산하고 가난했으며 박물관에는 증거 없이 미군의 만행을 폭로하고 있었고 작가동맹의 여성 소설가는 입이 굳어 있었다. 그곳은 결코 이상향일 수 없는 삭막한, 아마도 사막보다 더 비인간적이고 모래바람이 사나운 나라였을 것이다. 그는 아버지가 살던 곳을 가볼 생념도 갖지 못했을뿐더러 선친의 기일조차 끝내 알아내지 못하고 돌아와야 했다. 북한이 많은 이상주의자들이 꿈꾸던 곳이 아니라 가난하고 억

압되고 천박한 나라라는 관찰은 남북 교류 이전부터 짐작되어 왔지만 한 작가의 냉철한 시선 속에서 그 실상들은 맨 모습으로 드러나고 있다. '나'의 방북 목적이 "부친이 별세한 날짜라도 알았으면" 하는 "거기에 있는 만큼 힘주어" 말하면서 "속으로, 내게 아버지란 어떤 존재이기에 이렇게 그분의 생사 문제에 매달릴까를 되짚어보자, 목울대로 무엇인가 울컥 치받쳤다. 나는 문단에 나온 초기부터 아버지의 험난한 생애를 유추하며 당신의 곡진한 삶을 다루어보겠다고 애면글면 애써온 셈이었다. 한마디로 아버지야말로 내 문학의 풀리지 않는 화두였다"(p. 245)라고 작가는 고백하고 있다. 하지만 그는 결국 그 화두를 풀지 못하는 것으로 자신의 문학적 화두를 매듭지어야 할 것이다. 그와 함께 아버지의 생애와 그 가족들의 삶을 규정해준 그의 존재론적 문제성, 도대체 아버지란 어떤 존재인가라는 질문의 탐색도 유예되어야 할 것이다. 그것은 김원일의 문제이기도 하지만 문학 전반의 문제이기도 하며 삶을 사유하며 세계를 음미하는 모든 이들의 문제로 여겨야 할 것이기도 하다. 김원일은 자신의 문제성을 뜻밖에 내게까지, 이산가족도 6·25의 비극도 그리 실감하지 못하는 나까지 끌어들여, 결국 인간의 근원적인 문제로, 한없이 유예하며 그 회답을 밀어내야 할 삶의 영원한 아포리아로 환치시킨다. 그 유예되고 있는 고민은 아프고 아리다. 그리고 인간과 세계에 대한 끝없는 회의의 늪으로 빠져들게 한다.

그런데 내 안으로 스며든 그 회의는 그보다 앞서 읽은 「비단길」로 다시 눈길을 돌리자, 부드러운 위로를 받는다. 「아버지의 나라」

에서, 그 막히고 비정한 분위기에서 겪은 실제의 걸음에서 이루지 못한 소망을 허구의 소설에서 다사롭고 풍성한 상면의 모습으로 맞아들인 덕분이리라. 이 아름다운 작품 속의 아들은 어느 날 문득 대한적십자사로부터 북의 아버지가 그의 가족을 이산가족 만남의 형태로 초청해왔다는 연락을 받은 것이다. 두 모자는 놀라면서 반가움에 젖어 선산에 성묘하고 고향 친척들을 만나고 아버지에게 드릴 선물을 준비한다. 그러면서 아들은 "20세 청상과부가 된 후 어머니가 거쳐온 그 길고 길었던 밤의 고적"을 "암암하게 되짚어"(p. 123) 보고 "아버지를 기다려온 어머니의 60년 세월이 감나무 가지에 매달려 간동대는 잎이듯 그렇게 달려 있"는 모습을 떠올린다. 기구한 한국전쟁의 사태를 요약해주듯, "장자인 아버지를 대신해 의용군으로 입대한 첫째 삼촌의 전사, 잠시 몸을 피해야겠다며 어느 날 밤중에 집을 떠나버린 아버지, 좌익 집안이란 혐의를 대갚음하겠다며 국군으로 입대해 상이군인이 되어 돌아온 막내 삼촌, 어머니는 그런 집안의 액운을 맏며느리로서 숨죽이며 지켜보아야 했던 애젊은 새댁"(p. 139)이었다. 그런 어머니를 견결하게 지탱시켜준 것이 "어느 날 니 아부지가 읍내 장에서 사다 준"(p. 128) '옥비녀'였다. 정갈한 한복의 어머니 머리칼을 단정하게 빗겨준, "어떤 의미에서 이제 골동품이 된 값진 그 옥비녀야말로 지아비를 떠나보내고 아들 하나 키우며 60년을 수절해온 어머니 정절의 표징이기도"(p. 128) 했고 "전쟁으 엄청시런 한 시절을 그렇게 넘"(p. 140)길 수 있는 힘이 되어준 것이다. 열여섯 어린 나이에 시집와 겨우 네 해를 살고 아버지와 헤어져 60년을 혼잣몸으로 살아야 했던 어머니에게 평생 후회되는 일은 "폐병에 좋다는 개장국을 한 그릇 장복 못 시킨" 것과 "가실에 햇곡으로 〔……〕 쌀밥 한 그릇 못 올린"(p. 140) 것이었고 깊이 회상되는 일은 "겨울 춥던 밤 곶감을 숨카놓았다가 내게 불쑥 내밀었던 기 생각나고 〔……〕 너거 아부지가 살째기 햇밤을 소복히 가져와 〔……〕 아궁이 불에 같이 꾸버 묵던 어느 가실밤이"(pp. 140~41)었다. 앞서 내가 작가 김원일과 함께 가졌던, 아버지란 그러니까 인간이란 어떤 존재인가라는 추상적인 질문은 삶의 구체성 앞에서 대수로운 것이 아니었다. 그저 따뜻한 국 한 사발 올려드리는 아주 사소한 정성으로 이어질 인간관계의 한 매듭일 뿐이리라.

그러나 그 국 한 사발 드릴 수 있는 소박한 소망을 허락하지 않은 것이 우리 오늘의 상황이다. 6·25와 그 이후의 길고 험악했던 분단 60년, 그것은 그 가늘고 섬세한 인간관계의 끈을 이어주지 않았다. 금강산에서의 단 사흘 동안의 재회, "좁고 꾸부정한 어깨에, 온갖 고초를 이겨내며 그 나이에 이르렀다는 듯 뺨에까지 잡힌 굵은 주름, 〔……〕 여태 내가 상상해온 아버지와는 영 다른 모습"(p. 156)에서 세월이 안겨준 거리감과 다른 세계에서의 다른 삶의 양상으로 일그러진 어색함이 부자 사이에 웅크리고 끼어든다. 어머니마저 "임자가 내가 그리도 그렸던 그이가 정말 맞소 하고 문득 타는 눈길로 아버지를 바라보기만 할 뿐"(p. 157)이었다. 그 낯섦, 그 거리감은 크고 작은 선물을 나눠가진 후 손자가 마련해준 금가락지를 서로 끼워주는 일로 해소되고 유행가 「봄날은 간다」의 테이프

를 전달하는 것으로 세월의 흐름에 대한 공감을 이루고서야 다시
이별의 절차를 밟는 것으로 새삼스러워진다. "여생을 당신과 함께,
조석으로 따뜻한 밥 대접하며 보내고 싶심더. 제발 날 거기로 데려
가주이소"라는 어머니의 "미친 듯 울부짖"음에도 한번 헤어졌던
두 부부의 거듭된 이별은 피할 수 없었다. 이쯤에 이르면 우리의
닦달은 '아버지란 존재'에서 이별을 강요하는 '분단' 혹은 '체제'
란 무엇인가라는 문제에 이르러야 할 것이다. 그러나 현학적인 해
결의 도모를 외면하지 않을 수 없는 한 소심한 개인으로서는, 어머
니처럼 "털썩 주저앉더니 그길로 실신하고" 마는 것밖에 달리 길
이 없으리라. 그것이 인간적이고 또 그런 모습이야말로 문학이 가
할 수 있는 부조리한 세상에 대한 쓰라린 증언일 것이다. 어머니는
아버지와의 60년 만의 상봉을 이룬 후 "알아들을 수 없는 헛소리
를 중언부언 읊"(p. 175)다가 치매 상태로 들어간다. 아들을 남편으
로 잘못 알아보기까지 하면서 유일하게 "어리광을 부리며 애원"하
는 것은 "이 길로 임자 따라나서서, 쌀밥에 고기 반찬으로 모시고
싶습니더"(p. 176)였다. 문제는 여전히 상존하고 있고 그 해소는 불
가능한 것이었다. 삶의 그런 운명은 인간의 피할 수 없는 부조리의
구체적 모습으로 드러날 것이다.

  김원일은 1966년 단편 「1961·알제리」로 문단에 등장했다. 이후
의 초기 소설들은 조금은 공소하면서 당시 젊은 의식들에 편만한
실존주의적 한계상황에 대한 카뮈적 항의가 깔려 있었다. 그런 그
가 빨치산 아버지의 죽음을 만나는 「어둠의 혼」에서 자신의 창작

세계를 6·25와 분단 상태 속에서 한 가족이 당해야 할 피할 수 없는 고통으로 정착시켰다. 그럼으로써 그는 관념적인 부조리의 현장을 전쟁과 죽음, 일상의 고통과 대결의 비극을 현실화시켜주는 한국의 분단 상황으로 구체화했다. 그럼으로써 그는 한국의 대표적인 6·25작가로서의 입지를 굳히고 넓혔다. 더러, 장편소설『늘푸른 소나무』와『아우라지로 가는 길』을 통해 순진한 영혼의 성장기를 추적하기도 하고『도요새에 관한 명상』으로써 환경 문제를 제기하기도 했으며『바람과 강』에서 일제 식민사로 말미암은 민족사적 비애로 작품 공간을 확산시키기도 했다. 그러나「어둠의 혼」에서 출발하여『노을』『겨울 골짜기』『마당깊은 집』, 그리고 대하적 구조를 가진『불의 제전』에 이르기까지 끈질기게 천착한 소설적 주제는 한국전쟁이었고 거기에 휩쓸려 수난받는 한 가족사의 운명이었다. 그리고 드디어『아들의 아버지』와 그에 이은「비단길」을 통해 그 비극의 전쟁을 몸소 겪고 그 사태의 희생자가 된 아버지와 어머니의 생애를 구체적으로 그림으로써 자신의 평생을 다한 문학적 과제를 그는 매듭짓기에 이른 것이다. 그 매듭은 멀리서부터 보면 그가 당초에 전율한 실존적 부조리의 문제에 대한 현장적인 부닥침이지만 가까이 마주한 그것의 구체적인 모습은 오늘의 우리가 있기까지 겪어왔고 피할 수 없이 겪게 될 한국적 존재상의 원천적 상황이었다. 그는 지금도 그 그림을 재현하여 그리고 있는 중인 것이다.

반세기의 문학적 이력을 다해 그려온 그의 한계상황적 실존의 사태와 그 실상으로서의 전쟁과 분단에 대한 작가적 사유는 물론

낙관적인 쪽으로 가는 길은 아닐 것이다. 「일등병 시절」에 커다란 물 밴 더덕을 먹고 건강을 얻었다는 믿음에도 불구하고 「형과 함께 간 길」에서 피할 수 없이 감지하는 운명의 예감, 드물게 적치하(赤治下)에서 당혹한 서울의 부역(附逆) 시민들이 「난민」으로 치러야 했던 혼란과 떠돌이 소년을 손자처럼 기른 후덕한 「울산댁」 부부의 어이없는 죽음, 그리고 "전생부터 살이 낀 듯"(p. 179) 할머니, 어머니 고부 간의 「기다린 세월」의 덧없음이 「아버지의 나라」가 안겨준 실망과 「비단길」의 어머니가 품은 소망 속으로 녹아들며 한 시대의 잔영으로 서늘하게 젖어든다. 우리는 여기서 굳이 김원일이 청년 시절에 탐닉했던 실존적 감수성을 운위할 필요는 없을 것이다. 그러나 우리는 어디서든, 어떤 형태로든, 항거할 수 없는 존재론적 운명에 조종당해야 하고 사회적, 역사적 상황에 구속되지 않을 수 없다. 문제는 그런 운명과 상황을 인식하고 그 상실의 비극과 비애를 감당해야 할 일이 가난한 우리에게 짐 지워졌다는 점이다. 유한한 생명을 가진 우리는 그러면 어떻게 할 것인가. 이런 뜻밖의 질문을 다시 생각하며 그 후의 일을 막막한 심정으로, 마치 사막을 걷는 낙타처럼, 그리고 비단길로 여긴 그 아름다운 이름의 땅을 꿈으로밖에 여밀 수 없는 우리 자신의 초라한 삶의 소망을 짚어보는 것은, 작가 김원일 스스로 고백하듯 "병고에 시달리는 칠십대 중반에 접어"든 나이의 피로와, 작자와 해설자의 합산한 나이 154살의 몹시 노쇠한 품앗이가 안쓰러워졌기 때문일 것이다. 이제 다만 서로 건강하기를, 그래서 노추에 들지 않기를 바라는 마음을 얹어, 새 창작집 『비단길』의 상자에 축하를 드릴 뿐이다.

수록 작품 발표 지면

형과 함께 간 길 『현대문학』 2015년 1월호
난민 『자음과모음』 2009년 여름호
일등병 시절 『실천문학』 2014년 가을호
비단길 『문학과사회』 2014년 봄호
기다린 세월 『황해문화』 2015년 가을호
울산댁 『문학과사회』 2015년 겨울호
아버지의 나라 『본질과 현상』 2015년 봄호